汕头大学资助出版

先秦诸子
和礼乐文学

宋　健◎著

四川大学出版社
SICHUAN UNIVERSITY PRESS

图书在版编目（CIP）数据

先秦诸子和礼乐文学 / 宋健著 . — 成都：四川大学出版社，2022.9
ISBN 978-7-5690-5710-2

Ⅰ．①先… Ⅱ．①宋… Ⅲ．①中国文学－古典文学研究 Ⅳ．① I206.2

中国版本图书馆 CIP 数据核字（2022）第 181865 号

书　　名：	先秦诸子和礼乐文学
	Xianqin Zhuzi he Liyue Wenxue
著　　者：	宋　健

选题策划：徐　凯
责任编辑：徐　凯　毛张琳
责任校对：张宇琛
装帧设计：墨创文化
责任印制：王　炜

出版发行：四川大学出版社有限责任公司
　　　　　地址：成都市一环路南一段 24 号（610065）
　　　　　电话：（028）85408311（发行部）、85400276（总编室）
　　　　　电子邮箱：scupress@vip.163.com
　　　　　网址：https://press.scu.edu.cn
印前制作：四川胜翔数码印务设计有限公司
印刷装订：四川盛图彩色印刷有限公司

成品尺寸：170 mm×240 mm
印　　张：12.25
字　　数：200 千字
版　　次：2022 年 12 月 第 1 版
印　　次：2022 年 12 月 第 1 次印刷
定　　价：66.00 元

扫码查看数字版

四川大学出版社
微信公众号

本社图书如有印装质量问题，请联系发行部调换

版权所有 ◆ 侵权必究

前　言

据《史记·鲁周公世家》记载，周公在摄政期间开始制礼作乐，正所谓"治定功成，礼乐乃兴"（《史记·乐书》），这对周王朝产生了深刻而久远的影响。礼确立并维护高低贵贱的等级秩序，乐在不同等级之间起到融洽协调的作用。礼和乐相辅相成、相须为用，共同构成了周文化的主体。周人无论重大典礼，还是个人言行举止，无不讲究中乎礼乐。周代的重要典籍如六经（《诗》《书》《礼》《乐》《易》《春秋》），贵族子弟的教育模式如六艺（礼、乐、射、御、书、数），无不贯穿着礼乐的主线。也可以认为，周文化就是礼乐文化。

礼乐是一个有机而系统的体系，作为文化土壤而树蕙滋兰，文学就是众芳之一。"文学"一词最早见载于《论语·先进》，位列孔门四科。此处的"文学"并不能等同于"literature"，在先秦语境下，"文学"指向"博学古文""善先王典文"，实为和礼乐有关的典籍和学问。此时期的文学也并非后来案头的读本，而是一个依附于礼乐制度的综合体。礼的精神内核需要借助仪式实现外化，乐的功能则由此彰显。周代的五礼吉、凶、军、宾、嘉，无一不依凭音乐仪式。在礼乐仪式中往往伴随着语言活动，如歌唱、讽诵等，部分文学典籍就在此过程中孕育而生，比如《诗》《书》。

然而，随着时代的变迁，礼乐也难逃岁月的侵蚀。春秋时期，原本等级森严的礼乐制度开始崩坏。至春秋末期，周王室史官出身的老聃对礼乐作了深刻的反思和批判，这揭开了战国诸子百家论争的序幕。当礼乐制度逐渐式微，士人开始从各自的角度对历史进行总结，对未来作出理论构想。恰如《庄子·天下》所言："天下大乱，贤圣不明，道德不一，天下多得一察焉以自好。譬如耳目鼻口，皆有所明，不能相通。犹百家众技也，皆有所长，时有所用。虽然，不该不遍，一曲之士也。判天地之美，析万物之理，察古人之全；寡能备于天地之美，称神明之容。是故内圣外王之道，暗而不明，郁而不发，天下之人各为其所欲焉以自为方。悲夫，百家往而不反，必不合矣！后世之学者，不幸不见天地之纯，古人之大体，道术将为天下裂。"庄子所悲叹的"道术将为天下裂"，准确地刻画了该时代的思想特征。

　　如果把礼乐视为道术，诸子百家对礼乐的不同理解便成为各自学派的立论基石。儒家全盘接纳了礼乐，抑或可以认为，儒家继承了周文化的主体部分。孔子将礼、乐、《诗》三者看作构成完美人格的不可或缺的组成部分。《论语·泰伯》有言："兴于《诗》，立于礼，成于乐。"《礼记·仲尼燕居》又曰："礼也者，理也。乐也者，节也。君子无理不动，无节不作。不能诗，于礼缪；不能乐，于礼素；薄于德，于礼虚。"《诗》是礼乐的产物，学《诗》俨然成为践行礼乐精神的最佳渠道。在孔门之内，文学既是传述先王之道的载体，又是个人修身的阶梯，所谓"小子何莫学夫《诗》？《诗》可以兴，可以观，可以群，可以怨。迩之事父，远之事君，多识于鸟兽草木之名"（《论语·阳货》）。与此同时，墨、道、法等学派也纷纷著书立说。于是乎，文学的使用主体和范围都在发生改变。总体而论，诸子学派在思想上做到了百家争鸣；在文学上，一方面对旧有文学有所继承，另一方面又有各自的新变和突破。具体表现在以下两点：首先，文学开始从逐渐崩坏的礼乐制度中脱离而出，走上独立发展的道路；其次，人的主体地位凸显，时常根据自己的需要对经典作出个性化的解读，在此过程中人的主体精神得到进一步高扬。很难说文学是礼乐的内涵还是外延，但在礼乐崩颓的背景下，诸子和文学的互动发展成为文学史乃至文化史上一道靓丽的风景线。

目 录

诸子编

《战国策·齐策六·燕攻齐取七十余城章》辨伪
　　——兼及《战国策》中伪托文的创作特点……………（ 3 ）
钱穆《先秦诸子系年》商榷三则………………………………（16）
江乙仕楚年代及历史意义………………………………………（23）
庄子国属问题述评………………………………………………（30）
荀子游说齐相年代考……………………………………………（39）
从"为亡为"章看楚简《老子》的性质…………………………（50）
老子"执左契"说辨析……………………………………………（66）

礼乐文学编

战国歌、谣、杂辞编年…………………………………………（83）
汉赋功能的多样化………………………………………………（94）
《荀子·成相》文化渊源考辨……………………………………（97）
巫风音律民俗：郑声之淫再辨析………………………………（114）
乐语"道古"的诗礼应用及文学意义…………………………（128）

论庄子的"非乐"思想
　　——以《骈拇》《马蹄》《胠箧》为中心…………………(147)
人伦之和:《诗经》中琴瑟的文化寓意 ……………………(156)
女乐于东周古今乐变迁的意义………………………………(166)

参考文献……………………………………………………(180)

后　记………………………………………………………(189)

诸子编

《战国策·齐策六·燕攻齐取七十余城章》辨伪

——兼及《战国策》中伪托文的创作特点

《燕攻齐取七十余城章》(后简称策文)主要记述了鲁仲连射书解聊城之围的事迹,开篇几十字简要交代了齐国围攻聊城的历史背景,之后为仲连与燕将书,这占据了该章策文的绝大部分篇幅。由于整章策文疑窦丛生,使得聊城之围的发生时间及与燕将书的真伪备受争议。此外,《史记·鲁仲连列传》也有射书解围的记载,虽与策文大体一致,但也存在明显差异,由此也引发了种种猜测和质疑。对此,本文试加考辨,以就正于方家。

一、鲁仲连射书解聊城之围实有其事

有关鲁仲连射书解围的事迹,除策文外,《史记·鲁仲连列传》与《太平御览》引佚《鲁连子》亦有记载,今一并列举如下:

> 燕伐齐,取七十余城,唯莒与即墨不下。齐田单以即墨破燕军,杀将军骑劫,复齐城,唯聊城不下。燕将守城数月,鲁仲连乃为书,著之于矢,以射城中遗燕将书。燕将得书,泣三日,乃自杀。(《太平御览》卷五百九十五引《鲁连子》)

> 燕攻齐,取七十余城,唯莒、即墨不下。齐田单以即墨破燕,杀骑劫。初,燕将攻下聊城,人或谗之,燕将惧诛,遂保守聊城,不敢归。田单攻之,岁余,士卒多死,而聊城不下,鲁连

乃为书，约之矢，以射城中，遗燕将。……燕将曰："敬闻命矣！"因罢兵到读而去。故解齐国之围，救百姓之死，仲连之说也。（《战国策·齐策六·燕攻齐取七十余城章》）

其后二十余年，燕将攻下聊城，聊城人或谗之燕，燕将惧诛，因保守聊城，不敢归。齐田单攻聊城，岁余，士卒多死而聊城不下。鲁连乃为书，约之矢以射城中，遗燕将。……燕将见鲁连书，泣三日，犹豫不能自决。欲归燕，已有隙，恐诛；欲降齐，所杀虏于齐甚众，恐已降而后见辱。喟然叹曰："与人刃我，宁自刃。"乃自杀。聊城乱，田单遂屠聊城。（《史记·鲁仲连列传》）

相较而言，佚《鲁连子》的记载最为简略，策文与《史记》的叙述相对详细，且将整个事件按照前因后果拆分为二，中间附以与燕将书（本文未载以省篇幅）。这三处文字既存在联系，又有明显差异。下文将在对比分析中加以考证和辨析。

（一）佚《鲁连子》与策文可互为参证

佚《鲁连子》与策文之间有三处差异，一是后者多出"初燕将……不敢归"二十多字，前者则无；二是聊城之围的时长，前者作"数月"，后者作"岁余"；三是关于燕将的归宿，前者载自杀，后者言罢兵而去。首先，策文多出的文字，即"初，燕将攻下聊城，人或谗之，燕将惧诛，遂保守聊城，不敢归"，前人多有疑义。南宋姚宏指出："三同。集无此十一字。《史记》有。"①"三同"指曾巩本、钱藻本及刘敞本《战国策》皆有上述十一字，唯独集贤院本无。至元代，《战国策》版本已发生较大变化，吴师道《战国策校注》卷四曰："而'初燕将'止'谗之'十一字，亦他本所无也。"②并认为："燕将被谗惧诛，连书亦无此意，此因乐毅而讹也。"③黄丕烈《战国策

---

① 刘向编、姚宏续注：《战国策》卷十三，清嘉庆八年（1803）黄氏读未见书斋刻本。
② 吴师道：《战国策校注》卷四，清广州登云阁刻本。
③ 吴师道：《战国策校注》卷四，清广州登云阁刻本。

札记》则以此十一字因《史记》而衍,"《史记》无'燕攻齐'至'杀骑劫',有'燕将攻下聊城,人或谗之',当是。策文本与《史记》不同,校者以《史记》文记其异同,遂羼入也"①。对此,范祥雍《战国策笺证》卷十三持怀疑态度:"黄氏以'初燕将攻'下十一字为涉《史记》而衍,然去此十一字,下文'燕将惧诛,遂保守聊城'语无所承,恐未然。"② 按,南宋时姚宏所见四种版本中,独一家本有缺失,可知此十一字绝非衍文。今人范祥雍亦从上下文语境推断,此十一字本为策文固有。至于燕将被谗,亦当为史实,非因乐毅而讹。确切地说,当受乐毅牵连。聊城为齐国西北门户③,当初乐毅伐齐正是先据此地而后长驱直入,"楚军南阳,赵氏伐高唐,燕人十万之众在聊城而不去,国亡在旦暮耳"④。鉴于聊城的重要性,乐毅入齐后必委任心腹守卫归路。后来,功高震主的乐毅遭受谗毁,被迫逃往赵国。聊城守将也不免遭受连累而并受诟谤,以致陷入进退不得的绝境,才被迫做困兽之斗。按照佚《鲁连子》的记载,燕将既能坚守数月,当初必有能力尽早突围回国,本不必困守聊城,更不必因为一封书信自杀。而策文多出的二十多字恰好揭示了此中缘由,可以补充佚《鲁连子》的缺失。

其次,关于聊城之围的时长。《史记·田单列传》载齐军杀骑劫后,"乘胜,燕日败亡,卒至河上,而齐七十余城皆复为齐。乃迎襄王于莒,入临淄而听政"⑤。由于当时聊城地处黄河以南,那么田单追至河上即黄河以北时,必已攻取聊城。又据《六国年表》《田世家》,田单杀骑劫、迎齐王皆在齐襄王五年(前279年),则围聊城亦当在本年,且发生在杀骑劫与迎襄王之间。进而推知,齐燕相拒于聊

---

① 刘向:《战国策》卷十三,上海古籍出版社,1998年版,第451页。
② 范祥雍:《战国策笺证》卷十三,上海古籍出版社,2006年版,第712页。
③ 聊城在春秋时已为齐地,《左传·昭公二十年》"聊、摄以东",杜预注:"聊、摄,齐西界也。"杨伯峻《春秋左传注》曰:"聊在今山东聊城县西北。'摄'亦作'聂',僖元年《经》'次于聂北救邢'是也,当在今聊城县境内。"
④ 李昉《太平御览》卷四百六十四引佚《鲁连子》,关于佚《鲁连子》所载文字的历史背景,详见后文考证。
⑤ 司马迁:《史记》卷八十二,中华书局,2014年版,第2975~2976页。

城的时长，佚《鲁连子》所云"数月"是符合史实的；若依策文所谓"岁余"，则迎齐王已在第二年即齐襄王六年（前278年），与史不符。此间差异的产生，与《战国策》的性质和特点有关。《战国策》旨在为策士提供揣摩和学习的范本，其中很多文字为了渲染游说的效果不惜加以夸饰甚至虚构。本章策文夸大聊城之围的时长，目的就在于突出战事的持久与惨烈，进而以此彰显鲁仲连射书解围的功绩。至于燕将的最终结局，策文但云罢兵而去，实则只为引出后面一句，"故解齐国之围，救百姓之死，仲连之说也"。实际上，策文如此安排是为了烘托鲁仲连扶危助困的形象。然而，这正与文首燕将遭谤惧诛的记载自相矛盾。因为，即使如乐毅般声名显赫、功勋卓著，仍畏惧谗言逃亡赵国，区区聊城守将人微言轻、更难自保，岂能仅凭鲁仲连一封书信，就会消除所有顾虑而撤兵回国？所以，佚《鲁连子》所云"燕将得书，泣三日，乃自杀"，实为燕将的唯一归宿。

（二）《史记·鲁仲连列传》对射书解围的事迹有不同理解

与佚《鲁连子》和《战国策》相比，《史记·鲁仲连列传》没有上述二文共有的"燕攻齐……杀骑劫"一段文字，只以"其后二十余年"起始；对于射书解围的结局，《史记》与佚《鲁连子》都持燕将自杀的说法，但前者不但有较为细致的描述，还多出田单屠城的记载。按，《史记》之所以缺少"燕攻齐"至"杀骑劫"一段话，是因为司马迁有意为之，而非出于讹误或错简。① 《史记·鲁仲连列传》裴骃集解引徐广语："案《年表》，田单攻聊城在长平后十余年也。"② 据《六国年表》，长平之战在齐王建五年（前260年），腹栗兵败在齐王建十四年（前251年）。虽今本《史记·六国年表》或因残脱而不载聊城之役，但说明当初司马迁在编撰《六国年表》时，因见策文提及腹栗兵败，乃系聊城之役于齐王建十四年之后，故徐广云"在长平

---

① 如范祥雍《战国策笺证》卷十三认为："《史》《策》对照，记事又不一，书辞则相同。该记事出于后撰，或由传闻异辞及错简讹文而淆。"

② 司马迁：《史记》卷八十三，中华书局，2014年版，第2988页。

后十余年"①。至修《鲁仲连列传》时，遂删去策文文首述及田单复齐的"燕攻齐……杀骑劫"一段话，以使之符合《六国年表》。至于《鲁仲连列传》在叙述射书解围之前所说的"其后二十余年"，《史记索隐》曰："徐广据《年表》，以为田单攻聊城在长平后十余年耳，言'二十余年'，误也。"②《鲁仲连列传》只载义不帝秦和射书解围两件事，义不帝秦发生于齐王建八年（前257年），司马迁又以射书解围在王建十四年（前251年）之后，两事相隔仅十年上下。《鲁仲连列传》中的"二十余年"实为司马迁所认定的射书解围与田单复齐之间的时间差，即齐襄王五年（前279年）至齐王建十四年（前251年）后。太史公作《鲁仲连列传》，在叙述鲁仲连射书解聊城之围时，将《战国策》中本来完整的内容拆分为二，使射书解围与田单复齐相剥离，成为彼此独立的两件事，所以顺带将上述二事之间的年数加入《鲁仲连列传》，以作起承转折之语。

至于《鲁仲连列传》对燕将心理的描写："燕将见鲁连书，泣三日，犹豫不能自决。欲归燕，已有隙，恐诛；欲降齐，所杀虏于齐甚众，恐已降而后见辱。"③ 或源自道听途说，或另有所本，或出于太史公虚构，虽难有定准，却非常传神地道出燕将当时的心迹，更准确地说明其所处的困境。燕将率残兵独守孤城，被围攻数月，内外交困、进退无路。其无奈且唯一的归宿就是，"喟然叹曰：'与人刃我，宁自刃。'乃自杀"④。这从侧面证明了佚《鲁连子》中关于燕将自杀的记载，更符合其真实处境。然而，此后的文字却招致广泛的质疑，"聊城乱，田单遂屠聊城"⑤。吴师道《战国策校注》卷四曰："《史》又称，燕将得书自杀，单遂屠聊城，尤非事实。齐前所杀燕将，惟骑劫尔，不闻其他，此因骑劫而讹也。连之大意，在于罢兵息民。而其

---

① 司马迁在《史记·六国年表》序言中感叹战国史料的缺失，又云："然战国之权变亦有可颇采者，何必上古。"其中所谓"战国之权变"，当指《战国策》中的相关记载。由此可知，太史公在编纂《六国年表》时，确对《战国策》中的史料多有参照。
② 司马迁：《史记》卷八十三，中华书局，2014年版，第2988页。
③ 司马迁：《史记》卷八十三，中华书局，2014年版，第2992页。
④ 司马迁：《史记》卷八十三，中华书局，2014年版，第2992页。
⑤ 司马迁：《史记》卷八十三，中华书局，2014年版，第2992页。

料事之明，劝以归燕降齐，亦度其计之必可者。排难解纷，又素所蓄积也！迫之于穷，而致之于死，岂其心哉？夫其劝之，正将全聊城之民，而忍坐视屠之哉！燕将死，聊城屠，连何功美之称，而齐欲爵之哉？《策》所云解兵而去者，当得其实，而《史》不可信也。"① 按，古来征战，杀伐甚多，《史记》《战国策》但载骑劫被杀，不能证明其他燕将都能全身而退。再者，鲁仲连意在助田单光复故国，燕将既为敌对，又何必在意其生死。至于田单屠聊城，更被误解。《史记·高祖本纪》记载，沛县县令本欲招纳刘邦，后反悔闭城。刘邦射书城上，谓沛县父老："天下苦秦久矣。今父老虽为沛令守，诸侯并起，今屠沛。"《史记索隐》："范晔云'克城多所诛杀，故云屠也'。"② 刘邦出自沛县，亲戚故交多在此地，绝无屠城之心。其所谓"屠"，非谓兵民不分的大肆屠城，乃范晔所云诛杀守城者，刘邦亦借此恐吓并规劝沛县父老为其所用。反观《鲁仲连列传》，燕将既已自杀，守军必成一盘散沙，田单一并屠之，既复城雪耻，又符合当时杀俘的惯例。此即太史公本义，然而后人对此多有误解。③ 最后，在《鲁仲连列传》末尾，司马迁又增设了如下结局："归而言鲁连，欲爵之。鲁连逃隐于海上，曰：'吾与富贵而诎于人，宁贫贱而轻世肆志焉。'"④ 其实，鲁仲连并未逃隐于海。此后不久，他与田单再次合作，详见下文。

（三）鲁仲连射书解围的旁证

除上引文字外，还有其他文献可以从侧面证明鲁仲连在田单复齐之际，确有射书解围之举。《太平御览》卷四百六十四引佚《鲁连子》曰：

> 齐之辩者田巴，辩于狙丘，议于稷下，毁五帝，罪三王，訾五伯，离坚白同异，一日而服千人。有徐劫者，其弟子曰鲁连，

---

① 吴师道：《战国策校注》卷四，清广州登云阁刻本。
② 司马迁：《史记》卷八，中华书局，2014年版，第445页、446页。
③ 梁玉绳《史记志疑》、泷川资言《史记会注考证》等多误从吴师道之论。
④ 司马迁：《史记》卷八十三，中华书局，2014年版，第2992页。

谓劫曰："臣愿得当田子，使之不敢复谈，可乎？"徐劫言之田巴，曰："劫弟子年十二耳，然千里之驹也。愿得侍议于前。"田巴曰："可。"鲁连曰："臣闻堂上之粪不除，郊草不芸，白刃交前不救流矢，何则？急者不救则缓者非务。楚军南阳，赵氏伐高唐，燕人十万之众在聊城而不去，国亡在旦暮耳。先生将奈何？"田巴曰："无奈何。"鲁连曰："夫危不能为安，亡不能为存，则无为贵学士矣。今臣将罢南阳之师，还高唐之兵，却聊城之众。为所贵谈，谈者其若此也。先生之言有似枭鸣，出声而人恶之。愿先生之勿复谈也。"田巴曰："谨闻教。"

上文所言"南阳"，"即齐之淮北、泗上之地也"①。《田世家》载齐湣王灭宋之后，"南割楚之淮北"。至楚顷襄王十五年（前284年），楚"取齐淮北"②。高唐、聊城皆在济水之西，即《史记》所载乐毅率三晋、秦联军大败齐军之地。可见，鲁仲连所言"楚军南阳，赵氏伐高唐，燕人十万之众在聊城而不去，国亡在旦暮耳"，正是乐毅伐齐时的情形。虽然，佚《鲁连子》以仲连舌战田巴时年仅十二岁，多有夸饰之嫌，但鲁仲连在大敌当前之际对国势的忧惧却可见一斑。

此外，《战国策·齐策六·田单将攻狄章》记载：

> 田单将攻狄，往见鲁仲子。仲子曰："将军攻狄，不能下也。"田单曰："臣以五里之城，七里之郭，破亡余卒，破万乘之燕，复齐墟。攻狄而不下，何也？"上车弗谢而去。遂攻狄，三月而不克之也。③

田单因复国有功而连受封赏，不免居功自傲。他在进攻狄邑前，

---

① 司马迁：《史记》卷八十三，中华书局，2014年版，第2989页。
② 司马迁：《史记》卷十五，中华书局，2014年版，第890页。
③ 关于田单攻狄的时间，司马光《资治通鉴》、吕祖谦《大事记》、林春溥《战国纪年》、顾观光《国策编年》皆系之于周赧王三十六年（前279年），即齐襄王五年。据《史记·田单列传》，田单在迎襄王入临淄之后受封安平君，《战国策·齐策六·貂勃常恶田单章》又载齐襄王"益封安平君以夜邑万户"，本章则云"当今将军东有夜邑之奉"，可知田单攻狄在迎襄王之后。而前文已证田单先克聊城、后迎襄王，则攻狄必在围聊城之后。

无视鲁仲连的警示,在屡攻不下后,才不得不向仲连求助。鲁仲连指出田单失败的原因:"当今将军东有夜邑之奉,西有菑上之虞,黄金横带,而驰乎淄、渑之间,有生之乐,无死之心,所以不胜者也。"①于是,田单"厉气循城,立于矢石之所及,乃援枹柎鼓之","狄人乃下"。佚《鲁连子》和《战国策》的记载,都证明鲁仲连始终是田单复齐的支持者和参与者。只有鲁仲连之前忧心国势、抵制清谈,才可能在此后付诸行动,有射书解围之举;只有他在解聊城之围时博得信任与尊重,才可能再次襄助田单攻取狄邑。齐国光复,田单固然首居其功,但不可否认的是,如果没有鲁仲连出手相助,田单不可能在短短一年内尽收失地。

对于鲁仲连射书解围的记载,佚《鲁连子》虽稍显简略,却最贴近史实。《战国策》和《史记》在一些细节上对佚《鲁连子》有所增益,但二者由于各自的原因,对射书解围的事迹进行窜改,从而扭曲了历史的本来面目。《史记》《战国策》均载鲁仲连与燕将书,独佚《鲁连子》无。当初,仲连射书与燕将未必有底稿,在燕将自杀后,田单屠戮燕军残部,书信原件也很难在战乱中保全。故与燕将书的真伪殊为可疑,相关考证详见下文。

二、今存鲁仲连与燕将书为后人伪托

前文已证鲁仲连射书解围在齐襄王五年,即田单复齐之时,与燕将书也应在时间上与策文文首的叙述性文字紧密相承。然而,此信破绽丛生,其真实性颇令人质疑。下文对书中存疑之处进行考证,以揭其伪。

其一,与燕将书分析齐国形势,曰:"且楚攻南阳,魏攻平陆,齐无南面之心,以为亡南阳之害,不若得济北之利,故定计而坚守之。"②按,《史记·六国年表》《楚世家》皆言,楚顷襄王十五年

---

① 刘向:《战国策》卷十三,上海古籍出版社,1998年版,第467页。
② 刘向:《战国策》卷十三,上海古籍出版社,1998年版,第452页。

"取齐淮北"。这在《田世家》中有详细记载："楚使淖齿将兵救齐，因相齐湣王。淖齿遂杀湣王而与燕共分齐之侵地卤器。"① 楚复夺淮北不久，即丧郢都于秦，被迫东迁；后取鲁徐州，进而灭鲁，封鲁君于莒。这说明在五国伐齐之后，齐国日渐衰落，不但难以再割淮北，更坐视鲁为楚灭，甚至连湣王、襄王曾经避难的莒邑也无力控制。且综合《史记·乐毅列传》及《田单列传》可知，田单所复七十余城，皆为当初乐毅所取，《田单列传》只载追燕军"卒至河上"，并无伐楚复地的记载。所以，楚既于顷襄王十五年（前284年）收复南阳，齐绝不可能在襄王五年（前279年）"定计而坚守之"。

其二，紧接着，与燕将书又曰："今秦人下兵，魏不敢东面，横秦之势合，则楚国之形危。"② 据《史记·六国年表》及《魏世家》，魏于昭王十二年（前284年）参与五国伐齐，次年，秦拔魏安城，兵至大梁而还。信中既云"今"，则必指魏昭王十二年事无疑，此年为齐湣王十七年，田单尚未复齐，安有聊城之围？

其三，再云："彼燕国大乱，君臣过计，上下迷惑，栗腹以百万之众，五折于外，万乘之国，被围于赵，壤削主困，为天下僇，公闻之乎？今燕王方寒心独立，大臣不足恃，国弊祸多，民心无所归。"③《史记·六国年表》《燕世家》《赵世家》均记载，栗腹兵败在燕王喜四年（前251年），当齐王建十四年，此时距田单复齐已近三十年。《史记·田世家》《田单列传》皆载襄王五年，齐尽复失地，岂有三十年后再围聊城之理？又有研究者认为，与燕将书中有关"栗腹兵败"的几句话为后人"妄加蛇足之词"④。此论缺乏文献依据，就整篇书信而言，思路清晰而严密。一开始就明确告知燕将死守聊城乃非忠、非勇、非智，进而分析国际形势：齐本不顾楚、魏合攻而决意夺取聊城，在楚、魏退兵后，齐更无后顾之忧；而且，燕国不断兵挫地削，正处于内外交困之际而无力旁顾，聊城已陷入绝境。接着又称赞燕将

---

① 司马迁：《史记》卷四十六，中华书局，2014年版，第2302页。
② 刘向：《战国策》卷十三，上海古籍出版社，1998年版，第452页。
③ 刘向：《战国策》卷十三，上海古籍出版社，1998年版，第452页。
④ 王德敏、周立升：《鲁仲连杂考》，载于《管子学刊》，1987年第2期。

有孙膑、吴起之风,虽身处劣势,犹能坚守不败,已名扬天下,不如趁此机会归燕博得功名,抑或留齐享受富贵。同时,还劝燕将以管仲、曹沫为榜样,"去忿恚之心,而成终身之名;除感忿之耻,而立累世之功"①。书信中的各部分文字在结构上环环相扣、步步为营,从多角度、多侧面向燕将明以大义、晓以利害、动之情理,甚至为之谋划出路。所以,"栗腹兵败"的一段文字,作为说明燕国外患的例证,是整篇书信中的一个有机组成部分,绝非后人蛇足之词。

其四,燕将之所以死守聊城,是因为身陷进退两难的困境。因此,如何解决或利用这个困境,是顺利解聊城之围的关键。然而,与燕将书却对此视而不见,只劝说燕将"全车甲,归报燕王,燕王必喜"②。而燕将读过书信后,但云"敬闻命矣",便罢兵而去。就常理而言,燕将已遭诟谤,又拥兵而归,此举只会加重燕王的猜忌,回国后更不可能"上辅孤主,以制群臣"③。相比之下,佚《鲁连子》云"燕将得书,泣三日,乃自杀"④,说明历史上真实的与燕将书正中要害,即燕将归国惧诛、困守必败的绝境,并借此展开攻心战,最终致使燕将绝望自杀。虽然,伪与燕将书通篇陈词雄辩,但忽略了燕将做困兽犹斗的关键原因,也就根本不可能说服燕将毫无顾虑地罢兵而去。

此外,吴师道《战国策校注》卷四以为,策文将田单复齐与鲁仲连解聊城之围"误乱为一",并认定齐围聊城发生在栗腹兵败之后,但主将并非田单。他说:"考之《单传》,自复齐之后,无可书之事。齐襄王十九年,当赵孝成王元年,赵割地求单为将;次年遂相赵,必不复返齐矣。距聊城之役,凡十六年,单岂得复为齐将哉?此因'岁余不下'之言,聊、莒、即墨之混,而误指以为单也。夫仲连之言,正谓栗腹败,燕国乱,聊城孤守,齐方并攻,势将必拔。"⑤ 陆陇其

---

① 刘向:《战国策》卷十三,上海古籍出版社,1998年版,第457页。
② 刘向:《战国策》卷十三,上海古籍出版社,1998年版,第455页。
③ 刘向:《战国策》卷十三,上海古籍出版社,1998年版,第455页。
④ 李昉:《太平御览》卷五九五,中华书局,1960年版,第2682页。
⑤ 吴师道:《战国策校注》卷四,清广州登云阁刻本。

《战国策去毒》卷下也主张齐围聊城在栗腹兵败之际,但坚称齐主将为田单:"(吴注)惟谓王建之世,不应有田单为齐将则不然。安知单不自赵复归齐,再攻聊城耶?"① 笔者以为,无论田单是否返齐为将,齐围聊城都不可能发生于栗腹兵败之后,其证如下。首先,《史记·燕世家》不载聊城之役,《田世家》于齐王建七年至十五年间无任何记载,《六国年表》亦无所载。其次,就地势而论,聊城早在春秋时期已为齐邑,燕若据之必在昭王二十八年(前284年)乐毅伐齐之时②,至燕王喜五年(前250年),已逾三十年。聊城虽为齐之西鄙,燕若据之则孤悬于燕国本土之外,困陷于赵齐两强之间,绝无可能坚守三十余年而安然不失。再次,就燕国形势而论,赵虽于长平之战后屡为秦所困,对燕却能连战连捷。燕与其分兵远据聊城,不如兵合一处以拒赵军。且聊城近在邯郸之东③,若彼时为燕所据,赵必拔之以拱卫国都,不待齐兵之围。最后,就齐国形势而论,王建即位后,由君王后辅政,"君王后贤,事秦谨,与诸侯信"④,既"与诸侯信",何以攻燕围城?王建十六年,君王后卒,后胜相齐,"多受秦间金,多使宾客入秦,秦又多予金,客皆为反间,劝王去纵朝秦,不修攻战之备,不助五国攻秦,秦以故得灭五国。五国已亡,秦兵卒入临淄,民莫敢格者"⑤。齐国既"不修攻战之备",何以有聊城之围?"民莫敢格者",以四十余年不习兵戈也,更不当有伐燕之举。既然聊城之役不可能发生于腹栗兵败之后,那么与燕将书的真伪也就昭然若揭。

---

① 陆陇其:《战国策去毒》卷下,见《四库全书存目丛书》史部第44册,齐鲁书社,1996年版,第598页。

② 《史记·燕世家》载乐毅伐齐时,"齐城之不下者,独唯聊、莒、即墨"。司马贞《索隐》:"余篇及《战国策》并无'聊'字。"按,《史记·乐毅列传》作"唯独莒、即墨未服",《田单列传》亦云"唯独莒、即墨不下",皆无"聊"字。《后汉书·李通传》李贤注引《史记》乐毅伐齐事,但言莒、即墨,亦未有聊城。《燕世家》中的"聊"字,盖后人据从策文羼入。

③ 《史记·高祖本纪》:"十一年,高祖在邯郸诛豨等未毕,豨将侯敞将万余人游行,王黄军曲逆,张春渡河击聊城。"陈豨遣将军曲逆、击聊城,意在从东、北两个方向围攻邯郸,说明聊城距离邯郸较近。

④ 司马迁:《史记》卷四十六,中华书局,2014年版,第2304页。

⑤ 司马迁:《史记》卷四十六,中华书局,2014年版,第2304~2305页。

综上，鲁仲连在田单复齐之时，确有解围义举，但今存与燕将说实为后人伪托。正如鲍彪所云："盖好事者闻约矢之说，惜其书不存，拟为之以补亡；而其人意气横溢，肆笔而成，不暇检校细处。太史公亦爱其千里，而略其牝牡骊黄。至于今二千岁，莫有知其非者也！"①后来，李白多次作诗表达对鲁仲连的赞许，使其身价陡增，后世倾慕其行，遂多视伪托的与燕将书为史实。此外，信中以管仲、曹沫为例，规劝燕将勿因拘泥小节小耻而废大威荣名。其实，历史上有比管、曹更具说服力的人物，如越王勾践卧薪尝胆，终成一代霸主；秦将孟明以败军之将辅佐秦穆公，助之名列五霸。然而，伪托者只选择了与齐国关系紧密的人物，说明他对齐国历史非常熟悉，很可能是齐人。

《战国策》是策士修习的教科书，在内容类型上可分为史实和拟作两部分。史实主要选取战国政治家之间的重要对话，作为经典案例以供策士揣摩学习；拟作则为策士的习作，模拟说辞托名于某历史人物，以培养策士游说诸侯的实践能力。拟作虽出于伪托，但也并非全盘虚构，而是先选择某个历史事件，再以此为基础虚饰成文。《燕攻齐取七十余城章》的复杂性在于，其兼具史实和拟作的双重属性。鲁仲连射书解围是史有其事，这也构成了该文的写作背景。同时，作者托鲁仲连之名拟写与燕将书，并杂取相关史实嵌入文中以增强说服力。在这篇伪托的书信中，几处文字皆于史有证。如"楚攻南阳，魏攻平陆"，前文已证"楚攻南阳"，即《史记·六国年表》《楚世家》所载楚顷襄王十五年"取齐淮北"事；"魏攻平陆"虽不见于史书，但平陆为齐西界，毗邻魏国，不乏魏借五国伐齐之机趁火打劫的可能。至于《史记·六国年表》《魏世家》只言败齐济西，大概是因为次年秦伐魏至大梁，相比之下"魏攻平陆"也就不值一提了。再如"秦人下兵，魏不敢东面，横秦之势合，则楚国之形危"，《史记·秦本纪》载秦昭王二十四年"取魏安城，至大梁"，同年"与楚王会鄢，

---

① 刘向：《战国策》卷十三，上海古籍出版社，1998年版，第458页。

又会稽"①。又如，"彼燕国大乱，君臣过计，上下迷惑，以百万之众，五折于外，万乘之国，被围于赵，壤削主困"，亦可证之于《史记·燕世家》，唯"以百万之众"出于夸饰。据此，可以大致摸索出拟作的创作手法，即缘史而起、杂史乃成。这在《战国策》中非常普遍，如大量托名为张仪、苏秦的篇章，就借用了二人连横合纵的历史形象。有所不同的是，虽然历史上的张仪确实为秦推行连横，但其对手为公孙衍而非苏秦；苏秦较张仪晚二十余年，虽以合纵成名，但针对的国家为齐而非秦。然而，《战国策》中的众多篇章却将二人虚拟为针锋相对的宿敌，往往是苏秦先行合纵，张仪旋即为连横。后人此举的目的无非是在虚设的情境中反复辩难，以提高游说能力。为了渲染游说气氛，还大量采用了诸侯相攻的史实，但由于其中有些事件发生在张仪、苏秦身后，再加上《马王堆纵横家帛书》的出土，才得以驱散笼罩在张仪、苏秦身上的迷雾。伪托者在拟作的过程中杂取史实，旨在增强说服力和可信度。由于大量史实的出现，导致《战国策》中的很多篇章真伪混淆，也常使后人误从其说。然而，也多亏这些史实的存在，为后世的辨伪工作提供了重要依据。就此而论，《战国策》中的拟作，可谓成于史，亦败于史。

本文发表于《宁夏社会科学》2013年第2期，收入本书有改动

---

① 司马迁：《史记》卷五，中华书局，2014年版，第267页。

钱穆《先秦诸子系年》商榷三则

钱穆先生《先秦诸子系年》以其独到的眼光和扎实的考辨，早已成为诸子学研究不可动摇的基石。然而，笔者仍不量蚍蜉之力，妄立新说，望成美芹之献。

一、蒙城属宋而不属梁

钱穆《先秦诸子系年·庄周卒年考》："《史》又云：'庄子蒙人，尝为蒙漆园吏。'《索隐》引刘向《别录》云：'宋之蒙人也。'按《汉志》：'蒙属梁国'，在今归德城北四十里。刘向谓宋之蒙人，特据初属宋而言。至战国蒙地是否属宋，固已可疑。……然则《史》称蒙人，未必即宋人矣。"① 钱穆在文中不仅质疑庄子宋人的身份，还在《附战国时宋都彭城证》中怀疑蒙地在战国时已为魏国所并，"窃疑睢阳为梁，犹在宋亡之前"②。

据《汉书·地理志》记载，在宋国灭亡之后，"魏得其梁、陈留，齐得其济阴、东平，楚得其沛"③。其中"梁"，宋代乐史《太平寰宇记》卷十二"宋州"条谓："按梁，即今州地。秦并天下，改为砀郡。

---

① 钱穆：《先秦诸子系年》，商务印书馆，2005年版，第313页。
② 钱穆：《先秦诸子系年》，商务印书馆，2005年版，第374页。
③ 班固：《汉书》卷二十八下，中华书局，1962年版，第1664页。

后改为梁国,汉文帝封子武为梁王,自汉至晋为梁国,属豫州。"①宋州即商丘,古蒙城所在地。可知,魏国占据蒙城在宋亡之后,非如钱氏所疑"犹在宋亡之前"。此外,早在战国后期,韩非已视庄子为宋人,《韩非子·难三》云:"故宋人语曰:'一雀过羿,羿必得之,则羿诬矣。以天下为之罗,则雀不失矣。'"②说宋人之语出于《庄子·庚桑楚》:"一雀适羿,羿必得之,威也;以天下为之笼,则雀无所逃。"③据此,张松辉《庄子故里考》推测韩非所说的"宋人"显然非庄子莫属。④ 在去古未远的汉代,视庄子为宋人的观点是非常普遍的,如刘向《别录》云:"(庄周)宋之蒙人。"⑤班固《汉书·艺文志》"《庄子》五十二篇"自注:"名周,宋人。"⑥张衡《髑髅赋》托庄子之口:"吾宋人也,姓庄名周。"⑦高诱《吕氏春秋·必己》注:"庄子名周,宋之蒙人也。"⑧又《淮南子·修务训》注:"庄子名周,宋蒙县人。"⑨降及西晋,皇甫谧《高士传》亦云:"庄周者,宋之蒙人也。"⑩唐代成玄英作《庄子疏》,在序中说:"其人姓庄,名周,字子休,生宋国睢阳蒙县。"⑪宋代陈振孙《直斋书录解题》卷九在"《庄子》十卷"中注曰:"蒙漆园吏宋人庄周撰。"⑫林希逸

---

① 乐史:《太平寰宇记》卷十二,中华书局,2007年版,第218页。
② 王先慎:《韩非子集解》卷十六,见《诸子集成》第五册,中华书局,1954年版,第288页。
③ 郭庆藩:《庄子集释》卷八上,中华书局,1961年版,第814页。
④ 相关考证详见张松辉:《庄子故里考》,见《庄子考辨》,岳麓书社,1996年版,第2~3页。
⑤ 《史记·老子韩非列传》司马贞《索隐》引。司马迁:《史记》,中华书局,2014年版,第2609页。
⑥ 班固:《汉书》卷三十,中华书局,1962年版,第1730页。
⑦ 欧阳询:《艺文类聚》卷十七,上海古籍出版社,1965年版,第321页。
⑧ 许维遹:《吕氏春秋集释》卷十四,中华书局,2009年版,第347页。
⑨ 刘文典:《淮南鸿烈集解》卷十九,中华书局,1989年版,第654页。
⑩ 皇甫谧:《高士传》卷中,见《丛书集成初编》第3396册,中华书局,1985年版,第49页。
⑪ 郭庆藩:《庄子集释》卷一上,中华书局,1961年版,第6页。
⑫ 陈振孙:《直斋书录解题》卷九,上海古籍出版社,1987年版,第287页。

《庄子鬳斋口义发题》云:"庄子,宋人也,名周,字子休,生睢阳蒙县"①。近代马叙伦《庄子义证》附《庄子宋人考》,对于蒙地属于宋国作了详尽的考证,说:"又《史记·宋世家·索隐》引本书曰:'桓侯行,未出城门,其前驱呼辟,蒙人止之,后为狂也。'司马彪注曰:'呼辟,使人避道。蒙人以桓侯名辟,而前驱呼辟,故为狂也'。"②马氏以此证明蒙城为宋地。今人崔大华《庄学研究》根据《庄子·列御寇》中曹商在使秦得车后,"反于宋,见庄子",及《庄子》中宋国的君主性格、政治现状等情况,证明庄子的生长地在宋国。③刘生良《鹏翔无疆——庄子文学研究》从《史记》"互见"之力证、历史地理的补证和《庄子》中的内证三个方面,证明庄子确为宋之蒙人。④

钱穆《附战国时宋都彭城证》对宋国迁都的考证自有其合理之处,但他怀疑蒙城在宋亡之前已属于魏国则仅属猜测之辞。况且,前人已从多个角度证明宋国与庄子的关系,说明最晚在庄子生前,蒙城依然属于宋国,所以钱穆的怀疑是缺乏根据的。

二、孟子叹梁惠王"不仁"的时间和地点

《先秦诸子系年·孟子在齐威王时先已游齐考》:"《尽心篇》:'孟子曰:不仁哉梁惠王也!仁者以其所爱及其所不爱,不仁者以其所不爱及其所爱。公孙丑曰:何谓也?'孟子谓:'梁惠王以土地之故,糜烂其民而战之,大败,将复之,恐不能胜,又驱其所爱子弟以殉之。'此其语似发于梁败马陵之际。公孙丑齐人,盖其时孟子已游齐,而丑方及门,故记其一时之问答云尔也。此又孟子当威王时先已游齐之证四。"⑤ 该文认为孟子在齐威王时已宦游齐国,诚为不易之论。然而,

---

① 周启成:《庄子鬳斋口义校注》卷一,中华书局,1997年版,第1页。
② 马叙伦:《庄子义证》附录一,商务印书馆,1930年版,第9页。
③ 崔大华:《庄学研究》,人民出版社,1992年版,第8页。
④ 刘生良:《鹏翔无疆——庄子文学研究》,人民出版社,2004年版,第49~53页。
⑤ 钱穆:《先秦诸子系年》,商务印书馆,2005年版,第366页。

其所举第四条论据（即上引文）或可商榷。窃以为，魏惠王自即位以来征战不断，其以土地糜烂民众、驱弟子殉难战争，岂限于马陵一役？又据朱彝尊《经义考》卷二百三十六："惠王一见孟子，而首有'利国'之问，既又有'鸿雁、麋鹿'之问，既又因岁凶而有'民不加多'之问，孟子皆以仁义之道启之，而惠王之志在于报怨，乃欲雪齐、秦、楚之耻，非爱民之仁也，故孟子叹其不仁。"① 孟子对魏襄王也有过评价，《孟子·梁惠王上》："孟子见梁襄王。出，语人曰：'望之不似人君，就之而不见所畏焉。'"② 前人多以为孟子对魏襄王的失望在于他缺乏君主所应有的威仪，实则不然，因为接下来的对话才透露出真正的原因。"（魏襄王）卒然问曰：'天下恶乎定？'吾对曰：'定于一。''孰能一之。'对曰：'不嗜杀人者能一之。''孰能与之？'对曰：'天下莫不与也。王知夫苗乎？七八月之间旱，则苗槁矣。天油然作云，沛然下雨，则苗浡然兴之矣。其如是，孰能御之？今夫天下之人牧，未有不嗜杀人者也，如有不嗜杀人者，则天下之民皆引领而望之矣。诚如是也，民归之，由水之就下，沛然谁能御之？'"③ 在上文中，孟子仍以仁义（不嗜杀）来劝导魏襄王，这既与他对魏惠王的评价一脉相承，又有着特殊的历史背景。据杨宽《战国史》，公孙衍在魏惠王末年已主持魏政，在公元前318年合纵五国攻秦，此年即魏襄王元年。④ 结合《孟子》及后人研究可知，魏襄王在即位后仍延续其父对外征战的政策，这才是孟子感到失望的真正原因。孟子也因此在襄王即位伊始便离开了魏国。孟子出于反战的立场，对惠、襄两代魏君有过批评，对前者斥之不仁，对后者则导之以仁。他对襄王的批评在其即位前后，当无疑义。对惠王"不仁"的评

---

① 朱彝尊：《经义考》卷二百三十六，见《点校补正经义考》第七册，"中央"研究院文哲所筹备处，1997年版，第219页。

② 孙奭：《孟子注疏》卷一下，见阮元校刻：《十三经注疏》第五册，中华书局，2009年版，第5807页。

③ 孙奭：《孟子注疏》卷一下，见阮元校刻：《十三经注疏》第五册，中华书局，2009年版，第5807页。

④ 杨宽：《战国史》，上海人民出版社，2003年版，第353～354页。

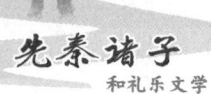

价,应是孟子在魏国于惠王卒后的盖棺之论。

三、荀子议兵在邯郸解围之前

《先秦诸子系年·荀卿至赵见赵孝成王议兵考》:"《荀子·臣道篇》极称平原信陵两人功,即为邯郸解围事发。以荀卿在赵,身历其事,故盛加称许如此也。其与临武君议兵赵孝成王前,亦疑在邯郸解围后。"① 据《史记·赵世家》记载,赵孝成王先惑于上党之利,不顾赵豹"韩氏所以不入于秦者,欲嫁其祸于赵"的劝阻,代韩受秦兵之祸;后又误中秦反间计,无视蔺相如和赵括母的谏言,用赵括取代廉颇,遂有长平之难。赵王先后两次遭诈,终于酿成大祸。其中,平原君赵胜和赵禹劝孝成王接管上党,也负有不可推脱的责任。所以,长平之败的根源在于赵国君臣不同德和臣下不同心。《荀子·议兵篇》正由此而发:"仁人之兵,不可诈也。彼可诈者,怠慢者也,路亶者也,君臣上下之间滑然有离德者也。……故仁人上下,百将一心,三军同力,臣之于君也,下之于上也,若子之事父,弟之事兄,若手臂之扞头目而覆胸腹也,诈而袭之,与先惊而后击之,一也。"② 在《议兵篇》中孝成王、临武君又问"请问为将",荀子答曰:"知莫大乎弃疑,行莫大乎无过,事莫大乎无悔。"文中"知莫大乎弃疑",王先谦谓"言用人不疑",正指孝成王临阵换将而言。③ 所以,荀子与孝成王、临武君议兵,必在长平之战后不久,但非如钱穆所说在"邯

---

① 钱穆:《先秦诸子系年》,商务印书馆,2005年版,第532～533页。
② 王先谦:《荀子集解》卷十,中华书局,1988年版,第266～267页。
③ 王先谦:《荀子集解》卷十,中华书局,1988年版,第276～277页。

郸解围"①之后。因为据《史记·赵世家》记载，在孝成王八年，赵借楚、魏、韩之兵解邯郸之围，"（十年）赵将乐乘、庆舍攻秦信梁军，破之"。唐张守节《史记正义》："信梁盖王龁号也。《秦本纪》云'昭襄王五十年王龁从唐拔宁新中，宁新中更名安阳'，今相州理县也。年表云'韩、魏、楚救赵新中军，秦兵罢'是也。"② 王龁即围攻邯郸的秦将，又据上文可知，秦军不仅未能攻取邯郸，反而连遭败绩。然而，荀子在《议兵篇》中对秦国的军事力量颇有称赞，"秦人，其生民也陿阸，其使民也酷烈，劫之以势，隐之以阸，忸之以庆赏，䲡之以刑罚，使天下之民所以要利于上者，非斗无由也。阸而用之，得而后功之，功赏相长也，五甲首而隶五家，是最为众强长久，多地以正。故四世有胜，非幸也，数也。故齐之技击不可以遇魏氏之武卒，魏氏之武卒不可以遇秦之锐士"③。如果荀子议兵在邯郸解围之后，则不当言秦"四世有胜"，更无必要盛赞秦军。此外，《议兵篇》中载有荀子和李斯之间的对话："李斯问孙卿子曰：'秦四世有胜，兵强海内，威行诸侯，非以仁义为之也，以便从事而已。'"杨倞在荀子答复之语后注曰："荀卿前对赵孝成王有此言语，弟子所知，故引以答之也。"④ 据此可知，这次对话当发生于荀子议兵之后不久。其中，荀子说秦国虽"四世有胜"，却"諰諰然常恐天下之一合而轧己也"，

---

① 《史记·六国年表》以魏遣公子无忌解邯郸之围在赵孝成王九年，唐张守节《正义》云："年表云九年，'公子无忌救邯郸'。围在九年，其文错误。"按，《史记·魏世家》："（魏安釐王）二十年，秦围邯郸，信陵君无忌矫夺将军晋鄙兵以救赵，赵得全。"《楚世家》："（楚考烈王）六年，秦围邯郸，赵告急楚，楚遣将军景阳救赵。七年，至新中。秦兵去。"《秦本纪》："（秦昭王五十年）龁攻邯郸，不拔，去，还奔汾军。"魏安釐王二十年、楚考烈王六年、秦昭王五十年，与赵孝成王九年（前257年）同年。反观《赵世家》："（赵孝成王）八年，平原君如楚请救。还，楚来救，及魏公子无忌亦来救，秦围邯郸乃解。"盖平原君如楚请救在赵孝成王八年，至归国时楚、魏亦来救，已在赵孝成王九年。《六国年表》与《魏世家》《楚世家》《秦本纪》所载皆相吻合，张守节《正义》所言为是。笔者窃疑，《赵世家》在叙述八年事之后，直承十年事，其间"八年，平原君如楚请救"之后，当缺"九年"二字。
② 司马迁：《史记》卷四十三，中华书局，2014年版，第2200页。
③ 王先谦：《荀子集解》卷十，中华书局，1988年版，第273~274页。
④ 王先谦：《荀子集解》卷十，中华书局，1988年版，第280页。

丝毫未言及诸侯救赵之事，说明荀子与临武君议兵，当发生于长平之战后、邯郸解围前。至于钱穆所言"《荀子·臣道篇》极称平原信陵两人功，即为邯郸解围事发"，只能说明《臣道篇》当作于邯郸解围之后，但与荀子议兵的时间并无必然联系。

本文发表于《中国图书评论》2013年第3期，收入本书有改动

江乙仕楚年代及历史意义

江乙出使出仕楚国的一系列记载见存于《战国策·楚策一》中的数章,事迹多为对楚令尹昭奚恤的诋毁。江乙中伤昭奚恤,并非出于个人恩怨。下文以江乙出使出仕楚国为背景,分析其中缘由。

一、江乙使楚仕楚的年代

江乙又作江尹,始见于《战国策·楚策一》,其事迹以诽谤楚国令尹昭奚恤为主。江乙在《楚策一·江乙恶昭奚恤章》中说:"邯郸之难,楚进兵大梁,取矣。昭奚恤取魏之宝器,以居魏知之,故昭奚恤常恶臣之见王。'"① 据《史记·魏世家》《田敬仲完世家》《楚策一·邯郸之难章》等文记载,江乙所谓"邯郸之难"指魏惠王十八年(前353年)魏伐邯郸之战。又据郦道元《水经注》卷三十引《竹书纪年》:"(魏惠王)十八年,惠成王以韩师败诸侯师于襄陵。齐侯使楚景舍来求成。"② 那么,《楚策一·江乙为魏使于楚章》中江乙使楚的记载应与魏楚媾和有关,或可视作魏国同意楚国求成的回访,具体时间当在魏惠王十八年或次年。

此外,宋代鲍彪曰:"(江)乙,魏人,时居魏,后乃仕楚。故其

---

① 刘向:《战国策》卷十四,上海古籍出版社,1998年版,第487页。
② 《史记·六国年表》载"诸侯围我襄陵"于魏惠王十七年,较《竹书纪年》晚一年,当从《竹书纪年》。

谮昭奚恤曰'臣居魏知之'。"① 关于江乙是否为魏人，元代吴师道有异议："据居魏语以为魏人，未知果不？"② 江乙的国别无据可证，但鲍彪所谓"后乃仕楚"则为实情，其证有二。一是《江乙恶昭奚恤章》中，江乙曰"故昭奚恤常恶臣之见王"③。若江乙此时尚为魏使，昭奚恤完全没理由多次阻拦外国使者觐见楚王。二是《楚策一·荆宣王问群臣章》中，楚宣王问于群臣，唯江乙有所对，说明此时江乙已为楚臣。结合《楚策一》数章文字可知，江乙使楚和仕楚在时间上紧密相承，应在魏惠王十八年或次年。

《楚策一·江乙为魏使于楚章》中，江乙初见楚王便抨击道："州侯相楚，贵甚矣而主断，左右俱曰'无有'，如出一口矣。"④ 文中的"州侯"在先秦典籍中略有记载，如《战国策·楚策四·庄辛谓楚襄王曰章》："君王左州侯，右夏侯，辇从鄢陵君与寿陵君，专淫逸侈靡，不顾国政，郢都必危矣。"⑤ 又如《荀子·臣道》："齐之苏秦，楚之州侯，秦之张仪，可谓态臣者也。"⑥ 再如《韩非子·内储说下》："州侯相荆，贵而主断。荆王疑之，因问左右，左右对曰：'无有'，如出一口也。"⑦ 上述典籍所载"州侯"实为两人，一在楚宣王时，一在楚顷襄王时。楚宣王时期的"州侯"即为昭奚恤，其证如下。一是秦简《大事记》载昭奚恤相楚于周显王十五年（前354年），《资治通鉴》卷二则系之于周显王十六年，至江乙使楚时，昭奚恤已相楚，而《楚策一》中江乙攻击的对象只有昭奚恤一人，那么江乙初见楚王时所说的"州侯"必为昭奚恤。二是《战国策·楚策一·荆宣王问群臣章》："荆宣王问群臣曰：'吾闻北方之畏昭奚恤也，果诚何如？'群臣莫对。"⑧ 其中的"群臣莫对"与《楚策一·江乙为魏使于

---

① 刘向：《战国策》卷十四，上海古籍出版社，1998年版，第492页。
② 刘向：《战国策》卷十四，上海古籍出版社，1998年版，第492页。
③ 刘向：《战国策》卷十四，上海古籍出版社，1998年版，第487页。
④ 刘向：《战国策》卷十四，上海古籍出版社，1998年版，第492页。
⑤ 刘向：《战国策》卷十七，上海古籍出版社，1998年版，第555页。
⑥ 王先谦：《荀子集解》卷九，中华书局，1988年版，第249页。
⑦ 王先慎：《韩非子集解》卷十，中华书局，1998年版，第245页。
⑧ 刘向：《战国策》卷十四，上海古籍出版社，1998年版，第482页。

楚章》及《韩非子·内储说下》中"左右俱曰无有,如出一口"①的记载完全吻合。至于庄辛所说的"州侯","专淫逸侈靡,不顾国政",正与荀子所谓"态臣"相符,即"内不足使一民,外不足使距难,百姓不亲,诸侯不信,然而巧敏佞说,善取宠乎上,是态臣者也"②。那么,被荀子视为态臣的"州侯"与庄辛所云必同为一人。③ 荀子所言"州侯"不可能为昭奚恤,因为后者"贵甚矣而主断",近乎荀子所谓的篡臣,"上不忠乎君,下善取誉乎民,不恤公道通义,朋党比周,以环主图私为务,是篡臣者也"④。另外,《战国策》又明言庄辛与楚顷襄王谈及"州侯",上至楚宣王相隔威、怀两代,其间相距至少四五十年。至楚顷襄王时,昭奚恤必不在人世,不可能再为"州侯"。⑤

昭奚恤被封为州侯,又高居令尹之职,在楚国可谓权倾一时。就常理而言,江乙出仕楚国,即便不逢迎权贵,也没必要得罪巨室。然而,据《楚策一》"荆宣王问群臣""邯郸之难""江尹欲恶昭奚恤于楚王""魏氏恶昭奚恤于楚王""江乙恶昭奚恤""江乙欲恶昭奚恤于楚""江乙为魏使于楚"等章记载,江乙对昭奚恤的诋毁可谓不遗余

---

① 《韩非子·内储说下》中有两处文字言及"州侯",皆为同一人,详见张觉《韩非子校疏析论》。
② 王先谦:《荀子集解》卷九,中华书局,1988年版,第247页。
③ 杨倞《荀子注》指出荀子所言"州侯"为"楚襄王佞臣",实一语中的。然而,此后又误将之与《韩非子·内储说下》所说的"州侯"混为一谈。
④ 王先谦:《荀子集解》卷九,中华书局,1988年版,第247页。
⑤ 《左传·桓公十一年》:"郑人军于蒲骚,将与随、绞、州、蓼伐楚师。"杜预注曰:"州国在南郡华容县东南。"《汉书·地理志上》载南郡有州陵,《水经注》卷三十五:"又东北径石子冈,冈上有故城,即州陵县之故城也。庄辛所言左州侯国矣。"《晋书·地理志下》载南郡下辖州陵,昔为"楚嬖人州侯所邑"。盖州国近于郢,其地后为楚所并,封之与近臣,颇类于齐以薛封田婴。楚宣王时之州侯为昭奚恤,顷襄王时之州侯或为昭奚恤后人,或在后世转封他人。至楚考烈王元年,"纳州于秦以平"(《史记·楚世家》)。州地亦陷于秦,当楚顷襄王二十一年,秦白起拔郢之时。至二十三年,"襄王乃收东地兵,得十余万,复西取秦所拔我江旁十五邑以为郡,距秦。"(《史记·楚世家》)楚军的反扑对秦造成了一定的压力,且楚考烈王元年,即秦昭王四十五年(前262年),秦国正竭尽全力进攻韩国,两年后又发生了决定秦、赵两国命运的长平之战,所以无暇南征的秦国归还州地与楚,以求暂时停战。

力。刘向《列女传》卷六有"楚江乙母"条,记载了楚大夫江乙因王宫失窃而遭令尹罢官之事。① 唐余知古《渚宫旧事》卷三亦载此事,并以楚令尹为昭奚恤。清陈厚耀《春秋战国异辞》卷二十八则认定"按,江乙宣王时人,即恶昭奚恤者"②。如果江乙因私怨报复昭奚恤,似乎可以理解。然而,《列女传》却明言江乙"当(楚)恭王之时"③。对此,清马骕《绎史》卷一百七曰:"楚恭王乃宣王之远祖也,此非别有江乙,则记载之误。"④ 若《列女传》将宣王误作恭王,江乙因私仇诬谤昭奚恤,完全可以理解。但《韩非子·内储说上》:"江乙为魏王使荆,谓荆王曰:'臣入王之境内,闻王之国俗曰:君子不蔽人之美,不言人之恶。诚有之乎?'"⑤ 江乙询问楚国风俗完全是外人的口吻,若为郢大夫,则不必如此。可知楚恭王时江乙或另有其人,或出于《列女传》虚构。那么,江乙诋毁昭奚恤亦当另有原因,这就必须从魏国的时局说起。

二、江乙仕楚开纵横家兼相之先河

　　三家分晋之初,魏、赵、韩三国尚能齐心协力,但随着各自实力的上升,开始自图发展,甚至相互征伐。尤其在魏武侯卒后,赵、韩干涉魏国内部的权力交接,导致三晋彻底分裂。此后,三晋之间纷争不断。据《史记·六国年表》记载,自魏惠王即位以来,三晋之间的战争频率陡增。魏国国都原在安邑,很容易受到秦、赵、韩三国的包围,不得不迁都于大梁。魏在迁都之后,固然可以暂离秦、赵、韩的围攻,却离齐、楚更近,直接导致魏成为真正的四战之国。迫于形

---

① 王照圆:《列女传补注》卷六,华东师范大学出版社,2012年版,第232～233页。
② 陈厚耀:《春秋战国异辞》卷二十八,见《影印文渊阁四库全书》史部第403册,台湾商务印书馆,1986年版,第594页。
③ 王照圆:《列女传补注》卷六,华东师范大学出版社,2012年版,第232页。
④ 李锴《尚史》卷六十认为:"江乙宣王时人,恭王,宣王远祖,说亦误。"
⑤ 王先慎:《韩非子集解》卷九,中华书局,1988年版,第220页。

势，魏拉拢与国的活动空前活跃。如在迁都大梁的同年，魏惠王在巫沙与韩昭侯会面（《水经注·济水》引《竹书纪年》）；惠王十三年，在葛孽与赵成侯相会（《史记·赵世家》）；次年，又在鄗相会（《史记·魏世家》）；同年，魏惠王与韩昭侯在巫沙结盟（《水经注·济水》引《竹书纪年》）；惠王十五年，鲁、卫、宋、郑朝魏（《史记·六国年表》）；次年，魏惠王入齐会见齐威王。

然而，即使如此，魏国的外部环境仍潜藏着巨大的危机，这在邯郸之战中体现得尤为明显。首先，秦国趁魏攻邯郸之机，一度夺取魏国的少梁、安邑和固阳（《史记·六国年表》）；楚则取睢、濊之间（《楚策一·邯郸之难章》）；齐国先在襄陵为魏、韩所败，但同年也取得桂陵之战的胜利。此时，魏国的形势大致如此：秦在连续夺取魏地之后，忙于兴建咸阳以巩固东方，故与魏和解①；赵国都城虽被魏攻取，但魏惠王"二十年，归赵邯郸，与盟漳水上"（《魏世家》），魏、赵两国矛盾暂时缓解；楚国趁火打劫，夺取魏国睢、濊之间的土地。至于齐国，与魏国实力相当并为强国，"魏惠王、齐威王尤强"（《史记·田敬仲完世家》），实为魏国的心腹大患。历史也证明，在桂陵、马陵之战连续败于齐国之后，魏国开始转向衰落。那么，在邯郸之役后，魏与齐争霸，两国矛盾难以调和；魏国已与秦、赵和解，暂时无忧；此时如何防备楚国再次乘隙而入，就成为魏国的当务之急。

《楚策一·魏氏恶昭奚恤于楚王章》："魏氏恶昭奚恤于楚王，楚王告昭子。昭子曰：'臣朝夕以事听命，而魏入吾君臣之间，臣大惧。臣非畏魏也！夫泄吾君臣之交，而天下信之，是其为人也近苦矣。夫苟不难为之外，岂忘为之内乎？臣之得罪无日矣。'王曰：'寡人知之，大夫何患。'"② 上文明言恶昭奚恤者为"魏氏"，而非"江氏"。可知江乙之所以诋毁昭奚恤，实乃魏国主导，并非江氏个人行为。魏国这样做的目的在于离间楚国君臣关系，从而造成楚国内部的混乱，

---

① 《史记·秦本纪》载："（秦孝公）十二年，作为咸阳，筑冀阙，秦徙都之。"同年，《魏世家》载："（魏惠王）二十一年，与秦会彤。"
② 刘向：《战国策》卷十四，上海古籍出版社，1998年版，第486页。

以减轻楚对魏的威胁，使魏国可以专注于对齐国的防御。江乙为了实现这一目标，除了屡次出言中伤，还积极寻找同盟以壮大声势。《楚策一·江尹欲恶昭奚恤于楚王章》："江尹欲恶昭奚恤于楚王，而力不能，故为梁山阳君请封于楚。楚王曰：'诺。'昭奚恤曰：'山阳君无功于楚国，不当封。'江尹因得山阳君与之共恶昭奚恤。"① 江乙以魏山阳君为外援尚嫌不足，故又说安陵君，欲以之为内援，事见《楚策一·江乙说于安陵君章》。②

虽然，江乙挖空心思实施反间计，却已为楚国君臣识破，并取得互信，如楚宣王对昭奚恤所云"寡人知之，大夫何患"（《魏氏恶昭奚恤于楚王章》）。魏国的反间策略固然未能奏效，但也在楚、魏之间带来了短暂的和平，终楚宣王之世，楚、魏两国再无交战记录。就此而言，江乙亦可谓不辱使命。至于其最终结局，则鲜为人知。然而，江乙仕楚的行为却开创了战国中后期纵横家转仕多国的先河。前321年，张仪兼相秦、魏，旨在破坏合纵，推动秦国连横的策略，所谓"欲令魏先事秦而诸侯效之"（《史记·张仪列传》）。前319年，公孙衍取代张仪任魏相，其背后即有山东诸侯的支持。前318年，秦为了拉拢赵国，任赵臣乐池为相。前316年，公孙衍任韩相，田文任魏相，在齐相田婴的支持下，合纵之势再度拉开帷幕。前294年，燕派苏秦仕齐，明为助齐攻宋，实则借此削弱齐国力量，为燕伐齐做准备。同一时期，乐毅兼相燕、赵，为伐齐做准备。诸侯国各遣派心腹转仕他国，便于在与国推行本国的对外策略，以实现外交和军事上的图谋。

附　录

江乙、昭奚恤，《汉书·古今人表》有载，与楚宣王同时，皆在

---

① 刘向：《战国策》卷十四，上海古籍出版社，1998年版，第485页。
② 关于江乙说安陵君的年代，缪文远《战国策考辨》（135页）载："此章当在显十七年江乙仕楚之后，其确年不可考。"游说安陵君当在江乙仕楚后不久，目的同样在于壮大同盟以离间楚国君臣。在《江乙说于安陵君章》中，江乙称安陵君"无咫尺之地，骨肉之亲，处尊位，受厚禄"，而安陵君自谦"王过举而已"，说明安陵君实为楚宣王宠臣。

中中。若《列女传》所载为实,那么楚恭王时当别有一江乙。另外,《新序·杂事第一》载昭奚恤事迹,其中出现了令尹子西、太宗子敖、叶公子高、司马子反等楚臣。其中,司马子反卒于楚恭王十六年,令尹子西死于楚惠王五十年,相去九十余年。据《战国策》,昭奚恤在楚宣王时为令尹,宣王即位时尚距子西之死已有百年的差距。马骕《绎史》卷九十三载《新序》昭奚恤事,并曰:"子反、昭奚恤,前后异时人也,此篇所载,不可据以为信。"① 马氏之见,诚是。《新序》文中有言:"怀霸王之余议,摄治乱之遗风,昭奚恤在此。"② 霸道思想流行于战国中后期,《新序》中该段文字应为好事者伪托,不可视为实录。

本文发表于《中南大学学报(社会科学版)》2013年第3期,收入本书有改动

---

① 马骕:《绎史》卷九十三,中华书局,2002年版,第2288页。
② 石光瑛:《新序校释》卷一,中华书局,2009年版,第107~108页。

庄子国属问题述评

有关庄子的故里,最早当见于《史记·老子韩非列传》所附庄子传记,即"庄子者,蒙人也"[①]。然而,关于蒙地的归属,司马迁却语焉不详。这就使得庄子的国别归属成为后世争讼的焦点。关于庄子的国别,大致有宋、齐、梁、楚、鲁五种观点。

一、宋人说

早在战国后期,韩非已视庄子为宋人。《韩非子·难三》云:"宋人语曰:'一雀过羿,羿必得之,则羿诬矣。以天下为之罗,则雀不失矣。'"[②] 张松辉《庄子故里考》指出,文中宋人之语出自《庄子·庚桑楚》:"一雀适羿,羿必得之,威也;以天下为之笼,则雀无所逃。"[③] 那么韩非所说的"宋人",显然非庄子莫属。[④] 以庄子为宋人的观念,在两汉颇为流行。如刘向《别录》云:"(庄周)宋之蒙人也。"[⑤] 班固《汉书·艺文志》"《庄子》五十二篇"自注:"名周,宋

---

① 司马迁:《史记》卷六十三,中华书局,2014年版,第2608页。
② 王先慎:《韩非子》卷十六,见《诸子集成》第五册,中华书局,1954年版,第288页。
③ 郭庆藩:《庄子集释》卷八上,中华书局,1961年版,第814页。
④ 张松辉:《庄子考辨》,岳麓书社,1996年版,第2~3页。
⑤ 司马迁:《史记》六十三,中华书局,2014年版,第2609页。

人。"① 张衡《髑髅赋》托庄子之口:"吾宋人也,姓庄名周。"② 高诱《吕氏春秋·必己》注:"庄子名周,宋之蒙人也。"③ 又有《淮南子·修务训》注:"庄子名周,宋蒙县人。"④ 西晋以降,皇甫谧《高士传》亦云:"庄周者,宋之蒙人也。"⑤ 唐代成玄英作《庄子疏》,在序中说:"其人姓庄名周,字子休,生宋国睢阳蒙县。"⑥ 宋陈振孙《直斋书录解题》卷九在"《庄子》十卷"注曰:"蒙漆园吏宋人庄周撰。"⑦ 林希逸《庄子鬳斋口义发题》载:"庄子,宋人也,名周,字子休,生睢阳蒙县。"⑧ 近代马叙伦《庄子义证》附《庄子宋人考》,对于蒙地属于宋国作了详尽的考证,说:"又《史记·宋世家·索隐》引本书曰:'桓侯行,未出城门,其前驱呼辟,蒙人止之,后为狂也。'司马彪注曰:'呼辟,使人避道。蒙人以桓侯名辟,而前驱呼辟,故为狂也'。"⑨ 马叙伦以此证明蒙城为宋地。今人崔大华《庄学研究》根据《庄子·列御寇》中曹商在使秦得车后,"反于宋,见庄子",及《庄子》中关于宋国的君主性格、政治现状等的描述,证明庄子的生长地在宋国。⑩ 刘生良《鹏翔无疆——庄子文学研究》从《史记》"互见"之力证、历史地理的补证和《庄子》中的内证三个方面,证明庄子确为宋之蒙人。⑪ 方勇《庄子籍里考辨》综合多种古籍和实地考察,力证蒙地在今商丘东北数十里的古蒙县。⑫

---

① 班固:《汉书》卷三十,中华书局,1962年版,第1730页。
② 欧阳询:《艺文类聚》卷十七,上海古籍出版社,1965年版,第321页。
③ 许维遹:《吕氏春秋集释》卷十四,中华书局,2009年版,第347页。
④ 刘文典:《淮南鸿烈集解》卷十九,中华书局,1989年版,第654页。
⑤ 皇甫谧:《高士传》卷中,见《丛书集成初编》第3396册,中华书局,1985年版,第49页。
⑥ 郭庆藩:《庄子集释》卷一上,中华书局,1961年版,第6页。
⑦ 陈振孙:《直斋书录解题》卷九,上海古籍出版社,1987年版,第287页。
⑧ 周启成:《庄子鬳斋口义校注》卷一,中华书局,1997年版,第1页。
⑨ 马叙伦:《庄子义证》附录一,商务印书馆,1930年版,第9页。
⑩ 崔大华:《庄学研究》,人民出版社,1992年版,第8页。
⑪ 刘生良:《鹏翔无疆——庄子文学研究》,人民出版社,2004年版,第49～53页。
⑫ 方勇:《庄子籍里考辨》,见《诸子学刊》第一辑,上海古籍出版社,2007年版,第77～100页。

略晚于庄子的韩非亦以庄子为宋人,这种观念在汉代得到普遍认同。他们去古未远,最为可信。后来,又经过马叙伦等一批近现代学者的潜心研究,从内证、外证双重角度,补证了庄子为宋国蒙人的传统观点,颇令人信服。

二、齐人说

以庄子为齐人的观点,始于南朝陈代。释智匠《古今乐录》云:"庄周者,齐人也。明笃学术,多所博达,进准见方来,却睹未发。是时齐湣王好为兵事,习用干戈。庄周儒士,不合于时,自以不用,行欲避乱,自隐于山岳。后有达庄周于湣王,遣使赍金百镒以聘相位,周不就。使者曰:'金至宝,相尊官,何辞之为?'周曰:'君不见夫郊祀之牛,衣之以朱彩,食之以禾粟,非不乐也。及其用时,鼎镬在前,刀俎列后,当此之时,虽欲还就孤犊,宁可得乎?周所以饥不求食,渴不求饮者,但欲全身远害耳。'于是重谢,使者不得已而去。后引声歌曰:'天地之道,近在胸臆。呼噏精神,以养九德。渴不求饮,饥不索食。避世俟道,志洁如玉。卿相之位,难可直当。岩岩之石,幽而清凉。枕块寝处,乐在未央。寒凉回固,可以久长。'"① 蔡德贵《庄子与齐文化》对释智匠的观点加以附和:"释智匠说庄子为齐国人是非常有道理的。《古今乐录》虽不是一部学术思想著作,而是一部乐书,但其记载有其科学性。……也就是从此出发,我认为庄子是齐国人的说法是可以成立的。而从《庄子》一书中丰富的齐文化内容更可以明白无误地得出这一结论。"② 后又撰写《庄学溯源》③《再论庄子与齐文化》④等文,以自张其说。

对于释智匠的"齐人说",清马骕已驳其非"周蒙人,属宋,不

---

① 李昉:《太平御览》卷五七一,中华书局,1960年版,第2583页。
② 蔡德贵:《庄子与齐文化》,载于《文史哲》,1996年第5期。
③ 蔡德贵:《庄学溯源》,载于《中国哲学史》,1998年第2期。
④ 蔡德贵:《再论庄子与齐文化》,载于《东岳论丛》,2003年第6期。

属齐"①。众所周知,《庄子·秋水》谓楚王使人聘庄子,《史记·老子韩非列传》载"楚威王"以厚币迎庄子。总之,迎聘庄子的是楚王。然而,释智匠却谓齐滑王迎聘庄子,相关文字实为《秋水篇》的翻版,但不免张冠李戴。对此,方勇《庄子籍里考辨》指出,"以小说家的手法凭空杜撰了所谓庄周'引声歌曰'的一段唱词,所以根本不足为据"②。此后,今人又撰文附和释智匠之说,实属以讹传讹、混淆视听。

三、梁人说

庄子梁人说,起于唐初。《隋书·经籍志》在"《庄子》二十卷"下作注云"梁漆园吏庄周撰"③。陆德明《经典释文》亦云:"庄子者,姓庄名周,梁国蒙县人也。"④钱穆《先秦诸子系年·庄周卒年考》:"《史》又云:'庄子蒙人,尝为蒙漆园吏。'《索隐》引刘向《别录》云:'宋之蒙人也。'按《汉志》:'蒙属梁国',在今归德城北四十里。刘向谓宋之蒙人,特据初属宋而言。至战国蒙地是否属宋,固已可疑。……然则《史》称蒙人,未必即宋人矣。"⑤钱穆在文中表达了对庄子宋人身份的质疑,又在《附战国时宋都彭城证》中怀疑蒙地在战国时已为魏国所并,"窃疑睢阳为梁,犹在宋亡之前"⑥。

《汉书·高帝纪》载张良谓刘邦语:"彭越本定梁地,始君王以魏豹故,拜越为相国。今豹死,越亦望王,而君王不早定。今能取睢阳以北至谷城皆以王彭越……"⑦高帝六年,下令曰:"魏相国建城侯彭越勤劳魏民,卑下士卒,常以少击众,数破楚军,其以魏故地王

---

① 马骕:《绎史》卷一百一十二,中华书局,2002年版,第2925页。
② 方勇:《庄子籍里考辨》,见《诸子学刊》第一辑,上海古籍出版社,2007年版,第91页。
③ 魏徵:《隋书》卷三十四,中华书局,1973年版,第1001页。
④ 黄焯:《经典释文汇校》卷一,中华书局,2006年版,第28页。
⑤ 钱穆:《先秦诸子系年》,商务印书馆,2005年版,第313页。
⑥ 钱穆:《先秦诸子系年》,商务印书馆,2005年版,第374页。
⑦ 班固:《汉书》卷一下,中华书局,1962年版,第49页。

之,号曰梁王,都定陶。"① 《汉书·地理志》"梁国":"故秦砀郡,高帝五年为梁国。"② 梁国下辖八县,蒙为其中之一。对此,刘生良《鹏翔无疆——庄子文学研究》早已指出:"汉代梁国的蒙县正是宋国的蒙邑,也就是说蒙在汉代封属梁国,但在庄子生活的年代及其以前则属宋不属梁,故班固在《艺文志》特意注明庄子为'宋人',两相参证,即可昭然。……大抵裴氏注解欠详,陆氏不察,'盖以蒙属梁国,据后为说',遂将汉代封国之梁与战国七雄之梁(魏)混为一谈。《隋志》亦不加辨析,更谬称'梁漆园吏',径以战国之梁作为庄子国属,错误更甚。揆诸由裴注到陆疏再到《隋志》的流变过程,此说显然是因未审历史沿革同地异属辗转因循而致误,根本不能成立,今人反将其作为与'宋蒙'说名异而实同之说或者补证来看待。"③

虽然,钱穆《附战国时宋都彭城证》对宋国迁都的考证是不可辩驳的,但其也仅仅是有所怀疑,并无确凿证据证明在宋亡之前蒙地一定属于魏国。况且,前人已从多个角度证明宋国与庄子的关系,可知最晚在庄子生前,蒙地仍属于宋国。所以钱穆的怀疑是缺乏根据的。

四、楚人说

庄子为楚人的观点,肇始于宋代。北宋乐史《太平寰宇记》卷十二载:"小蒙故城,在县南十五里。六国时,楚有蒙县,俗为小蒙城,即庄周之本邑。"④ 王安石《蒙城清燕堂》云:"清燕新碑得自蒙,行吟如到此堂中。吏无田甲当时气,民有庄周后世风。庭下早知闲索木,坐间遥想御丝桐。飘然一往何时得,俯仰尘沙欲作翁。"⑤ 苏轼《庄子祠堂记》:"庄子,蒙人也。尝为蒙漆园吏。没千余岁,而蒙未

---

① 班固:《汉书》卷一下,中华书局,1962年版,第51页。
② 班固:《汉书》卷二十八下,中华书局,1962年版,第1636页。
③ 刘生良:《鹏翔无疆——庄子文学研究》,人民出版社,2004年版,第27页。
④ 乐史:《太平寰宇记》卷十二,中华书局,2007年版,第221页。
⑤ 王安石:《蒙城清燕堂》,见《王文功文集》卷六十八,上海人民出版社,1974年版,第727页。

有祀之者。县令秘书丞王兢始作祠堂，求文以为记。"① 二人皆认定亳州蒙城县（今安徽省蒙城县）为庄子故里，此地在战国时属楚，但他们并未明确指定庄子为楚人。然而，他们以安徽蒙城为庄子故里的表述在后世影响甚广。如晚明李时芳《新修庄子祠记》："按'传记'，庄子后数千年无祀之者，宋元丰间蒙令王兢始祀之，苏轼为记。王安石题《蒙城清燕堂》诗，有'民有庄周后世风'之句。若此蒙非古蒙，二公何为异口同声称为先生之故里哉？……以东坡之才、介甫之学，为宋人一代宗工，宁有考证不确而轻托于诗文者乎！"② 王继贤《古蒙庄子序》说："东坡先生读其书，想见其人，明其不背于道；王荆公入其乡，慕其遗风，《清燕》之咏三致意焉。非庄之能有蒙，以蒙之不能去庄也。好事者以为今之蒙非昔之蒙，夫郡邑称谓，固有沿革，然今之去宋不远，而荆公于当世，号称稽古，观风问俗，岂其漫无所考而见之文字传之后世哉！必不然矣。"③

时至南宋，朱熹明确提出"庄子自是楚人"的说法，曰："孟子平生足迹只齐鲁滕宋大梁之间，不曾过大梁之南。庄子自是楚人，想见声闻不相接。大抵楚地便多有此样差异底人物学问，所以孟子说陈良云云。……庄子去孟子不远，其说不及孟子者，亦是不相闻。"④ 他又从学术特点的角度加以补充："庄子生于蒙，在淮西间。孟子只往来齐宋邹鲁，以至于梁而止，不至于南。然当时南方多是异端，如孟子所谓'陈良，楚产也，悦周公仲尼之道，北学于中国'；又如说'南蛮鴃舌之人，非先王之道'，是当时南方多异端。"⑤ 朱熹的观点在后世得到了广泛的响应，张耒《刘壮舆是是堂歌》云"昔楚人有庄周者，多言而善辩"⑥，罗愿《尔雅翼》卷十三云"宋玉、庄周，皆

---

① 苏轼：《庄子祠堂记》，《苏轼文集》卷十一，中华书局，1986年版，第347页。
② 李时芳：《新修庄子祠记》，见《民国重修蒙城县志书》卷十一，民国四年（1915）刊本。
③ 王继贤：《古蒙庄子校释》卷首，明万历三十九年（1611）刊本。
④ 黎靖德：《朱子语类》卷一百二十五，中华书局，1986年版，第2989页、2990页。
⑤ 黎靖德：《朱子语类》卷一百二十五，中华书局，1986年版，第2990页。
⑥ 张耒：《张耒集》卷三，中华书局，1998年版，第35页。

楚人"①，王夫之《楚辞通释·九昭》云"若庄周、荀卿之流，皆楚人也，全身远害，退隐已耳"②，董思凝为王夫之《庄子解》作序曰"庄子楚人也，尝为蒙漆园吏"③，等等。清人张佩纶撰《读庄子》和《庄子楚人考》两文，通过比附《庄子》和《离骚》原文，证明庄子为楚人。④ 近代王国维《国朝汉学派戴阮二家之哲学说》云："庄子，楚人，虽生于宋，而钓于濮水。陆德明《经典释文》曰：陈地水也。此时陈已为楚灭，则亦楚地也，故楚王欲以为相。"⑤ 时至今日，庄子为楚人的观点仍多有信从者，如菲铭《庄周故里辨》⑥及《再论庄周故里》⑦、常征《也谈庄周故里》⑧、钱耕森《庄子故里蒙城说考辨》⑨、孙以楷《庄子楚人考》⑩、蔡靖泉《楚人庄周说》及张正明《庄周的乡贯和道统》⑪，等等。

以庄子为楚人的观点，就其产生的根源大致有三。

其一，乐史《太平寰宇记》误以蒙地为楚县，刘生良《鹏翔无疆——庄子文学研究》引《汉书·地理志》证明，魏在宋亡后占据了蒙地，并谓："退一步讲，即使宋亡后蒙入楚置县成为可能，这也和'梁蒙'说一样是'据后为说'，只不过'五十步笑百步'罢了，根本

---

① 罗愿：《尔雅翼》卷十三，见《丛书集成初编》第1146册，中华书局，1985年版，第137页。

② 王夫之：《楚辞通释》卷末，上海古籍出版社，2018年版，第290页。

③ 王夫之：《庄子解》序，中华书局，2009年版，第73页。

④ 张佩纶：《涧于集》文集卷上，见《续修四库全书》集部第1566册，上海古籍出版社，1995年版，第8～11页。

⑤ 王国维：《国朝汉学派戴阮二家之哲学说》，见《静庵文集》，辽宁教育出版社，1997年版，第100页。

⑥ 菲铭：《庄周故里辨》，载于《历史研究》，1979年第10期。

⑦ 菲铭：《再论庄周故里》，见黄山文化书院编：《庄子与中国文化》，安徽人民出版社，1990年版，第32～42页。

⑧ 常征：《也谈庄周故里》，载于《江淮论坛》，1981年第6期。

⑨ 钱耕森：《庄子故里蒙城说考辨》，见黄山文化书院编：《庄子与中国文化》，安徽人民出版社，1990年版，第20～31页。

⑩ 孙以楷：《庄子楚人考》，载于《安徽史学》，1996年第1期。

⑪ 二文皆载于《国际庄子学术研讨会论文集》，安徽文艺出版社，2000年版。

不足以乱庄子为宋人之说。"① 实际上，《太平寰宇记》卷十二"宋州·人物"条明言"庄周，宋蒙人"，正与其"楚蒙说"自相矛盾。然而，乐史误称蒙地为楚县，实开庄子楚人说之先河。

其二，朱熹从文化的角度断定庄子为楚人，这对后世影响甚广。宋国处于南北交汇的要冲，受到楚文化的影响在所难免，但不能据此认定庄子为楚人。方勇《庄子籍里考辨》对此有精辟的论断：

> 所以阎若璩在批评归有光《五岳山人前集序》所谓"荆楚自昔多文人，左氏之传，荀卿之论，屈子之骚，庄周之篇，皆楚人也"的说法时说："按：荀卿，赵人，但晚为楚兰陵令耳。庄周，刘向曰'宋之蒙人也'。蒙城在商丘城外，正宋地，于楚何涉？太仆尚如此，于他人何尤？朱子曰'庄子自是楚人'，亦误。大抵考据，文人不甚讲，理学尤不讲。"（《答万公择书》）诚然，自宋以来所谓庄子为"楚人"的说法，大都乃是不甚讲究考据，人云亦云所致，我们可不能再因袭此类说法了。②

其三，王安石、苏轼误以安徽蒙城为庄子故里，究其根源在于不知此蒙城为东晋时侨置，绝非商丘东北的宋国蒙城。对此，刘生良《鹏翔无疆——庄子文学研究》有非常详尽的考证，可参考。

五、鲁人说

近代，有学者以庄子为鲁国人。王树荣《庄周即子莫说》认为庄周"即孟子所称之子莫"，其根据是"周训普遍，莫训广漠无垠"，而"《庄子·齐物论》（笔者按：当作《逍遥游》）'子有大树，何不树之于无何有之乡，广莫之野？'名周，字子莫，固意义相生也。……朱注云：'子莫，鲁之贤者也。'《诗》云：'奄有龟蒙'；《论语》云：'夫颛臾，昔者先王以为东蒙主'；《庄子》书中屡称道仲尼颜渊之说；

---

① 刘生良：《鹏翔无疆——庄子文学研究》，人民出版社，2004年版，第31页。
② 方勇：《庄子籍里考辨》，见《诸子学刊》第一辑，上海古籍出版社，2007年版，第92～93页。

然则庄子乃鲁之蒙人也。"①

对此,方勇在《庄子籍里考辨》中加以辩驳:"今案《尚书·禹贡》'蒙羽其艺'、《诗经·閟宫》'奄有龟蒙'、《论语·季氏》'东蒙主'之'蒙',皆指今山东省中部的蒙山,在春秋时属鲁国,而《孟子·尽心上》所说的'子莫'也确为鲁国人,但此蒙非彼蒙,此'子莫'更非彼'庄周',这对于稍有历史文化知识和历史地理概念的人来说都是不难作出明确判断的,所以'鲁蒙说'也就终因无人回应而自行消失了。"②

小　结

有关庄子国属的诸种观点,"宋人说"产生最早,又经过先贤时哲的共同努力,已取得了扎实而丰硕的成果,完全可以为庄子国属问题进行盖棺论定。"梁人说"和"鲁人说"因缺乏后人的响应,逐渐湮没不闻。现在,"齐人说"和"楚人说"仍较为活跃。究其原因,首先是文化影响的因素。庄子思想中不乏齐、楚两国文化影响的痕迹,尤其庄子和屈原在文学方面相似之处甚多,自南宋以来为学人所公认。这成为"楚人说"持论者的主要依据,也造成不小的学术惯性。然而,文化影响与籍贯并不能混为一谈。恰如韩非作《解老》《喻老》,司马迁也认为其思想归本于黄老,但韩非终究还是韩国人。其次,某些学人出于对家乡的私爱,不免曲护己说,强拉庄子入本籍。最后,一些地方政府基于"文化搭台,经济唱戏"的目的,争夺名人故里,部分学者诱于利禄而跟风鼓吹,导致在学术上误入歧途。

本文发表于《商丘师范学院学报》2013年第7期,收入本书有改动

---

①　王树荣:《庄周即子莫说》,见罗根泽:《古史辨》第六册,开明书店,1938年版,第371页。
②　方勇:《庄子籍里考辨》,见《诸子学刊》第一辑,上海古籍出版社,2007年版,第90~91页。

荀子游说齐相年代考

《荀子·强国篇》载有荀况游说齐国国相的一段文字,其发生年代学界历来莫衷一是。笔者认为,对话中谈及的若干史实值得重视和重新分析。下文从这些史实出发,对此次游说发生的年代试加考辨。

一、研究现状

关于荀况游说齐相的年代,先贤时哲大致有如下十种观点。一是齐湣王之世,清汪中《荀卿子年表》云:"本书《强国篇》荀子说齐相国曰:'今巨楚县吾前'大燕鳅吾后……其言正当湣王之世,湣王再攻破'燕、魏,留楚太子横'以割下东国,故荀卿为是言。"① 二是齐湣王三十九年(前285年),清胡元仪《郇卿别传考异》曰:"说齐相不从,郇卿乃适楚,必湣王三十九年之事。"② 三是齐湣王三十八年(前286年),游国恩《荀子考》:"按湣王三十八年(前二八六),灭宋矜功黩武,民不能堪。从《盐铁论》看来,那时荀子大概与诸儒同在列大夫之列。"③ 四是齐湣王七年(前294年)前,钱穆

---

① 汪中:《荀卿子年表》,见王先谦:《荀子集解》考证下,中华书局,1988年版,第24~25页。
② 胡元仪:《郇卿别传考异》,见王先谦:《荀子集解》考证下,中华书局,1988年版,第34页。
③ 游国恩:《荀子考》,见顾颉刚:《古史辨》第四册,上海古籍出版社,1983年版,第96页。

《先秦诸子系年·荀卿自齐适楚考》引清汪中《荀卿子年表》"本书《强国篇》荀子说齐相国曰……此齐相为薛公田文",并据此得出结论:"今按田文相齐湣,其去位在齐湣之七年。若汪氏言可信,则荀卿之说,乃在齐湣七年前。"① 五是齐湣王十六年(前285年),梁启雄《荀子简释·荀子行历系年表》:"荀子说齐相,不听,适楚。"② 六是齐王建初年,蒋伯潜《诸子通考·荀子略考》:"故荀子游齐,当在王建初年说齐相,见本书《强国篇》。"③ 七是齐湣王十五年(前286年),北京大学《荀子》注释组《荀子新注·荀况生平大事简表》主此说。④ 八是齐王建十年(前255年),夏甄陶《论荀子的哲学思想》:"《史记》本传:'齐人或谗荀卿,荀卿乃适楚,而春申君以为兰陵令。'《史记·春申君列传》:'春申君相楚八年,为楚北伐灭鲁,以荀卿为兰陵令。'春申君于公元前262年(楚考烈王元年)为楚相。据此,荀子是在公元前255年(楚考烈王八年,齐王建十年)说齐相,并因此遭谗,立即离开齐国,到楚国;又值楚灭鲁,而由春申君委任他作兰陵令。"⑤ 九是齐湣王十五年至十六年间(前286—前285年),刘蔚华《荀况生平新考》:"前286—前285年,齐湣王灭宋,夸耀武功,不尚德治,荀卿劝谏齐相,不被采纳,离齐适楚。"⑥ 十是齐王建三年至十年间(前262—前255年),梁涛《荀子行年新考》:"襄贲、开阳距徐州很近,荀子说它们被楚人占有,而未说整个鲁国已为楚所有,这说明当时正处于前262年楚取徐州之后与前255年楚灭鲁之前,即齐王建三年至十年之间。"⑦

综上可知,学术界对于荀子游说齐相的年代大致可以归纳为两种:一是齐湣王末年,二是齐王建早期。在下文中,笔者计划从诸侯

---

① 钱穆:《先秦诸子系年》,商务印书馆,2005年版,第491页。
② 梁启雄:《荀子简释》,中华书局,1983年版,第421页。
③ 蒋伯潜:《诸子通考》,浙江古籍出版社,1985年版,第166页。
④ 北京大学《荀子》注释组:《荀子新注》,中华书局,1979年版,第514页。
⑤ 夏甄陶:《论荀子的哲学思想》,上海人民出版社,1979年版,第29~30页。
⑥ 刘蔚华:《荀况生平新考》,载于《孔子研究》,1984年第4期。
⑦ 梁涛:《荀子行年新考》,载于《陕西师范大学学报》,2000年第4期。

形势和齐国内政两方面入手,并结合相关史实,来考证荀子游说齐相的具体年代。

二、荀子所言诸侯形势与齐王建早期相吻合

荀子说齐相时,提及当时诸侯国之间的形势:"今巨楚县吾前,大燕鳅吾后,劲魏钩吾右,西壤之不绝若绳,楚人则乃有襄贲、开阳以临吾左。是一国作谋,则三国必起而乘我。如是,则齐必断而为四,三国若假城耳,必为天下大笑。"① 前人多据此以为荀子所云乃湣王末年五国伐齐前的情形。笔者以为,荀子所言与湣王末年的形势实不相符,理由有二:

其一,荀子认为能够对齐国构成威胁的诸侯主要有楚、燕、魏三国,却未言及秦、赵。据《史记·田敬仲完世家》记载:"(湣王)四十年,燕、秦、楚、三晋合谋,各出锐师以伐,败我济西。"② 湣王末年,燕国虽为五国伐齐的主谋,但赵、秦两国在军事上的威胁绝不可低估。《史记·赵世家》载:"(赵惠文王)十二年,赵梁降攻齐。十三年,韩徐为将,攻齐。……十四年,相国乐毅将赵、秦、韩、魏、燕攻齐,取灵丘。与秦会中阳。十五年,燕昭王来见。赵与韩、魏、秦共击齐,齐王败走,燕独深入,取临菑。十六年,秦复与赵数击齐,齐人患之。"③《田敬仲完世家》亦载:"(湣王)三十九年,秦来伐,拔我列城九。"④ 赵惠文王十六年,虽经齐国游说,赵国不再与秦联手,但同年的伐齐行动并未中止,"廉颇将,攻齐昔阳,取之"⑤。可见,赵国在五国伐齐前后连年攻齐,且多次与秦国联手。相比于燕国,赵、秦对齐国的威胁历时久、强度大,以至于"齐人患之"。若荀子所言针对的是湣王末年的形势,为何对制造严重威胁的

---

① 王先谦:《荀子集解》卷六,中华书局,1988年版,第197~198页。
② 司马迁:《史记》卷四十六,中华书局,2014年版,第2302页。
③ 司马迁:《史记》卷四十三,中华书局,2014年版,第2187~2188页。
④ 司马迁:《史记》卷四十六,中华书局,2014年版,第2302页。
⑤ 司马迁:《史记》卷四十三,中华书局,2014年版,第2191页。

赵、秦两国只字不提？

相比之下，齐王建时代的国际形势则与荀子的描述非常吻合。首先，齐国与秦、赵两国处于停战状态，此为荀子在分析国际形势时未提及秦、赵的根本原因。《田敬仲完世家》载："王建立六年，秦攻赵，齐楚救之。秦计曰：'齐楚救赵，亲则退兵，不亲遂攻之。'赵无食，请粟于齐，齐不听。周子曰：'不如听之以退秦兵，不听则秦兵不却，是秦之计中而齐楚之计过也。且赵之于齐楚，扞蔽也，犹齿之有唇也，唇亡则齿寒。今日亡赵，明日患及齐楚。且救赵之务，宜若奉漏甕沃焦釜也。夫救赵，高义也；却秦兵，显名也。义救亡国，威却强秦之兵，不务为此而务爱粟，为国计者过矣。'齐王弗听。秦破赵长平四十余万，遂围邯郸。"① 由此可见，齐国虽参与救赵，却无意与秦国进行正面对抗。据《秦本纪》和《赵世家》记载，魏、楚在长平之战后助赵解邯郸之围，均未言及齐国参战。在中原诸侯忙于自保之际，地处东方的齐国却置身事外，但求在秦、赵两国之间保持中立。此外，韩国既不与齐接壤，又困于秦兵而无暇东顾。所以，在当时，秦、赵、韩三国无攻齐的意图或可能。其次，就其他诸侯而言，楚国在丧失郢都后不断东扩，其间还吞并了鲁国，与齐国南境接壤且构成严重威胁；又据《史记·燕世家》和《魏世家》记载，齐国曾于襄王十八年与楚相约而攻魏，又于次年拔燕中阳。上述两次战事皆发生于齐王建即位前的一两年内，所以燕、魏两国都存在报复的可能。况且，燕、魏与齐国宿怨最深，齐宣王借子之之乱伐燕，后燕昭王派乐毅破齐，这两次战役都导致双方濒临灭国；魏国则与齐国长期争霸，桂陵、马陵两役皆惨败于齐，甚至连魏国太子都被俘虏，魏、齐两国可谓世仇。总之，在齐王建早期，只有楚、燕、魏可能对齐造成最直接的威胁。

其二，荀子所言"襄贲""开阳"两地旧属鲁国。郦道元《水经注》卷二十五引佚《鲁连子》："陆子谓齐湣王曰：鲁费之众臣，甲舍

---

① 司马迁：《史记》卷四十六，中华书局，2014年版，第2303～2304页。

于襄贲者也。"① 可知襄贲在湣王时尚属鲁国。② 又,《春秋》哀公三年:"季孙斯、叔孙州仇帅师城启阳。"杨伯峻《春秋左传注》说:"启阳,据《汇纂》,今山东临沂县北十五里有开阳故城,本鄅国,后属鲁,名启阳也。"③ 季孙斯、叔孙州仇皆为鲁臣,所城之启阳必然为鲁邑。汉代为避景帝刘启之讳,启阳改称开阳。据《史记·田敬仲完世家》记载,湣王在灭宋之后,"齐南割楚之淮北,西侵三晋,欲以并周室,为天子。泗上诸侯邹鲁之君皆称臣,诸侯恐惧"④。此时,楚国绝不可能跨越淮北而占有鲁邑。至顷襄王十五年,楚国复夺淮北,《史记·楚世家》载"楚王与秦、三晋、燕共伐齐,取淮北"⑤。然而,即使如此,楚国仍未能染指更北的襄贲和开阳。因为《楚世家》记载:"(楚顷襄王)十八年,楚人有好以弱弓微缴加归雁之上者,顷襄王闻,召而问之。对曰:'……故秦、魏、燕、赵者,鶀雁也;齐、鲁、韩、卫者,青首也;邹、费、郯、邳者,罗鸗也。外其余则不足射者。'"⑥ 其中,"邹、费、郯、邳"为邑名,非国名。据郦道元《水经注》卷二十五:"(沂水)又东过襄贲县东,屈从县南西流,又屈南过郯县西。……郯故国也,少昊之后。……《竹书纪年》晋烈公四年,越子朱句灭郯,以郯子鸪归。县故旧鲁也,东海郡治。"⑦ 据上文可知,襄贲在郯县东北,楚此时尚觊觎郯邑,更不可能占据更远的襄贲。那么,荀子所言"楚人则乃有襄贲、开阳以临吾左"的史实,必不早于楚考烈王七年(齐王建九年)灭鲁之时⑧。

---

① 杨守敬、熊会贞:《水经注疏》卷二十五,江苏古籍出版社,1989年版,第2171页。
② 乾隆敕重纂《大清一统志》卷一百四十以襄贲为战国齐邑,未知所据,恐非。
③ 杨伯峻:《春秋左传注》,中华书局,1990年版,第1619页。
④ 司马迁:《史记》卷四十六,中华书局,2014年版,第2302页。
⑤ 司马迁:《史记》卷四十,中华书局,2014年版,第2083页。
⑥ 司马迁:《史记》卷四十,中华书局,2014年版,第2083~2084页。
⑦ 杨守敬、熊会贞:《水经注疏》卷二十五,江苏古籍出版社,1989年版,第2171~2172页。
⑧ 据钱穆《先秦诸子系年·鲁灭在楚考烈王七年非八年非十四年辨》第534~436页,楚灭鲁在考烈王七年(前256年)。

三、荀子所论齐国内政直指君王后专权而言

荀子游说齐相曰:"处胜人之势,行胜人之道,天下莫忿,汤武是也;处胜人之势,不以胜人之道,厚于有天下之势,索为匹夫,不可得也,桀纣是也。然则得胜人之势者,其不如胜人之道远矣!夫主相者,胜人以势也,是为是,非为非,能为能,不能为不能,并己之私欲必以道。夫公道通义之可以相兼容者,是胜人之道也。"① 荀子认为,相比于"得胜人之势","行胜人之道"才是治理天下的必由之路。所谓"胜人之道",当以公道兼容私义。荀子指出,已处"胜人之势"的齐相,应该更进一步推行"胜人之道"。即所谓:"然则胡不驱此胜人之势,赴胜人之道,求仁厚明通之君子而托王焉?与之参国政,正是非。如是,则国孰敢不为义矣?君臣上下,贵贱长少,至于庶人,莫不为义,则天下孰不欲合义矣!贤士愿相国之朝,能士愿相国之官,好利之民莫不愿以齐为归,是一天下也。"② 荀子建议齐相推行"胜人之道",关键在于"求仁厚明通之君子而托王"。然而,齐相偏偏反其道而行之:"相国舍是而不为,案直为是世俗之所以为,则女主乱之宫,诈臣乱之朝,贪吏乱之官,百姓皆以贪利争夺为俗,曷若是而可以持国乎?"③ 其中"女主乱之宫",正是针对君王后主政而言的。

荀子反对君王后主政,有两方面的原因。首先,君王后并非明媒正娶。虽然,《史记·田敬仲完世家》不止一次称赞"君王后贤",似乎无可指摘,然而,该女子初为太史敫之女,与落难的法章私通,"襄王既立,立太史氏女为王后,是为君王后,生子建。太史敫曰:'女不取媒因自嫁,非吾种也,污吾世。'终身不睹君王后。"④ 荀子一向主张以礼维系家国,他在《富国篇》中指出:"男女之合,夫妇

---

① 王先谦:《荀子集解》卷六,中华书局,1988年版,第197页。
② 王先谦:《荀子集解》卷六,中华书局,1988年版,第197页。
③ 王先谦:《荀子集解》卷六,中华书局,1988年版,第197页。
④ 司马迁:《史记》卷四十六,中华书局,2014年版,第2303页。

之分，婚姻聘内送逆无礼，如是，则人有失合之忧，而有争色之祸矣，故知者为之分也。"① 既然荀子以隆礼为己任，对于君王后无媒自嫁，自然不能容忍。所以，他在游说齐相时特别指出，"行胜人之道"的关键在于"得人"，"得人"的关键又在于"与道"："故凡得胜者必与人也，凡得人者必与道也。道也者何也？曰：礼让忠信是也。"② 其中，对"道"而言，"礼"是重中之重，所以荀子又说："故人莫贵于生，莫乐乎安，所以养生安乐者莫大乎礼义。"③ 君王后非礼而嫁，自然成为荀子非议的目标。齐相不但未能"求仁厚明通之君子而托王"，反而任君王后执掌权柄，也负有不可推卸的责任。

其次，荀子以礼义说齐相，还有更深层次的原因。虽然，司马迁曾称赞君王后贤明，但其对外政策实为齐国灭国的推手。《史记·田敬仲完世家》载："始，君王后贤，事秦谨，与诸侯信，齐亦东边海上，秦日夜攻三晋、燕、楚，五国各自救于秦，以故王建立四十余年不受兵。君王后死，后胜相齐，多受秦间金，多使宾客入秦，秦又多予金，客皆为反间，劝王去从朝秦，不修攻战之备，不助五国攻秦，秦以故得灭五国。五国已亡，秦兵卒入临淄，民莫敢格者。王建遂降，迁于共。故齐人怨王建不蚤与诸侯合从攻秦，听奸臣宾客以亡其国，歌之曰：'松耶柏耶？住建共者客耶？'疾建用客之不详也。"④ 过于绥靖的对外政策，固然为齐国带来了短暂的和平，但也留下了长久的祸患。在秦国的兼并战争中，齐国的中立使得前者少了很多顾虑，其中最为典型的例子即齐王建不听臣下建议，未能全力援赵，致使秦国在长平大胜赵军。齐国在关键时刻的不作为，在客观上为秦军取胜起到了推动作用。荀子曾于长平之战前夕在邯郸与赵国君臣辩论。他指出："君贤者其国治，君不能者其国乱；隆礼贵义者其国治，简礼贱义者其国乱；治者强，乱者弱，是强弱之本也。上足卬，则下可用也；上不卬，则下不可用也。下可用则强，下不可用则弱，是强

---

① 王先谦：《荀子集解》卷四，中华书局，1988年版，第114页。
② 王先谦：《荀子集解》卷六，中华书局，1988年版，第199页。
③ 王先谦：《荀子集解》卷六，中华书局，1988年版，第200页。
④ 司马迁：《史记》卷四十六，中华书局，2014年版，第2304～2305页。

弱之常也。"① 虽然，荀子强调以礼治兵未免迂阔，但其中以君治国、以上用下的思想，却与他隆一而治的一贯主张相合。正所谓"无君以制臣，无上以制下，天下害生纵欲"（《富国篇》），"权出于一者强，权出于二者弱，是强弱之常也"（《议兵篇》），"立隆而勿贰"（《仲尼篇》）。齐王建拒绝援赵，实为君王后指使。由于君王后长期辅政，导致齐王建失去对朝政的掌控，无异于傀儡。即使在君王后辞世之后，齐王建仍未能亲政，实委国事于相后胜，最终导致齐国被出卖。由此再反观荀子说齐相所言，"诈臣乱之朝，贪吏乱之官，百姓皆以贪利争夺为俗"。齐国此后的命运不幸为荀子言中，其远见卓识令人钦佩。然而，荀子反对君王后主政，遭遇谗毁也就在所难免。

荀子敢于抨击大权在握的君王后，下场自然可想而知。据《史记·孟子荀卿列传》载："齐人或谗荀卿，荀卿乃适楚，而春申君以为兰陵令。"② 又《春申君列传》："春申君相楚八年，为楚北伐灭鲁，以荀卿为兰陵令。"③ 根据《史记》中的两处记载可知，从荀子遭谗到适楚为兰陵令，在前后时间上是紧密相承的。联系到前文，荀子遭遇谗毁与游说齐相有关，且当时楚国已吞并鲁国。那么，荀子游说齐相的年代必在齐王建九年（前256年）或稍后。荀子于此时游说齐相，遭到毁谤后随即适楚为兰陵令。

附　录

（一）关于"衍文"

关于《荀子·强国篇》中"荀卿子说齐相曰"七个字，罗根泽《诸子考索·荀卿游历考》颇存疑虑，其理由大致有三点：第一点，宋代钱佃《荀子考异》中提及的《荀子》版本有五种，其中"二浙西

---

① 王先谦：《荀子集解》卷六，中华书局，1988年版，第179～180页。
② 司马迁：《史记》卷七十四，中华书局，2014年版，第2852页。
③ 司马迁：《史记》卷七十八，中华书局，2014年版，第2907页。

蜀"四种版本无"荀卿子说齐相曰"七字,唯"元丰国子监刻本"有此七字;第二点,《荀子》中《儒效》《议兵》《尧问》《强国》等篇皆作"孙卿",《韩非子》《战国策》亦如此,然唯独此处作"荀卿",颇为可疑;第三点,所谓"说齐相之文"前引公孙子论子发之文,前述两部分文字均为借古事立论,非实有说齐相之事。①

笔者以为,首先,王先谦《荀子集解》卷十一引顾千里语:"宋钱佃本卷末云'监本有七字',宋吕夏卿本有。疑杨注所见与监本不同,或不止少七字,亦王伯厚所说'监本未必是'之类也。"② 可见,元丰国子监刻本和吕夏卿本皆有"荀卿子说齐相曰"七字,且顾氏亦推测"(监本)或不止少七字",故不当以其他版本无此七字而否定国子监本和吕夏卿本。其次,为何唯独说齐相的文字作"荀卿"而非战国文献惯称的"孙卿",应为后世改写的结果,此亦不足以视"荀卿子说齐相曰"七字为衍文。最后,从文意观之,此前公孙子论子发之文与荀子说齐相之文分明为两件事,前者借子发之事阐述遵先王之道的意义,后者则强调"行胜人之道"的重要性。若如罗氏所论,只是借古立论,那么文中仅就汤武、桀纣的事例足以展开论述了,毫无必要详述齐国形势。况且,文中多次出现荀子称对方为"相国"的字样,如"夫主相者""今相国上则得专主""相国舍是而不为"等,分明是与齐相对话的口吻,这也可以从侧面证明"荀卿子说齐相曰"七字绝非衍文。实际上,荀子是在援引桀纣、汤武故事,结合齐国当时的形势,告诫齐相应行胜人之道。所以,"荀卿子说齐相曰"七字绝非衍文。

(二)荀子去齐适楚的原因

《史记·孟子荀卿列传》记载:"田骈之属皆已死。齐襄王时,而荀卿最为老师。齐尚修列大夫之缺,而荀卿三为祭酒焉。齐人或谗荀

---

① 罗根泽:《诸子考索》,人民出版社,1958年版,第366~367页。
② 王先谦:《荀子集解》卷六,中华书局,1988年版,第179页。

卿，荀卿乃适楚，而春申君以为兰陵令。"① 稷下学宫是齐国著名的学术中心，《史记·田敬仲完世家》云："宣王喜文学游说之士，自如驺衍、淳于髡、田骈、接予、慎到、环渊之徒七十六人，皆赐列第，为上大夫，不治而议论。是以齐稷下学士复盛，且数百千人。"② 既然称"复盛"，说明稷下学宫最晚在齐威王时期就已盛行于世。然而，在齐湣王末年，稷下学宫曾陷入凋零。据《盐铁论·论儒篇》记载："及湣王，奋二世之余烈，南举楚、淮，北并巨宋，苞十二国，西摧三晋，却强秦，五国宾从，邹、鲁之君，泗上诸侯皆入臣。矜功不休，百姓不堪。诸儒谏不从，各分散，慎到、捷子亡去，田骈如薛，而孙卿适楚。内无良臣，故诸侯合谋而伐之。"③ 好大喜功的齐湣王甚至还诛杀异己，《战国策·齐策六》："齐负郭之民有孤狐咺者，正议闵王，斫之檀衢，百姓不附。"④ 在这种情况下，稷下学士四处逃窜是难以避免的。待到齐襄王即位，复兴稷下学宫时，田骈等老一辈学者早已过世，荀子成为资历最长者。荀子历任湣王、襄王、王建三朝祭酒，正可谓元老。就常理而言，荀子应该在王建朝颇得尊崇。然而，荀子不满君王后干政及齐人的非毁，导致作为老师的荀子最终不得不离开齐国。

  离开久居的齐国后，荀子可选的目标少之又少。故乡赵国正在承受来自秦国的巨大军事压力。同时，从《荀子·议兵篇》已可看出，荀子对赵国君臣多有不满。荀子曾到过秦国，但秦国废礼用法的国策与荀子以礼治国的主政相左，如此一来，楚国就成为唯一的选择。钱穆《先秦诸子系年·春申君封荀卿为兰陵令辨》对荀子年逾八十仍汲汲求仕颇感不解，"卿纵贪禄好仕，一何老不知退，为驽马之恋豆，至于若是其甚耶？……使春申贤荀卿耶，不应抑以百里之小令。"⑤ 按，战国时期，各国多在郡下设县，当时县的地位远高于后世的县。

---

① 司马迁：《史记》卷七十四，中华书局，2014年版，第2852页。
② 司马迁：《史记》卷四十六，中华书局，2014年版，第2296页。
③ 桓谭：《盐铁论》，见《诸子集成》第七册，中华书局，1954年版，第13页。
④ 刘向：《战国策》卷十三，上海古籍出版社，1998年版，第447页。
⑤ 钱穆：《先秦诸子系年》，商务印书馆，2005年版，第499页。

且春申君以荀卿为兰陵令，恐非意在攻战守备，当别有用心。鲁与齐毗邻，皆为战国时期的文化重地，《史记·儒林列传》云"齐鲁之间，学者独不废也"①。楚据鲁地，以荀子为兰陵令，意在借大儒的声望和齐鲁的氛围为国家培养人才。楚国统治者是否达到培养人才以为己用的目的，现在已不得而知。然而，兰陵却是荀子纳徒授业的绝佳选择。首先，兰陵是鲁国故土，荀子居此地实为效法孔子晚年归隐曲阜的故事；其次，兰陵地处东隅，夹在齐楚之间，远离中原主战场，是治学授业的理想选择。事实上，荀子晚年任兰陵令，有利于儒家文化的传承，其体现有二。其一，维护了鲁地的儒学氛围。虽经秦初焚书坑儒，然时至秦汉之交，鲁地仍不坠斯文，当有赖于荀子的传业讲授。据《史记·儒林列传》记载："陈涉之王也，而鲁诸儒持孔氏之礼器往归陈王……及高皇帝诛项籍，举兵围鲁，鲁中诸儒尚讲诵习礼乐，弦歌之音不绝，岂非圣人之遗化，好礼乐之国哉？"②刘向《孙卿新书叙录》亦曰："兰陵多善为学，盖以孙卿也。长老至今称之曰：'兰陵人喜字为卿，盖以法孙卿也。'"③其二，保障了儒家经典的传授。如毛诗、鲁诗、韩诗、《左氏春秋》、《榖梁传》、《周易》、二戴礼等，都被认为与荀子传授有关。恰如汪中《荀卿子通论》所云："盖自七十子之徒既殁，汉诸儒未兴，中更战国、暴秦之乱，六艺之传赖以不绝者，荀卿也。周公作之，孔子述之，荀卿子传之，其揆一也。"④

本文发表于《中国文化研究》2017年夏之卷，收入本书有改动

---

① 司马迁：《史记》卷一百二十一，中华书局，2014年版，第3786页。
② 司马迁：《史记》卷一百二十一，中华书局，2014年版，第3786～3787页。
③ 刘向：《孙卿新书叙录》，见王天海：《荀子校释》附录，上海古籍出版社，2005年版，第1186页。
④ 汪中：《荀卿子年表》，见王先谦：《荀子集解》考证下，中华书局，1988年版，第15页。

从"为亡为"章看楚简《老子》的性质

郭店楚简《老子》甲编"为亡为"章（第 14、15 简）在文字上与所对应的帛书、汉简、王本相比多有缺省，下文将探讨其中缘由，并就正于方家。①

一、楚简与诸本的差异及学界分歧

楚简此章与其他《老子》文本的比对详见下文：

为亡为，事亡事，未亡未。大，少之。多惕必多难，是以圣人猷难之，古夂亡难。（郭店《老子》甲编第八章）

为无为，事无事，味无未，大小，多少，报怨以德。图难乎□□□，□□□□□□。天下之难作于易，天下之大作于细，是以圣人冬不为大，故能□□□。□□□□□□，□□必多难，是□□人犹难之，故终于无难。（帛书《老子》甲本第六十三章）

为 无 为，□□□，□□□，□□，□□，□□□□□。□□□□□□，□□乎其细也。天下之□□□易，天下之大□□□，□□□□□□□，□□□□□□。夫轻若□□信，多易必多难，是以人□□之，故□□□□。（帛书《老子》乙本第六十三章）

---

① "郭店楚简《老子》"在下文中一律简称"楚简"。

为无为，事无事，味无味。大小，多少，报怨以德。图难呼其易也，为大呼其细也。天下之难事作于易，天下之大事作于细。是以圣人终不为大，故能成大。夫轻若必寡信，多易者必多难。是以圣人犹难之，故终无难。（汉简《老子》第二十六章）

为无为，事无事，味无味。大小多少，报怨以德。图难于其易，为大于其细。天下难事必作于易，天下大事必作于细，是以圣人终不为大，故能成其大。夫轻诺必寡信，多易必多难，是以圣人犹难之。故终无难矣。（王本《老子》第六十三章）

由于"亡""无"通用，楚简章首与诸本并无不同。但之后的文字存在如下差异：其一，楚简作"大少之"，诸本并作"大小多少"；其二，楚简缺少"报怨以德……夫轻诺必寡信"五十余字，而诸本皆有。

对于上述差异产生的原因，楚简整理者认为："今本与帛书本近似。有注家认为'大小多少'下有脱字，或以为此句文字有注文掺入，或有它章文字错入此段。简文与帛书本的差异，说明帛书本的文字或有其他来源，或据简文重编。"① 有研究者执两可之词，如丁原植说："简文此章似乎有大段脱文，但也有可能是简文原抄写的资料，即与其他各本不同。"② 刘信芳说："窃意以为不外以下两种可能：其一，此段文字为后人添加。其二，竹简抄写者有脱漏。"③ 也有研究者提出了较为明确的意见，大致分为如下几种倾向。一是认为诸本多出的文字为注文掺入，彭浩指出："以简本对照帛书本及王弼本，从'……多少报怨以德'至'夫轻诺者必寡信'很可能是'大少（小）之多惕（易）必多难'句的注解。……后人则把它们加入到正文中，以致难以理解。"④ 二是以今本为后人窜改，刘泽亮以为："（简本）'报怨以德'四字阙如，中间跳过一段，与末段相连。可见为今本作

---

① 荆门市博物馆：《郭店楚墓竹简》，文物出版社，1998年版，第114页。
② 丁原植：《郭店竹简〈老子〉释析与研究》（增修版），万卷楼图书有限公司，1999年版，第101页。
③ 刘信芳：《荆门郭店竹简老子解诂》，艺文印书馆，1999年版，第17页。
④ 彭浩：《郭店楚简〈老子〉校读》，湖北人民出版社，2000年版，第33页。

者所改窜无疑。"① 三是认为楚简的书写者有漏抄，廖明春说："疑楚简的书手抄书有遗漏，因'多少之'句与'多易必多难'句都有'多'字，结果将有'多少之'数语的一简错开了，直接抄到有'多易必多难'一语的一简。今王弼本较楚简多出60字，而楚简一般是29字一简。如此看来，是遗漏了两简。"② 四是认为楚简与诸本分属不同的文本系统，丁四新说："韩非所据本、帛书很可能是同一个或相近的文本系统，楚简则是另外一个文本系统，而自相流传。"③

笔者认为，丁四新的观点有必要详而述之。他说：

> 《韩非子·喻老》："有形之类，大必起于小；久行之物，族必起于少。故曰：'天下之难事必作于易，天下之大事必作于细。'是以欲制物者，于其细也。故曰：'图难于其易也，为大于其细也。'"同书《难三》云："明君见小奸于微，故民无大谋；行小诛于细，故民无大乱。此谓'图难于其所易也，为大者于其所细也。'"从《喻老》体例来看，这些引语自是《老子》文本，应该没有问题，而韩非子不过传习、解说之而已。这也即是说，这些引文不是后世衍生的东西。

据上可证，诸本较楚简多出的文字为原始五千言固有，而非注文掺入或后人改窜。至于楚简是否存在漏抄，丁四新指出："此八字，依笔者意见，当句读为：大，小之，多易必多难。根据上下文，其意当是：大事而小看之，则产生慢易；慢易愈多，则必定（解决问题的）困难也愈多。据此句读和解释，则简本整章文句都是通顺的。如此，所谓脱简之说则无从谈起。"④ 这样，丁四新完全推翻了其他三家的观点。笔者认为丁四新的驳议可以信从，但他对楚简与诸种文本

---

① 刘泽亮：《郭店〈老子〉所见儒道关系及其意义》，见《郭店楚简国际学术研讨会论文集》，湖北人民出版社，2000年版，第658页。
② 廖明春：《郭店楚简老子校释》，清华大学出版社，2003年版，第156页。
③ 丁四新：《郭店楚竹书〈老子〉校注》，武汉大学出版社，2010年版，第99～100页、102页。
④ 丁四新：《郭店楚竹书〈老子〉校注》，武汉大学出版社，2010年版，第102页。

关系的判断似可重新讨论。

二、楚简所缺文字实为有意删节

实际上,在简、帛本《老子》出土之前,楚简所对应的王本第六十三章就已笼罩在脱简的疑云之下。虽然,王本中"大小多少"与"报怨以德"前后连属,却给读者留下了文意跳荡之感,因而极易使人费解。姚鼐以"大小多少"之后有脱文,谓之"不可强解"[1],奚桐、马叙伦、蒋锡昌等学者亦有相同的困惑。虽然,帛书、汉简《老子》"为无为"章与王本大体一致,可以打消脱简的疑虑,但仍有必要对该章文意加以疏通。章首"为无为,事无事,味无味"与"大小多少"都属于意动用法,即以"无为"为"为"、以"无事"为"事"、以"无味"为"味";"大小多少"是以小为大、以少为多之意,即应谨慎对待小与少,不可轻而视之。由于怨隙多因琐事而起,若稍有不慎,就会积少成多。待到积怨已深而后和之,未免余怨难平,正所谓"和大怨,必有余怨"。故而,弥怨之道在于防微杜渐和谨小慎微,须从源头上杜绝怨隙的滋生,即"大小多少"。由此视之,"大小多少"具有理论指导的意义,"报怨以德"是对"大小多少"的具体实践。此后的文句是在"报怨以德"基础上的深化和扩展,即不仅弥怨应从细微着手,天下所有大事、难事皆应如此。可见,"报怨以德"在第六十三章中实有内在理路,并非不可解读,更不当目之为错简[2]。至于"报怨"为何要"以德",可结合王本第七十九章加以解读。

老子的"报怨观"在第七十九章有集中表述:"和大怨,必有余怨,安可以为善?是以圣人执左契,而不责于人。有德司契,无德司彻。天道无亲,常与善人。"《说文解字·大部》:"契,大约也。"又

---

[1] 姚鼐:《老子章义》下篇,《四部要籍注疏丛刊·老子》下册,中华书局,1985年版,第1413页。

[2] 严灵峰、陈鼓应以"报怨以德"与上下文意不联,主张将此句移入第七十九章。

《刀部》:"券,契也。"① 契也称券,相当于今日之债券或合同。在债务关系确立后,契券一剖为二,分别交给债务双方以为凭据。其中,左契为债务人所执,右契为债权人所执。由于"执右契"者是债主,故有资格向负债人责偿,这也符合古代左卑右尊的习俗。在通常的思维模式下,人们更愿意高高在上,争做债主即选择"执右契"。然而,老子偏偏反其道而行之,他反对如债主一般,因执右契索债而招致怨恨。老子主张"执左契",正在于左契卑下,合于"不争"之道。"不争"必不可能"责于人",自然也就不会敛怨。故王弼曰:"左契,防怨之所由生也。"

下文"有德司契",所谓"司契"即"执左契",因"不责于人",故曰"有德"。至于"无德司彻",对"彻"的解释可参考下列文献:

《诗经·豳风·鸱鸮》:"彻彼桑土,绸缪牖户。"《毛传》:"彻,剥也。"

《论语·颜渊》"盍彻乎",郑玄注:"周法,什一而税谓之彻。"

《孟子·滕文公上》:"周人百亩而彻,其实皆什一也。"

无论"彻"释为"剥"还是"什一税",皆有"拿取"之义。那么,"司彻"即为"执右契以责人",自然属于"无德"。最后,老子在形而上的高度予以总结:"天道无亲,常与善人。"所谓"无亲",乃去除偏私之义,以无为之心顺万物之自然。"常"有"恒久"之义。"与"不应解释为肯定或佑助,否则当谓"天道有亲"。此处,"与"当释为"类如"。② "天道无亲,常与善人",意为"天道和善人一样,总是无所偏私"。恰如奚桐所云:"有德者,怡然无为,不藏是非善恶,无责于人,而上下和合。"③ 既然无为无私,也就不藏是非,自

---

① 段玉裁:《说文解字注》,上海古籍出版社,1988年版,第493页、182页。

② "与"训为"类""如"之例,在典籍中俯拾即是。《诗经·邶风·旄丘》:"叔兮伯兮,靡所与同。"郑笺:"卫之诸臣行如是,不与诸伯之臣同。"《国语·周语下》:"夫礼之立成者为饫,昭明大节而已,少曲与焉。"韦昭注:"与,类也。"《孟子·滕文公下》:"不由其道而往者,与钻穴隙之类也。"俞樾:"与,当训为如。"《广雅·释言》曰:"与,如也。"《汉书·高帝纪》:"孰与仲多?"《韩信传》:"孰与项王?"师古注并曰:"与,如也。"《文选·子虚赋》:"孰与寡人乎?"郭璞曰:"与,犹如也。"

③ 奚桐:《老子集解》,见《老子注三种》,黄山书社,2014年版,第145页。

然无从敛怨。

合而论之,第六十三章"报怨以德"中的"德",即章首"为无为"。顺无为之道,谨小慎微,自然不会招致怨隙。第七十九章的"有德司契",此"德"亦是无为之德,而非恩惠之德。那么,老子"报怨以德"的理念,主张以无为之道在防微杜渐的层面消除积怨的可能,这就与儒家的报怨观存在本质的差异,《论语·宪问》载:

> 或曰:"以德报怨,何如?"子曰:"何以报德?以直报怨,以德报德。"

何晏于"何以报德"句下注曰:"德,恩惠之德也。"显然,在"报怨"的层面上,孔子秉持的恩惠之德不同于老子的无为之德。至于孔子为何质疑"报怨以德",皇侃疏曰:"不许'以德报怨',言与我有怨者,我宜用直道报之;若与我有德者,我以备德报之。所以不以德报怨者,若行怨而德报者,则天下皆行怨以要德报之,如此者是取怨之道也。"① 孔子类似的观点又见《礼记·表记》:"子曰:'以德报德,则民有所劝。以怨报怨,则民有所惩。'"又:"子曰:'以德报怨,则宽身之仁也。以怨报德,则刑戮之民也。'"对于四种德怨观,孔子认为"以德报德"和"以怨报怨"皆为导民之方,可以依从;对于"以怨报德",则大加斥责;至于"以德报怨",郑玄注"宽身之仁"曰:"宽,犹爱也。爱身以息怨,非礼之正也。"② 孔子反对"以德报怨",原因在于"非礼之正"。在他看来,"以德报怨"的理念实为取怨之道,于安民无益,故持否定态度。

据上可知,儒道两派对于是否要"以德"来"报怨"持有不同的态度。诸本皆有"报怨以德"一段文字,却不见于楚简,这是否与儒道思想的差异有关呢?郭店一号墓主被认为是楚太子的老师,墓中出土的儒家竹书有十四种,道家仅有两种。周凤五指出郭店竹简以儒家

---

① 皇侃:《论语义疏》卷七,中华书局,2013 年版,第 378~379 页。
② 孔颖达:《礼记正义》卷五十四,见阮元校刻:《十三经注疏》第三册,中华书局,2009 年版,第 3557 页。

子思学派为主体，少量道家文献属于"援道入儒"的产物。① 至于楚简《老子》，孙以楷认为墓主作为东宫之师，以儒家思想为标准对足本《老子》作了节选，由此形成楚简《老子》。② 黄人二也主张，楚简《老子》"似可进一步认为应是邹齐儒者之版本"，并指出："《老子》书言'报怨以德'，这点和孔子主张不同……'报怨以德'刚好是今本本章之文字，而简本省之，可见儒道两家于此有不同的立场。"他还不厌其烦地列举了楚简编者依据儒家思想删削老子原始文本的诸多例证。③

从楚简《老子》的思想倾向看，视之为儒家化选本的观点是可信的。"报怨以德"的表述从楚简中消失，确因其与儒家思想相抵牾而遭删节。那么，丁四新认为"楚简则是另外一个文本系统，而自相流传"，此结论恐怕当有所修订。应该说楚简所据的《老子》底本与其他文本并无本质差异，只是在经历了儒家化整合之后，才显得与众不同。然而，另外一个问题也不容忽略，即编选者所删远不止"报怨以德"四字，这又出于何种原因呢？详见下节分解。

三、楚简中文字删改的痕迹与规律

对原始五千言的处理，楚简编选者并非一删了之，而是在某个既定主题的框架下，对原始文本进行剪裁、删改和拼接。如此一来，"被重新安置的文句会发生语义变化，不可能所有句子都能实现朝一个语义方向发展，为保持新语境语义不自相矛盾，那些无法转化为既定新语义的文句会被删除。"④ 诚如所论，楚简本章在经过删节与整

---

① 周凤五：《郭店竹简的形式特征及其分类意义》，见《郭店楚简国际学术研讨会论文集》，湖北人民出版社，2000年版，第60页。

② 孙以楷：《也谈郭店竹简〈老子〉与老子公案》，载于《学术界》，2004年第2期。

③ 楚简儒家化例证详见黄人二：《读郭简〈老子〉并论其为邹齐儒者之版本》，见《郭店楚简国际学术研讨会论文集》，湖北人民出版社，2000年版，第493~498页。

④ 玄华：《从"章节异同"看郭店楚简〈老子〉性质》，载于《江淮论坛》，2012年第6期。

合后，语义不但发生了变化且具有自足性，这些细节多为研究者所忽略。下面以王本为例与楚简进行比较，以凸显其中的变化（章首"为无为"句众本皆同，故略去不表）：

   大小多少，报怨以德。图难于其易，为大于其细。天下难事必作于易，天下大事必作于细，是以圣人终不为大，故能成其大。夫轻诺必寡信，多易必多难，是以圣人犹难之。故终无难矣。

"大小多少"一句是全章的指导思想，"报怨以德"则是具体运用。老子告诫世人，对待怨隙应防微杜渐，因为在怨隙尚微之时最易消弭。由此上升至一般经验，即"图难于其易……故能成其大"。反过来，如果轻率地看待事物，必会招致更大的困难，即"夫轻诺必寡信，多易必多难"。那么，圣人的处理方式是"犹难之"，"之"当释为"易"，"犹难之"即把"易"看作"难"，这合于"大小多少"的表达方式。① 王本此章的表意结构可用公式表示为：指导思想＋正面论证＋理论归纳＋反面论证＋理论归纳。

楚简如下：

   大，少之。多惕必多难。是以圣人猷难之，古冬亡难。

廖名春认为在"大，少之"后面应补上"多，少之"，进而再补足楚简脱漏的文字，并译为"大的，要把它当成小的；多的，要把它当成少的"②。聂中庆指出："帛甲、乙本及王本的'大小多少'句是在简本的基础上形成的，把简本语句梳理修饰为整齐的四字句，其文意并未改变，是说以大为小、以多为少。"③ 邓各泉释"大少之"为："犹如大的，使之小。通常所说大事化小，大的困难，化解为小的困

---

  ① 对于"犹难之"的解释，廖名春译为"谋划事情总是从难考虑"，邓各泉译为"从困难入手"。若依此理解，实与前文中"图难于其易""天下难事必作于易"的思路相矛盾。唯陈锡勇解读为当，"以易为难，故终无难矣"。
  ② 廖名春：《郭店楚简老子校释》，清华大学出版社，2003年版，第156页。
  ③ 聂中庆、李定：《郭店楚简〈老子〉校读札记之一》，载于《古籍整理研究学刊》，2003年第3期。

难,大的问题,分解成小问题,大系统解析为小系统,都属于'大少之'。'大少之',即注重简化,使事情、问题容易化,也就是'多易'。……注重简化的结果通常是'必多难'。"① 按,顺着廖名春的逻辑,由"视大为小""视多为少"可推衍出"视难为易",即把困难的事情看得简单,导致的结果应该是"多惕必多难"。如果补上"图难于其易"等缺文,反而会造成表意错乱。邓各泉对"大少之"的解释,恰是"图难于其易,为大于其细。天下难事必作于易,天下大事必作于细"之意,由此不应得出"必多难"的结论。聂中庆不仅颠倒了文本演化的次序,还忽略了语义的变化。

虽然,"大少之"较"大小"仅多出一个"之"字,但语义却因此大相径庭。前者意为视大为小,后者则为视小为大。上述三位论者之所以对楚简语义产生误读,正在于忽视了"之"字的义用。"之"字并非衍文,而是别有用心的安插。② 楚简编选者对原始五千言采取了如下删改流程:首先,由于"报怨以德"为儒家不容,自然遭到删节;其次,紧承"报怨以德"之后的文字,"图难虖其易也……夫轻若必寡信",是对"报怨以德"的阐释与引申,故被一并删去。最后,剩下的"大小多少",与"夫轻诺必寡信,多易必多难,是以圣人犹难之。故终无难矣",无法直接拼合成章。因为"大小多少"属于正面论说,讲述谨小慎微的道理;"夫轻诺必寡信,多易必多难"属于反面例证,揭示轻慢之心导致的恶果。如果直接将"大小多少"与"多易必多难"相拼接,由于在正反论证之间缺少过度,势必造成表意的跳荡和突兀。对此,楚简编选者删去"多少"及"夫轻若必寡信",并在"大少(小)"后添加一个"之"字,使得原意发生逆转:"如果小看了大事,必然产生慢易之心,进而会招致更多的困难。"如此一来,楚简编选者通过添加一个"之"字,巧妙地弥合了"大小"与"多易必多难"之间的语义隔阂。这不仅让删改后的文字获得了表

---

① 邓各泉:《郭店楚简老子释读》,湖南人民出版社,2005年版,第99页。
② 陈锡勇以"之"字为衍文,详见《郭店楚简老子论证》,里仁书局,2005年版,第98页。

意上的自足，还使主题更加凸显。楚简此章的表意结构可用公式表示为：反面例证＋理论归纳。

在表意结构上，楚简该章较之其他《老子》文本得到了极大的简化，这固然源于编选者的立意诉求。另外，楚简许多章节都存在明显的简化痕迹，非独该章为然。整部楚简《老子》在篇幅上只相当于今本的五分之二，部分原因是编选者以儒家思想为尺度，对原始五千言进行了节选。同时，郭店墓主身为太子师，出于教学需要，也会对原始文本加以精编，即在不妨碍主题表达的情况下删除部分文句，使行文更加简练，以便教学使用。其简化规律大致如下：第一是简化顶真句式，即顶真句式中的某句，若在断读上单独成句，在不妨害表意的情况下会被删除，见表一、二、三（表中标有下划线的文句，作为顶真句式的组成部分为诸本所有，而为楚简所删）。

表一

楚简	帛甲	帛乙	汉简	王本
甲编第8—10简	第十五章	第十五章	第五十八章	第十五章
古之善为士者，必非溺玄达，深不可志。是以为之颂……保此道者，不谷尚呈	□□□□□□□□□深不可志。<u>夫唯不可志</u>，故强为之容。……葆此道不欲盈，<u>夫唯不欲□</u>□□□□成	古之善为道者，微眇玄达，深不可志。<u>夫唯不可志</u>，故强为之容。……葆此道□欲盈，是以能敝而不成	古之为士者，微眇玄达，深不可识。<u>夫唯不可识</u>，故强为之颂曰……抱此道者不欲盈，<u>夫唯不盈</u>，是以能敝不成	古之善为士者，微妙玄通，深不可识。<u>夫唯不可识</u>，故强为之容。……保此道者不欲盈，<u>夫唯不盈</u>，故能蔽不新成

诸本皆有"夫唯不可志（识）"及"夫唯（欲）不盈"（帛乙无），以构成完整的顶真句式，楚简则删之。

表二

楚简	帛甲	帛乙	汉简	王本
甲编第13、14简	第三十七章	第三十七章	第七十七章	第三十七章
道恒亡为也。侯王能守之，而万勿将自化。化而欲作，将贞之以亡名之朴。夫亦将智足，智足以束，万勿将自定	道恒无名，侯王若守之，万物将自化。化而欲□□□□□名之楃。□□□无名之楃，夫将不辱。不辱以情，天地将自正	道恒无名，侯王若能守之，万物将自化。化而欲作，吾将阗之以无名之朴。阗之以无名之朴，夫将不辱。不辱以静，天地将自正	道恒无为。侯王若能守之，万物将自化。化而欲作，吾将真之以无名之朴。无名之朴，夫亦将不辱。不辱以静，天地将自正	道常无为而无不为，侯王若能守之，万物将自化。化而欲作，吾将镇之以无名之朴。无名之朴，夫亦将无欲。不欲以静，天下将自定

从行文结构上看，诸本全文首尾相贯，表意流畅，皆为完整的顶真句式。唯独楚简有残缺，少了"贞之以亡名之朴"一句。

表三

楚简	帛甲	帛乙	汉简	王本
甲编第24简	第十六章	第十六章	第五十九章	第十六章
至虚恒也，兽中笃也。万勿方作，居以须复也。天道员员，各复其堇。	至虚极也，守情表也，万物旁作，吾以观其复也。天物云云，各复归于其□□□静，是胃复命。复命常也，知常明也；不知常，妄，妄作，凶。知常容，容乃公，公乃王，王乃天，天乃道□□□沕身不怠	至虚极也，守静督也，万物旁作，吾以观其复也。天物云云，各复归于其根。曰静，静，是胃复命。复命常也，知常明也；不知常，芒，芒作，凶。知常容，容乃公，公乃王□天，乃道，道乃□没身不殆	至虚极，积正督。万物并作，吾以观其复。天物云云，各复归其根。曰静，静曰复命。复命，常也；智常，明也。不智常，忘作，凶。智常曰容，容乃公，公乃王，王乃天，天乃道，道乃久。没而不殆	致虚极，守静笃。万物并作，吾以观复。夫物芸芸，各复归其根。归根曰静，是谓复命。复命曰常，知常曰明；不知常，妄作，凶。知常容，容乃公，公乃王，王乃天，天乃道，道乃久。没身不殆

此章伊始即点明"反者道之动"之理，其中"夫物芸芸……没身不殆"以连贯的顶真句式，阐释和深化了"观万物之复"的主题。这段文字为诸本皆有，但楚简仅保留"天道员员，各复其堇"，之后的

文字被悉数删节。

第二是保留总结性文字，删除引申性文字，以使章节主题更突出、结构更紧凑，详见下文（见表四）。

表四

楚简	帛甲	帛乙	汉简	王本
甲编第6—8简	第三十章	第三十章	第七十一章	第三十章
以道差人宝者，不谷以兵强于天下。善者果而已，不以取强。果而弗伐，果而弗乔，果而弗矜，是胃果而弗强。亓事好长。	以道佐人主，不以兵□□天下□□□□□所居，楚朳生之。善者果而已矣，毋以取强焉。果而毋骄，果而□□伐，果而毋得已居，是胃□而不强。物壮而老，是胃之不道，不道蚤已。	以道佐人主，不以兵强于天下，其□□□□□□棘生之。善者果而已矣，毋以取强焉。果而毋骄，果而勿矜，果□□伐，果而毋得已居，是胃果而毋强。物壮而老，胃之不道，不道蚤已。	以道佐人主，不以兵强于天下，其事好畏。师之所居，楚棘生之。善者果而已，不以取强。故果而毋矜，果而毋骄，果而毋发，果而毋不得已。物壮则老，谓之不道，不道蚤已矣。	以道佐人主者，不以兵强天下，其事好还。师之所处，荆棘生焉。大军之后，必有凶年。善有果而已，不敢以取强。果而毋矜，果而毋伐，果而毋骄，果而不得已，果而勿强。物壮则老，是谓不道，不道早已。

该章主题为"不以兵强天下"，诸本皆有的"其事好畏（还）"，意在阐释"兵强天下"的恶果。之后帛书、汉简所有的"师之所居，楚棘生之"，及王本在此基础上多出的"大军之后，必有凶年"，皆为对"其事好还"的举例说明。诸本章末"物壮则老，是谓不道，不道早已"，则紧扣章首，以明"兵强不合于道"之义。楚简删去"其事好还……必有凶年"等阐释性文字，只保留章首表达主题的文句及"善者果而已……是胃果而弗强"等具体主张。同时，在章末反用"强梁者不得其死"之义，用"亓事好长"替代"物壮则老"，以为全章总结。诸本此章从用兵的层面阐述"弱者道之用"，然楚简经过删改，主旨向儒家"慎战"思想倾斜，同时篇幅也大为精简，可谓一举两得。

再有，对比楚简乙编第4、5简与王本第二十章，也可以发现上述情况（见表5）。

表五

楚简	帛甲	帛乙	汉简	王本
乙编第4、5简	第二十章	第二十章	第六十一章	第二十章
銌学亡忧。佳与可，相去几可？美与亚，相去可若？人之所畏，亦不可以不畏人。	□□□□唯与诃，其相去几何？美与恶，其相去何若？人之□□，亦不□□□□。众人巸巸，若乡于大牢，而春登台。我泊焉未佻，若□□□。累呵，如□□□□皆有余，我独遗。我禺人之心也，惷惷呵。鬻□□□□□昏呵。鬻人蔡蔡，我独闷呵。忽呵，其若□，恍呵，其若无所止。□□□□□□以悝。吾欲独异于人，而贵食母。	绝学无忧。唯与呵，其相去几何？美与亚，其相去何若？人之所畏，亦不可以不畏人。恍呵，其未央才！众人巸巸，若乡于大牢，而春登台。我博焉未挑，若婴兒未咳。累呵，似无所归。众人皆又余，我愚人之心也，湷湷呵。鬻人昭昭，我独若昏呵。鬻人察察，我独闽闽呵。沕呵，其若海。恍呵，其若无所止。众人皆有以，我独顽以鄙。吾欲独异于人，而贵食母。	绝学无忧。唯与呵，其相去几何？美与恶，其相去何若？人之所畏，不可以不畏人。芒呼，未央哉！众人巸巸，若乡大牢，而萱登台。我泊旖焉未佻，若婴儿之未咳。参旖，台无所归。众人皆有余，而我蜀遗。我愚人之心也，屯屯虖，猷人昭昭，我蜀若昏；猷人計計，我独昏昏。没旖，其如晦；芒旖，其无所止。众人皆有以，而我独抏以鄙。我欲独异于人，而唯贵食母。	绝学无忧。唯之与阿，相去几何？善之与恶，相去若何？人之所畏，不可不畏。荒兮，其未央哉！众人熙熙，如享大牢，如春登台。我独泊兮，其未兆，如婴儿之未孩。儽儽兮，若无所归。众人皆有余，而我独若遗。我愚人之心也哉，沌沌兮。俗人昭昭，我独昏昏。俗人察察，我独闷闷。淡兮，其若海。飂兮，若无止。众人皆有以，而我独顽私鄙。我独异于人，而贵食母。

王本第二十章与第二章有异曲同工之处，后者借美丑、善恶等一系列对立概念，得出应"处无为之事，行不言之教"的结论。前者先提出"绝学无忧"的主旨，进而从反面立论，指出正是因为"学"，才导致"唯"与"呵"、"美"与"恶"等对立分歧；再借"荒兮其未央"张而论之，通过对比众人与"我"的种种差异，得出"我独异于人"的原因在于"贵食母"，即合于道，并与章首"绝学无忧"相呼

应。从文本上看，帛书、汉简、王本皆大同小异，唯独楚简删去"荒兮"以后的引申性文字，只保留了章首表达主旨的文句。

又如王本第五十二章："天下有始，以为天下母。既得其母，以知其子；既知其子，复守其母，没身不殆。塞其兑，闭其门，终身不勤。开其兑，济其事，终身不救。见小曰明，守柔曰强。用其光，复归其明，无遗身殃，是为习常。"诸本在文字上大同小异，唯楚简乙编第13简仅有中间一段文字："闷亓门，赛其兑，终身不殆。启亓兑，赛其事，终身不迷。"有论者据此认为，楚简所无的首尾两段文字为道家后学增衍。① 按，"天下有始……没身不殆"系提出"守道不殆"的主张，"塞其兑"等两句通过正反论证提出守道的方针。此方针在本质上与"为学日益、为道日损"殊途同归，前者从"塞"与"开"的对立中揭示了"塞"可达致无知无欲；后者从"损"和"益"的对立中阐明了"损之又损以至于无为"的道理。第五十二章末"见小曰明……是为习常"，是对"塞其兑"一段的正面申说。朱谦之指出："此云'袭常'，与二十七章'是谓袭明'，同有韬光匿明之意。"② 前文既言"塞其兑，闭其门"，后文以"袭常"释之，于义理完全顺合。再者，此章首、中、尾分别言称"没身不殆""终身不勤""终身不救""无遗身殃"，自始至终贯穿着守道可以保身的思路。综上可证，此章的内在理路一以贯之，首、中、尾三部分浑然一体，不存在后学追加的可能。而楚简编选者将首尾文句悉数删去，只保留总结守道方针的"塞其兑"一段文字，以便使该章主题更为集中。

类似的章节又如王本第四十六章："天下有道，却走马以粪。天下无道，戎马生于郊。祸莫大于不知足，咎莫大于欲得。故知足之足，常足矣。"其中，"天下有道……戎马生于郊"，作为现象前置于章首，之后的文字是总结导致此现象的根源，即因为贪得无厌而发动战争，并由此得出"知足之足，常足"的结论。帛书、汉简除多出

---

① 彭裕商、吴毅强：《郭店楚简老子集释》，巴蜀书社，2011年版，第478~479页。
② 朱谦之以"袭""习"古通，详见：《老子校释》，中华书局，1984年版，第208页。

"罪莫大于可欲"一句之外,与王本并无大异。唯独楚简甲编第5、6简删掉"天下有道……戎马生于郊"一段,只保留此后结论性的文字。再如楚简乙编第3、4简对应王本第四十八章,后者作:"为学日益,为道日损,损之又损,以至于无为,无为而无不为。取天下常以无事,及其有事,不足以取天下。"文中"取天下常以无事,及其有事,不足以取天下",是对章首"无为"思想的扩展,为诸本皆有,唯楚简删之。①

小　结

综上所述,楚简《老子》"为亡为"章所缺文字,并非漏抄或注文掺入,而是由于儒家化及行文简化造成的。关于楚简《老子》的定位,大致有两种意见。一是认为楚简更接近原始五千言,而其他《老子》文本皆从楚简衍化而来;二是以楚简为儒家化选本,编选者对原始五千言多有删改,遂致楚简与诸本之间差异横生。笔者以为,通过本文的梳理与考察,可以为第二种意见提供新的论据。儒家报怨观的分歧,导致原始五千言中"报怨以德"的表述被删节。同时,在楚简部分章节的简化过程中,有两点需要特别关注。其一,顶真句式环环相套,首尾衔接可以不完美,但不能有断裂。如《诗经·大雅·文王》,虽然每章首尾衔接的文字并非完全一致,但顶真句式在全诗中非常完整。楚简甲编"古之善为士者"章(第8—10简)、"道恒亡为也"章(第13—14简)及"至虚恒也"章(第24简),其中的顶真句皆有缺项,诸本相应章节则非常完整。楚简有三章文字皆如此,不可能都是漏抄造成的,应为编选者删削所致。

其二,认为楚简更接近原始五千言的论者,普遍将诸本较楚简多出的文句视为注文掺入。如果上述观点属实,那么楚简与诸本相应章节对比,应该只有诸本章首的文字,也就是所谓的正文或经文。因为按照通常的经传次序,应是正文在前注文在后。然而,有两个反例为

---

① 帛书甲本此章残缺严重,但仍可见"取天下也恒"的字样。

上述论者所忽略或不愿正视。那就是，楚简甲编"皋莫厚乎甚欲"章（第5、6简）、乙编"闭亓门"章（第13简），偏偏缺少了相应诸本中章首的文字。而楚简所缺文字不可能是注文，因为注文不当排在正文之前。很显然，所谓的"注文掺入说"无法解释上述特例。其实，只要摸清楚简的简化原则，上述特例不难解释。《老子》章节表意结构的主流是，总结性文字在前而引申阐释性文字紧随其后。前引两章楚简分别对应的王本第四十六章、五十二章，恰好属于少见的总结性文字后置的表意结构。然而，无论哪种表意结构，在经过楚简《老子》编选者修订之后，其中总结性文字会被保留下来，而阐释性文字则被删除。由于作为主流的表意结构，在《老子》全书中占据绝对比重，因而在对比楚简与诸本时，才容易产生注文掺入的错觉。

现有针对楚简《老子》与诸本文本差异的讨论，多遵循"义理"和"考据"两条思路。"义理"是对老子思想的解读，"考据"则以古文字学、训诂学为依据，这些都为廓清学术疑难提供了坚实的前提。在此基础上，若再辅以"辞章"，即从表意和行文的角度审视楚简文本的形成，相信会有新的收获，也会为楚简《老子》的定性提供新依据。

本文发表于《阜阳师范大学学报》2020年第3期，收入本书有改动

老子"执左契"说辨析

历代学人对老子"执左契"说的解读，可谓聚讼纷纭。随着简、帛本《老子》相继出土，争议更加趋向复杂。笔者以为，廓清老子"执左契"说的关键，在于做好两个"还原"。首先，应将出土文献与传世文本合而观之，以还原《老子》文本的原貌及"执左契"说提出的具体语境；进而结合先秦契券制度的基本规定和特点，将"执左契"说还原到老子相关思想中。

一、围绕左契与右契的纷争

"执左契"一语见王本《老子》第七十九章，就笔者所见到的历代注释而言，对"执左契"的解读大致存在两类倾向。一是指出"执左契"可以防怨，但未明言其所以然。如王弼："左契，防怨之所由生也。"① 李嘉谋："是以圣人治天下，如执左契以求于右契，恩怨取与，吾何心哉？如契之合适于符而已。苟有不合，不强其所无，不责之也。盖大小长短，彼各有契，自合其合，而吾无容私焉。"② 董思靖："夫契有左右，所以为信而息争。圣人与人均有是性，人惟执妄驰骋于争夺之场，故惑于大怨而迷其本，曾不知真性之无妄也。"③

---

① 王弼：《老子注》，见《诸子集成》第三册，中华书局，1954年版，第46页。
② 焦竑：《老子翼》，中华书局，1985年版，第164页。
③ 董思靖：《太上老子道德经集解》，中华书局，1985年版，第87页。

另一类倾向指出"左契"涉及借贷取与，吕惠卿："左契所以与，则左契者常以与人而不为物主者也。圣人为而不恃，功成不居，每以有余奉天下。"① 范应元："右契所以责事，为取契也；左契所以符合，盖与契也。古者君臣一德，天下太平，君无可责于臣，而臣亦无可责于民也，安有怨乎？"② 王夫之："左契，受债者之所责司之，听人之来取而已。"③

案，《说文解字·大部》："契，大约也。"又《刀部》："券，契也。"④ 契也称券，相当于今日之债券或合同，最初以竹木为之。在债务关系确立后，契券一剖为二，左契为债务人收执，右契为债权人收执。由于"执右契"者是债主，所以有资格向负债人责偿，这也符合古代左卑右尊的习俗。后来，恩惠的施予者也被视同于"执右契"，可以向受惠者索要报偿。下列文献记载大体符合古代契制的规定，如：

《礼记·曲礼上》："献粟者执右契。"郑玄注："契，券要也。右为尊。"⑤

《商君书·定分篇》："即以左券予吏之问法令者，主法令之吏谨藏其右券，木押以室藏之，封以法令之长印。"⑥

《战国策·韩策三》："操右契而为公责德于秦、魏之主。"鲍彪注："左契，待合而已；右契，可以责取。"⑦

《韩非子·外储说左下》："以功受赏，臣不德君，翟璜操右

---

① 焦竑：《老子翼》，中华书局，1985年版，第163页。
② 范应元：《宋本老子道德经》，国家图书馆出版社，2017年版，第301~302页。
③ 王夫之：《老子衍》，中华书局，2009年版，第41页。
④ 段玉裁：《说文解字注》，上海古籍出版社，1988年版，第493页、182页。
⑤ 孔颖达：《礼记正义》卷二，见阮元校刻：《十三经注疏》第三册，中华书局，2009年版，第2692页。
⑥ 蒋礼鸿：《商君书锥指》卷五，中华书局，1986年版，第141页。
⑦ 刘向：《战国策》卷二十八，上海古籍出版社，1998年版，第1003页、1005页。

契而乘轩。"①

《史记·田敬仲完世家》:"公常执左券以责于秦、韩。"《索隐》:"券,要也。左,不正也。言我以右执其左而责之。"《正义》:"左券下,右券上也。"②

《史记·平原君虞卿列传》:"且虞卿操其两权,事成,操右券以责;事不成,以虚名德君。"③

唯一例外的是,《史记·田敬仲完世家》作"执左券以责于秦、韩"。张守节《史记正义》:"左券下,右券上也。苏代说陈轸以上券令秦韩不用兵得地,而以券责秦韩却韩冯、张仪以徇服魏,故秦韩善陈轸而恶张仪多取矣。"④ 张守节既云"上券",说明他见到的文本应作"执右券"。中华书局2014年版《史记》的点校者怀疑"左券"当为"右券",是有道理的,但又云"据《索隐》亦当作'右券'"⑤,此判断或可商榷。司马贞《史记索隐》:"券,要也。左,不正也。"⑥ 司马贞但言"左"而未及"右",说明他看到的本子作"左券"。由于"左券"与整体语境不符,故司马贞曲为回护说:"言我以右执其左而责之。"⑦

后来,作"执左券"的《史记》文本成为主流并传布至今,虽系孤证,却不免给后人制造了诸多困扰,下列批注或受其误导。张纯一:"圣人知怨尤之起,由执左券而责人求偿者多,货财皆身外物,储蓄反增心垢,布施以济贫苦,令彼乐善修福,故执左契而不责于人,则怨无由生,彼且大欢喜矣,圣人亦心安矣。"⑧ 蒋锡昌在引述《田世家》"执左券以责"一段文字后,说:"左契为负债人所立,交

---

① 王先慎:《韩非子集解》卷十二,见《诸子集成》第五册,中华书局,1954年版,第216页。
② 司马迁:《史记》卷四十六,中华书局,2014年版,第2298~2299页。
③ 司马迁:《史记》卷七十六,中华书局,2014年版,第2880页。
④ 司马迁:《史记》卷七十六,中华书局,2014年版,第2299页。
⑤ 司马迁:《史记》卷七十六,中华书局,2014年版,第2308页。
⑥ 司马迁:《史记》卷七十六,中华书局,2014年版,第2299页。
⑦ 司马迁:《史记》卷七十六,中华书局,2014年版,第2299页。
⑧ 张纯一:《老子通释》,商务印书馆,1946年版,第100页。

债权人收执。右契为债权人所立，交负债人收执。责者乃债权人以所执左契向负债人索取所欠之谓。……'是以圣人执左契而不责于人'，言圣人执人所交左契而不索其报也。如此，则怨且无由生，复何和之有乎。"① 张松如也认为："左契为负债人所立，交债权人收执；右契为债权人所立，交负债人收执。责者乃债权人以所执左契向负债人索取所欠之谓。"② 蒋、张的注文明显是司马贞观点的翻版。范祥雍则在援引《田世家》后总结道,：":是左右券并可以取责。"③

在帛书《老子》出土后，争议更趋复杂。帛书甲本作"右介"，高明引以为据："右契位尊，乃贷人者所执。左契位卑，为贷于人者所执。圣人执右契而不以其责于人，施而不求报也。《老子》第十章云：'生之，畜之，生而弗有，长而弗宰，是谓玄德。'正与此合。"④ 孙以楷："右片称为'右契'，由债权人收执，作为索债的根据。'左契'，帛甲本作'右契'，是。诸本及帛乙本均误作'左'。"⑤ 李晓虹亦云，"此句应依从帛书甲本，作'右契'而非'左契'"⑥。

老子究竟主张执左契还是右契呢？出土文献的面世固然加剧了问题的复杂性，但同时也带来了解决纷争的契机，详见下文分解。

二、"执左契"实为"处下不争"之道的体现

高明将"执右契"与老子"生而弗有"的思想一并而论，看似合乎情理。然而，汉简《老子》出土后，其与帛书乙本、今本皆作"执左契"，帛书甲本中"右介"的表述就显得愈发孤立。可见，帛书甲

---

① 蒋锡昌：《老子校诂》，成都古籍书店，1988年版，第458页。
② 张松如：《老子校读》，吉林人民出版社，1981年版，第422~423页。
③ 范祥雍：《战国策笺证》卷二十八，上海古籍出版社，2006年版，第1592页。
④ 高明：《帛书老子校注》，中华书局，1996年版，第217页。
⑤ 孙以楷：《老子注释三种》，安徽人民出版社，2003年版，第266页。
⑥ 李晓虹：《〈老子〉"是以圣人执左契而不责于人"注、文考》，载于《郑州轻工业学院学报》（社会科学版），2006年第5期，第23页。

本中的"右介"作为孤证,应为传抄之误,不可为据。① 至于老子"生而弗有"的理念能否为"执右契"提供思想支持?联系到《老子》中"天之道不争而善胜""圣人之道为而不争"的表述,仿佛处上者亦有不争之德,若以此解释"执右契"似无不可。然而,通过对比其他《老子》文本,或许可以得出否定性答案。王本第七十八、七十九章,在汉简《老子》中合为一章,汉简整理者说:"严本则两章合为一章,名'柔弱于水篇'。帛甲'反'字下为句读符号而非分章符号,说明其分章有可能与汉简本、严本相同。"② 这说明,王本中分作两章的文字,在帛书甲本、汉简与严本中本合为一章。鉴于这三种文本均早于王本,那么帛书甲本诸本的分章形态应更接近《老子》原貌。因此,完全可以将王本中这两章合而论之。由于诸本在文句上大同小异,兹权引王本为例:

> 天下莫柔弱于水,而攻坚强者莫之能胜,以其无以易之。弱之胜强,柔之胜刚,天下莫不知,莫能行。是以圣人云:"受国之垢,是谓社稷主;受国不祥,是为天下王。"正言若反。和大怨必有余怨,安可以为善?是以圣人执左契而不责于人。有德司契,无德司彻。天道无亲,常与善人。③

老子借助水的特性,得出圣人应"处下"的结论。一般而言,人们更愿意高高在上,争做债主而"执右契"。但老子偏偏反其道而行之,他提倡"执左契",实为防怨于未然之道。这是因为怨隙往往由琐事渐积而成,待到积怨已深,则和之已晚。所以防怨的关键,在于从根本上杜绝怨隙滋生的可能。对此,老子主张要像水那样处下不

---

① 韩国良认为帛书甲本"右介"当作"司介",并以帛书甲本"乃老子此章的最早传本"为由,否定其他《老子》文本"执左契"的记载。详见:《〈老子〉误读举正十例》,载于《南阳师范学院学报(社会科学版)》,2003年第11期,第47页。帛书作为钞本,有讹脱在所难免,如帛书甲本第二十八章"知其,守其黑","白"字脱漏,显然不能因帛书甲本誊抄较早而无视其脱误。

② 北京大学出土文献研究所:《北京大学藏西汉竹书》第二册,上海古籍出版社,2012年版,第142页。

③ 王弼:《老子注》,见《诸子集成》第三册,中华书局,1954年版,第46页。

争，绝不能如债主一般，因执右契索债而招致怨恨。"圣人执左契"的本质就是"处下""处众人之所恶"，亦即文中"受国之垢""受国不祥"。由于左契卑下，合于"不争"之道。"不争"必不可能"责于人"，自然无从敛怨，正所谓"以其不争，故天下莫能与之争"。故王弼曰："左契，防怨之所由生也。"

放眼《老子》全书可知，"不争"多以"处下"的方式展开，如：

上善若水，水善利万物而不争，处众人之所恶……夫唯不争，故无尤。①（第八章）

知其雄，守其雌，为天下溪。②（第二十八章）

故贵以贱为本，高以下为基。是以侯王自谓孤、寡、不谷，此非以贱为本邪？非乎？故致数舆无舆。不欲琭琭如玉，珞珞如石。③（第三十九章）

人之所恶，唯孤、寡、不谷，而王公以为称。④（第四十二章）

大国者下流，天下之交，天下之牝。牝常以静胜牡，以静为下。故大国以下小国，则取小国；小国以下大国，则取大国。故或下以取，或下而取。大国不过欲兼畜人，小国不过欲入事人。夫两者各得其所欲，大者宜为下。⑤（第六十一章）

江海所以能为百谷王者，以其善下之，故能为百谷王。是以欲上民必以言下之，欲先民必以身后之。是以圣人处上而民不重，处前而民不害。是以天下乐推而不厌。以其不争，故天下莫能与之争。⑥（第六十六章）

由雄至雌、由贵至贱、由高至下、由先至后等，无不体现出从高位向低位的流返，本质上都是"返者道之动"的体现。所谓"天之道

---

① 王弼：《老子注》，见《诸子集成》第三册，中华书局，1954年版，第4~5页。
② 王弼：《老子注》，见《诸子集成》第三册，中华书局，1954年版，第16页。
③ 王弼：《老子注》，见《诸子集成》第三册，中华书局，1954年版，第25页。
④ 王弼：《老子注》，见《诸子集成》第三册，中华书局，1954年版，第27页。
⑤ 王弼：《老子注》，见《诸子集成》第三册，中华书局，1954年版，第37页。
⑥ 王弼：《老子注》，见《诸子集成》第三册，中华书局，1954年版，第40页。

不争而善胜""圣人之道为而不争",只是对"不争"之德的宏观概括,若要落实仍需返回"处下"的层面。反观"执左契"所在章节,"执左契"实为"处下不争"思想在防怨层面的具体实践。但高亨指出:"圣人所执之契,必是尊者,何以此文云执左契,今谳三十一章曰:'吉事尚左,凶事尚右。'用契券者,自属吉事,可证老子必以左契为尊,盖左契右契孰尊孰卑,因时因地而异,不尽同也。"① 孙以楷亦道:"老子是楚人,以左为上,故左契由债权人收执。"② 殊不知,老子只可能因左契卑下而执之,正所谓"卑弱以自持"。

再有,高明认为:"以契制,执左契乃受责者,当为人所责。此言'而不责于人',义甚费解。……受责者必须以契还报,倘若无力如愿以偿,岂不生怨,焉能防怨?"③ 高明太过拘泥于现实中的债务关系,同样忽略了老子"处下不争"的思想主张。还是吴澄的批注较为通彻:"澄谓执左契者,己不责于人,待人来责于己。有持右契来合者,即与之,无心计较其人之善否。和怨者,有心于为善人也,不若无心待物,如执左契而不责于人,静中观物而任其自然也。有德无心待物,无德有心待物。"④

至于"有德司契",仍在重申"执左契而不责于人"之意。下文"无德司彻",关于"彻"的解释如下:

> 《诗经·豳风·鸱鸮》:"彻彼桑土,绸缪牖户。"《毛传》:"彻,剥也。"⑤

> 《论语·颜渊》"盍彻乎",郑玄注:"周法,什一而税谓之彻。"⑥

---

① 高亨:《老子正诂》,中国书店,1988年版,第149页。
② 孙以楷:《老子通论》,安徽大学出版社,2004年版,第588页。
③ 高明:《帛书老子校注》,中华书局,1996年版,第215页。
④ 焦竑:《老子翼》卷六,中华书局,1985年版,第164页。
⑤ 孔颖达:《毛诗正义》卷八,见阮元校刻:《十三经注疏》第一册,中华书局,2009年版,第843页。
⑥ 邢昺:《论语注疏》卷十二,见阮元校刻:《十三经注疏》第五册,中华书局,2009年版,第5437页。

《孟子·滕文公上》:"周人百亩而彻,其实皆什一也。"①

无论"彻"被释为"剥"还是"什一税",皆有"拿取"之义。那么,"司彻"即"执右契以责人",自然属于"无德"。

最后,老子在章末加以总结:"天道无亲,常与善人。"朱谦之指出:"此二句为古语,见《说苑·敬慎篇》引《黄帝金人铭》,又《后汉书·袁绍传》注引作《太公金匮》语。又《郎𫖮传》𫖮引《易》曰:'天道无亲,常与善人。'"② 可见,"天道无亲,常与善人"一语存在多个出处。③ 且看《说苑·敬慎篇》的记载:

孔子之周,观于太庙。右陛之前,有金人焉,三缄其口,而铭其背曰:"古之慎言人也。戒之哉!戒之哉!无多言,多言多败;无多事,多事多患。安乐必戒,无行所悔。勿谓何伤,其祸将长;勿谓何害,其祸将大;勿谓何残,其祸将然;勿谓莫闻,天妖伺人。荧荧不灭,炎炎奈何;涓涓不壅,将成江河;绵绵不绝,将成网罗;青青不伐,将寻斧柯。诚不能慎之,祸之根也;曰是何伤,祸之门也。强梁者不得其死,好胜者必遇其敌,盗怨主人,民害其贵。君子知天下之不可盖也,故后之、下之,使人慕之,执雌持下,莫能与之争者。人皆趋彼,我独守此;众人惑惑,我独不徙;内藏我知,不与人论技;我虽尊高,人莫我害。夫江河长百谷者,以其卑下也。天道无亲,常与善人。戒之哉!戒之哉!"孔子顾谓弟子曰:"记之!此言虽鄙,而中事情。诗曰:'战战兢兢,如临深渊,如履薄冰。'行身如此,岂以口遇祸哉!"④

从上可以看出,《金人铭》与《老子》第七十八、七十九章的主

---

① 孙奭:《孟子注疏》卷五,见阮元校刻:《十三经注疏》第五册,中华书局,2009年版,第5877页。
② 朱谦之:《老子校释》,中华书局,1984年版,第306页。
③ 司马迁《史记·伯夷列传》但云"或曰:'天道无亲,常与善人'",具体出处不详。
④ 向宗鲁:《说苑校证》卷十,中华书局,1987年版,第258~259页。

旨如出一辙。两处文字中的"天道无亲，常与善人"有共同的价值取向，即"无为""不争""处下"。

严遵对"天道无亲，常与善人"的解读是："是故，天地之道，与人俱行。无适无莫，无疏无亲。"①严遵所论稍嫌笼统，可再深入解析。首先，"常与善人"中的"与"，不能释为"肯定"或"佑助"，否则当谓"天道有亲"。《老子》其他章节可为旁证，第五章"天地不仁，以万物为刍狗；圣人不仁，以百姓为刍狗"②，第四十九章"善者吾善之，不善者吾亦善之"③，这两章从不同角度揭示天道、圣人皆无偏私之义。如果把"常与善人"释为"天道常常佑助善人"，则与老子思想抵牾。

其次，"善"不应理解为人品的善良。

> 上善若水。水善利万物而不争，处众人之所恶，故几于道。居善地，心善渊，与善仁，言善信，正善治，事善能，动善时。夫唯不争，故无尤。④（第八章）

> 善行无辙迹，善言无瑕谪，善数不用筹策，善闭无关楗而不可开，善结无绳约而不可解。是以圣人常善救人，故无弃人；常善救物，故无弃物。是谓袭明。故善人者，不善人之师；不善人者，善人之资。不贵其师，不爱其资，虽智大迷。是谓要妙。⑤（第二十七章）

> 善为士者不武，善战者不怒，善胜敌者不与，善用人者为之下。是谓不争之德，是谓用人之力，是谓配天古之极。⑥（第六十八章）

第八、六十八章皆以"善"字阐发"不争"之道。至于第二十七章，黄瑞云指出："五句所论，全用比喻的方式，宣扬其任其自然，

---

① 严遵：《老子指归》卷七，中华书局，1994年版，第116页。
② 王弼：《老子注》，中华书局，1954年版，第3页。
③ 王弼：《老子注》，中华书局，1954年版，第30页。
④ 王弼：《老子注》，中华书局，1954年版，第4~5页。
⑤ 王弼：《老子注》，中华书局，1954年版，第15~16页。
⑥ 王弼：《老子注》，中华书局，1954年版，第41页。

无为而无不为的主张。"① 在字面上，上述三章中的"善"可释为"好"或"擅长"。在义理上，都通向"无为""不争""处下"，用以形容近乎道的状态。由此反观第七十九章，章首"安可以为善"作为设问，提出"如何以道弥怨"的问题。章末的"善人"指得道之人，即"执左契"的圣人。所以，在上述语境下，"善"具有形而上的意义，与"体道""得道"有关。

综上，"天道无亲，常与善人"当如是解：所谓"无亲"，乃去除偏私之义，以无为之心顺万物之自然。"常"即"恒久"。"与"当释为"类如"，即天道与善人一样都无所偏私。② 正如奚桐所谓："有德者，怕然无为，不藏是非善恶，无责于人，而上下和合。"③ 若做到无为无私，也就不藏是非，摒弃私欲而执左契，待人责己而不责于人，自然无从敛怨。

此外，《尚书·蔡仲之命》载"皇天无亲，惟德是辅"④，这是西周初期"以德配命"思想的体现。由于句式结构相近，故常和"天道无亲，常与善人"混用。⑤ 然而，需要明辨的是，上述两个表述源于不同的话语体系，实不当混淆。《尚书》"皇天无亲，惟德是辅"及正史中的衍生句，前后两句属于转折关系，即"虽然皇天无亲，但惟德

---

① 黄瑞云：《老子本原》，人民文学出版社，1995年版，第39页。
② "与"训为"类""如"之例，在典籍中俯拾即是。如《诗经·邶风·旄丘》："叔兮伯兮，靡所与同。"郑笺："卫之诸臣行如是，不与诸伯之臣同。"《国语·周语下》："夫礼之立成者为饫，昭明大节而已，少曲与焉。"韦昭注："与，类也。"《孟子·滕文公下》："不由其道而往者，与钻穴隙之类也。"俞樾："与，当训为如。"《广雅·释言》："与，如也。"《汉书·高帝纪》"孰与仲多"，《韩信传》"孰与项王"，颜师古注并释"与"为"如"。《文选·子虚赋》"孰与寡人乎"，郭璞注"与，犹如也"。
③ 奚桐：《老子集解》，见汪福润点校：《老子注三种》，黄山书社，2014年版，第145页。
④ 孔颖达：《尚书正义》卷十七，见阮元校刻：《十三经注疏》第一册，中华书局，2009年版，第484页。
⑤ 如《后汉书·郎𫖮传》："今陛下圣德中兴，宜遵前典，惟节惟约，天下幸甚。《易》曰：'天道无亲，常与善人。'是故高宗以享福，宋景以延年。"其他如《三国志·魏书·高堂隆传》"天道无亲，惟与善人"，《晋书·孔严传》"天道无亲，唯德是辅"，《隋书·杨勇传》"天道无亲，唯德是与"等，均将"皇天无亲，惟德是辅"和"天道无亲，常与善人"两语相互混杂，以为德政之张本。

是辅",为德政提供思想依据。《金人铭》与《老子》中的"天道无亲,常与善人",前后两句互文,即"天道与善人总是无所偏私",以申明"处下不争"之道。

三、因《田世家》而误的两种"左券"解说

《田世家》中"执左券"的讹误,衍生出对"左券"解说的两个误区。其一是承袭司马贞"以右执其左"的思路,并将老子"执左契"往"生而弗有""圣人无积"的方向阐释。如温少峰、李定凯:"所以,老子的'圣人执左契',也就是《史记·田敬仲世家》中的'执左契',其意是'人以右执其左',并非圣人手中保存着'左契'。……此与八十一章:'圣人无积,既以为人,已愈有,即以予人矣,已愈多','圣人之道,为(施予)而不争'是一致的。"① 又如张觉:"《老子》之'执左契',实相当于《史记·田敬仲完世家》的'执左券',是指圣人拿右契去核对债务人之左契,核对完毕后再执其左契,即《索隐》所谓'以右执其左'。凡讨债,右契虽为债权人之凭证,但与左契尚未对合之时,还不足以讨还债务;只有与左契对合后执其左契,才有了完全的讨债权。"② 就文献而论,《田世家》"执左券"当为传抄之误,而司马贞又以讹释讹,皆不足为据;就思想而论,老子"执左契"是"处下不争"语境下的产物,不应与"生而弗有""圣人无积"等思想相混淆;就现实而论,"以右执其左"的做法纯属多此一举。若债务人无力偿还,即便执其左券亦属徒劳。

另一种"左券"解说集中出现于工具书中,如:

> 古代契约分为左右两片,左片称左券,由债权人收执,用为索偿的凭证。《史记·田敬仲完世家》:"公常执左券以责于秦韩,

---

① 温少峰、李定凯:《读〈老子〉札记》,载于《成都大学学报(社会科学版)》,1997年第4期。
② 张觉:《谁执"左券"》,载于《古籍整理研究学刊》,2001年第5期,第43页。

此其善于公而恶张子多资矣。"①（《汉语大词典》）

券，契约。古代契约分为左右两片，双方各执其一。左片叫左券，由债权人收执，作为凭据。《商君书·定分》："即以左券予吏之问法令者。"《史记·田敬仲完世家》："公常执左券，以责于秦韩。"后用来喻事有把握。②（《辞源》）

古代契约分为左右两联，双方各执其一；左券即左联，常用为索偿的凭证。《史记·田敬仲完世家》："公常执左券以责于秦、韩。"亦用来比喻充分的保证。③（《辞海》）

古代称契约为券，用竹、木等做成，分左右两片，立约的各拿一片，左券常用作索偿的凭证。后来把有把握叫操左券。④（《现代汉语词典》）

可见，诸工具书之所以释"左券"为债权人所执，全因《田敬仲完世家》而误。同时，《田敬仲完世家》的讹误还成为解释"操（持）左券""稳操胜券""可操左券""如持左券"等词汇的文献依据，毕竟债权人处于强势地位，容易与上述词汇"有把握""有胜算"的内涵产生关联，如：

稳操胜券：形容有夺取胜利的充分把握（胜券：古代指契约的两联中用来索偿的左联）。也说稳操左券、稳操胜算。⑤（《现代汉语规范词典》）

可操左券：原或作〔执左券〕。执：拿着。左券：券指古代用竹子制成的凭信物（也叫符或契），当中刻上文字和花纹，剖成左右两片，由当事双方各执其一，以为凭证，左边的半片叫做左券；左券常用作索偿、兑现的凭证。《史记·田敬仲完世家·四六·1897》："公常执左券以责于秦、韩。"后世多作〔可操左

---

① 罗竹风：《汉语大词典》卷二，汉语大词典出版社，1988年版，第962页。
② 何九盈、王宁、董琨：《辞源》上册，商务印书馆，2015年版，第1283页。
③ 夏征农、陈至立：《辞海》，上海辞书出版社，2010年版，第2573页。
④ 中国社会科学院：《现代汉语词典》，商务印书馆，2014年版，第1744页。
⑤ 李行健：《现代汉语规范词典》，外语教学与研究出版社，2014年版，第1377页。

券〕,比喻对事情的成功有绝对的把握。① (《汉语成语考释词典》)

如持左券:古代的券(契约)分左右两半,从中分开,债权人执左边一半,即左券,用为索债的凭证。像拿到左券一样。表示极有把握。语本《史记·田敬仲完世家》:"公常执左券以责于秦韩。"②(《汉语成语辞海》)

大多数工具书对"左券"的释读有违古代契制,这或许导致了一些学者对老子"执左契"作出错误的解释,如张松辉认为:"债权人保存左边的一半,负债人保存右边的一半。"③

也有学者指出《田敬仲完世家》及工具书的错误,但以老子"执左契"为"执右契"之误,则属矫枉过正。④ 另外,他们认为"稳操左券"等成语应作"稳操右券"。对此,必须从债务产生至终结的全过程加以辨析。在债务关系确立之后,左右券分别交由债务双方。债权人若要催债,执右券即可,没有必要去拿债务人的左券。实际上,只有在债务即将偿还前,左券才会归入债权人手中以便合券销账。如《史记·孟尝君列传》载:"乃多酿酒,买肥牛,召诸取钱者,能与息者皆来,不能与息者亦来,皆持取钱之券书合之。齐为会,日杀牛置酒。酒酣,乃持券如前合之,能与息者,与为期;贫不能与息者,取其券而烧之。"⑤ 可知,当左右券相合时,说明债务可以结清了。

当债权人将左右券相合时,往往意味着债务即将偿还。因此,(债权人)"执左券"逐渐衍生出"如愿以偿""很有把握""胜利在望"等义,"稳操左券""如操左券"等成语由此产生。只有此情况下,"左券"才可能从债务人所执的凭证,转变为债权人操之稳赢的

---

① 刘洁修:《汉语成语考释词典》,商务印书馆,1989年版,第593页。
② 朱祖延:《汉语成语辞海》,武汉出版社,1999年版,第1143页。
③ 张松辉:《老子译注与解析》,岳麓书社,2008年版,第225页。
④ 左秀灵:《谈"左券"和"右券"》,载于《咬文嚼字》,1997年第12期。宛啸:《也谈"左券"和"右券"》,载于《咬文嚼字》,1997年第12期。黄任柯:《还是右券责偿更合理》,载于《辞书研究》,1991年第2期。
⑤ 司马迁:《史记》卷七十五,中华书局,2014年版,第2869页。

"胜券"。但必须明辨的是，上述语境中的"执左券"是指在债务即将被偿还前，左券归入债权人手中以作销账之用；老子"执左契"则指从债务确立到偿还之前，债务人执左契以为凭证。债务阶段与持有者的不同，直接导致"执左券（契）"语义的大相径庭。工具书编纂者面对浩如烟海的词条，往往无暇一一甄别，置众多文献于不顾，仅以《田敬仲完世家》为据，不免受其误导，不但错释"左券"的执属，亦未能详辨"稳操左券"等成语的来龙去脉，进而又影响到其他学者对老子"执左契"的解读。

小　结

综上所述，对老子"执左契"的误读，首先始于文献记载的讹误，如帛书甲本"右介"及《田敬仲完世家》"执左券"；进而，又以此为基础形成对老子"执左契"的两种误释。第一，无论认同帛书甲本"右介"，还是误从《田敬仲完世家》及司马贞的"以右执其左"，在本质上都是将老子视作债权人，并用"生而弗有""圣人无积"等思想加以弥合。殊不知，这既不符合《老子》第七十八、七十九章的整体语境，也违背了老子不为天下先、不处人上的一贯主张。在古代社会，债主多居强势地位，负债人作为弱者，处处被动且受制于人。老子主张"执左契"，正在于左契卑下，合于"处下不争"之道。《史记》《战国策》等书中"执右契以责人"的记载，体现出债权人的主动与强势，与老子"执左契而不责于人"形成鲜明的对比。第二，有学者指出工具书对"左券"存在误释，并认为《老子》"执左契"应为"执右契"，未免矫枉过正。工具书编纂者的失误在于未能穷尽文献而轻下结论，指瑕者则仅从文献出发，忽略了"执左契"的具体语境及老子的相关主张。由此可见，若要深入理解《老子》中的具体概念，文献基础、具体语境和基本思想，三者缺一不可。但凡有缺失，势必会造成理解上的偏差。

本文发表于《哲学与文化》2021年第5期，收入本书有改动

礼乐文学编

战国歌、谣、杂辞编年

凡例：作品题名，初载典籍，作者，创作地点，创作时间。作品题名取该作品最早见载的典籍中的名称，初载典籍指最早记载该作品的典籍，作者指作品的创作者或最早传诵者，创作地点指作品创作所在诸侯国，创作时间指创作所在国国君的世系。

一、《段干木歌》，《吕氏春秋·期贤》，佚名，魏国，魏文侯二十五年（前421年）

《吕氏春秋·期贤》："魏文侯过段干木之闾而轼之，其仆曰：'君胡为轼？'曰：'此非段干木之闾欤？段干木盖贤者也，吾安敢不轼？且吾闻段干木未尝肯以己易寡人也，吾安敢骄之？段干木光乎德，寡人光乎地。段干木富乎义，寡人富乎财。'其仆曰：'然则君何不相之？'于是君请相之，段干木不肯受，则君乃致禄百万，而时往馆之。于是国人皆喜，相与诵之曰：'吾君好正，段干木之敬。吾君好忠，段干木之隆。'"① 按，《史记·魏世家》："文侯受子夏经艺，客段干木，过其闾，未尝不轼也。"② 司马迁系此事于魏文侯二十五年，则《段干木歌》亦当作于此年。

明冯惟讷《古诗纪》卷二录之，作《段干木歌》，梅鼎祚《古乐

---

① 许维遹：《吕氏春秋集释》卷二十一，中华书局，2009年版，第588页。
② 司马迁：《史记》卷四十四，中华书局，2014年版，第2223页。

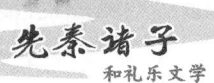

苑》卷四十一同。

二、《田者祝》，《史记·滑稽列传》，佚名，齐国，齐威王八年（前349年）

《史记·滑稽列传》："威王八年，楚大发兵加齐。齐王使淳于髡之赵请救兵，赍金百斤，车马十驷。淳于髡仰天大笑，冠缨索绝。王曰：'先生少之乎？'髡曰：'何敢！'王曰：'笑岂有说乎？'髡曰：'今者臣从东方来，见道傍有禳田者，操一豚蹄，酒一盂，祝曰：瓯窭满篝，污邪满车，五谷蕃熟，穰穰满家。臣见其所持者狭而所欲者奢，故笑之。'"① 据上文可知，《田者祝》当作于齐威王八年。

明冯惟讷《古诗纪》卷六录之，作《田者祝》，曹学佺《石仓历代诗选》卷十三同。逯钦立《先秦汉魏晋南北朝诗·先秦诗卷四》作《禳田辞》。

三、《邺民歌》，《吕氏春秋·乐成》，佚名，魏国，魏襄王元年至二十三年间（前318至前296年）

《吕氏春秋·乐成》："（魏襄王）明日，召史起而问焉，曰：'漳水犹可以灌邺田乎？'史起对曰：'可。'王曰：'子何不为寡人为之？'……水已行，民大得其利，相与歌之曰：'邺有圣令，时为史公，决漳水，灌邺旁，终古斥卤，生之稻粱。'"② 魏襄王任史起治漳水的具体年代于史无载，《邺民歌》的创作年代只能断在魏襄王在位期间，即元年至二十三年间。

宋郭茂倩《乐府诗集》卷八十三录之，作《邺民歌》，明冯惟讷《古诗纪》卷二、梅鼎祚《古乐苑》卷四十一、逯钦立《先秦汉魏晋南北朝诗·先秦诗卷二》同，宋陈仁子《文选补遗》卷三十五作《魏

---

① 司马迁：《史记》卷一百二十六，中华书局，2014年版，第3886页。
② 许维遹：《吕氏春秋集释》卷十六，中华书局，2009年版，第416~417页。

河内歌》。

四、《鼓琴歌》，《史记·赵世家》，佚名，赵国，赵武灵王十六年（前 310 年）

《史记·赵世家》："（赵武灵王）十六年，秦惠王卒。王游大陵。他日，王梦见处女鼓琴而歌诗曰：'美人荧荧兮，颜若苕之荣。命乎命乎，曾无我嬴！'异日，王饮酒乐，数言所梦，想见其状。吴广闻之，因夫人而内其女娃嬴。孟姚也。孟姚甚有宠于王，是为惠后。"①

明冯惟讷《古诗纪》卷四录之，作《鼓琴歌》②，曹学佺《石仓历代诗选》卷十三、梅鼎祚《古乐苑》卷三十、逯钦立《先秦汉魏晋南北朝诗·先秦诗卷二》同。

五、《齐人诵》，《史记·孟子荀卿列传》，佚名，齐国，齐宣王时期（前 319 至 301 年）

《史记·孟子荀卿列传》："驺衍之术迂大而闳辩；奭也文具难施；淳于髡久与处，时有得善言。故齐人颂曰：'谈天衍，雕龙奭，炙毂过髡。'"③ 据《史记·孟子荀卿列传》："于是齐王嘉之，自如淳于髡以下，皆命曰列大夫，为开第康庄之衢，高门大屋，尊宠之。览天下诸侯宾客，言齐能致天下贤士也。"④ 文中"齐王"，据《田敬仲完世家》记载为齐宣王，那么齐人对淳于髡、驺衍、驺奭的歌颂，当在齐宣王时期。

明冯惟讷《古诗纪》卷三录之，作《齐人诵》，梅鼎祚《古乐苑》卷四十二同。

---

① 司马迁：《史记》卷四十三，中华书局，2014 年版，第 2174 页。
② 明冯惟讷《古诗纪》卷四《鼓琴歌》题注："一作鼓瑟歌。"
③ 司马迁：《史记》卷七十四，中华书局，2014 年版，第 2852 页。
④ 司马迁：《史记》卷七十四，中华书局，2014 年版，第 2852 页。

六、《长铗歌》,《战国策·齐策四·齐人有冯谖者》,冯谖,齐国,齐宣王十八年(前302年)或稍前

《战国策·齐策四·齐人有冯谖者》:"齐人有冯谖者,贫乏不能自存,使人属孟尝君,愿寄食门下。孟尝君曰:'客何好?'曰:'客无好也。'曰:'客何能?'曰:'客无能也。'孟尝君笑而受之曰:'诺。'左右以君贱之也,食以草具。居有顷,倚柱弹其剑,歌曰:'长铗归来乎!食无鱼。'左右以告。孟尝君曰:'食之,比门下之客。'居有顷,复弹其铗,歌曰:'长铗归来乎!出无车。'左右皆笑之,以告。孟尝君曰:'为之驾,比门下之车客。'于是乘其车,揭其剑,过其友曰:'孟尝君客我。'后有顷,复弹其剑铗,歌曰:'长铗归来乎!无以为家。'左右皆恶之,以为贪而不知足。孟尝君问:'冯公有亲乎?'对曰:'有老母。'孟尝君使人给其食用,无使乏。于是冯谖不复歌。"①《史记·孟尝君列传》所载略图,惟冯谖作冯驩。

《战国策·齐策四·齐人有冯谖者》又载:"后期年,齐王谓孟尝君曰:'寡人不敢以先王之臣为臣。'孟尝君就国于薛,未至百里,民扶老携幼,迎君道中。孟尝君顾谓冯谖:'先生所为文市义者,乃今日见之。'冯谖曰:'狡兔有三窟,仅得免其死耳。今君有一窟,未得高枕而卧也。请为君复凿二窟。'孟尝君予车五十乘,金五百斤,西游于梁,谓惠王曰……"② 又郦道元《水经注·济水》:"《竹书纪年》,魏襄王十九年,薛侯来会王于釜丘者也。"③ 然《战国策·齐策四·齐人有冯谖者》言孟尝君并未至梁,且冯谖所见为魏惠王,而《史记·孟尝君列传》则曰孟尝君适秦。据钱穆《先秦诸子系年·魏襄王十九年会薛侯于釜邱考》:"孟尝本为魏相,则其见逐于齐湣,使驩先容,而与魏为会,情事恰符。明年,秦昭王八年,即齐湣王二

---

① 刘向:《战国策》卷十一,上海古籍出版社,1998年版,第395~396页。
② 刘向:《战国策》卷十一,上海古籍出版社,1998年版,第399页。
③ 杨守敬、熊会贞:《水经注疏》卷七,江苏古籍出版社,1989年版,第696页。

年，泾阳君复归秦，而田文亦入相秦。则谓冯骥入说秦王，亦非尽无因也。"① 如此，则《竹书纪年》《战国策·齐策四·齐人有冯谖者》与《史记·孟尝君列传》可互通无碍。钱穆《先秦诸子系年·魏襄王十九年会薛侯于釜邱考》以为，齐湣王免孟尝君当在其初立之年，即齐宣王十九年。《战国策·齐策四·齐人有冯谖者》又谓"后期年"孟尝君被免而就薛，则冯谖作《长铗歌》当于齐宣王十八年或稍前。

宋陈仁子《文选补遗》卷三十五录之，作《长铗歌》；明冯惟讷《古诗纪》卷一作《弹铗歌》，曹学佺《石仓历代诗选》卷十三、梅鼎祚《古乐苑》卷首、逯钦立《先秦汉魏晋南北朝诗·先秦诗卷二》同。

七、《狐援辞》，《吕氏春秋·贵直》，狐援，齐国，齐湣王十七年（前284年）

《吕氏春秋·贵直论》载狐援说齐湣王，不被采纳，出而哭国三日，其辞曰："先出也衣絺纻，后出也，满囹圄。吾今见民之洋洋然东走而不知所处。"② 高诱注："狐援，齐臣也。"③ 又《战国策·齐策六·齐负郭之民有狐咺者》："齐负郭之民有狐咺者，正议闵王，斮之檀衢，百姓不附。"④《汉书·古今人表》有"狐爰"，颜师古注曰："即狐咺也，齐人。见《战国策》。"⑤ 陈奇猷《吕氏春秋新校释》卷二十三："援、咺古音皆隶元部，通假。爰、援古今字，详《古乐》'注二八'。"⑥ 据《战国策·齐策六·齐负郭之民有狐咺者》，狐援

---

① 钱穆：《先秦诸子系年》，商务印书馆，2005年版，第461页。
② 许维遹：《吕氏春秋集释》卷二十三，中华书局，2009年版，第622页。
③ 许维遹：《吕氏春秋集释》卷二十三，中华书局，2009年版，第621页。
④ 鲍本补曰："孤狐咺，'孤'因'狐'字误衍，《大事记》去之。《吕氏春秋·贵直论》狐援云云，即谓此正议也。《古今人表》作狐爰。"见刘向：《战国策》卷十二，上海古籍出版社，1998年版，第447页。
⑤ 班固：《汉书》卷二十，中华书局，1962年版，第948页。
⑥ 陈奇猷：《吕氏春秋新校释》卷二十三，上海古籍出版社，2002年版，第1546页。

说齐湣王之后，燕使乐毅破齐，此战在燕昭王二十八年，即周赧王三十一年（前284年），则《狐援辞》当作于此年。

明冯惟讷《古诗纪》卷七载狐援之辞，作《狐援辞》，逯钦立《先秦汉魏晋南北朝诗·先秦诗卷四》同。

八、《士卒昌》，《战国策·齐策六·田单将攻狄》，田单，齐国，齐襄王五年（前279年）

《战国策·齐策六·田单将攻狄》载田单攻燕而不克，请教鲁仲子，鲁仲子曰："将军之在即墨，坐而织蒉，立则丈插，为士卒倡曰：'可往矣！宗庙亡矣！云曰尚矣！归于何党矣！'当此之时，将军有死之心，而士卒无生之气，闻若言，莫不挥泣奋臂而欲战，此所以破燕也。"① 据《史记·田敬仲完世家》："襄王在莒五年，田单以即墨攻破燕军，迎襄王于莒，入临菑。"② 可知此事发生于齐襄王五年，即本年。

明冯惟讷《古诗纪》卷七录之，作《士卒昌》，逯钦立《先秦汉魏晋南北朝诗·先秦诗卷四》作《为士卒倡》。

九、《婴儿谣》，《战国策·齐策六·田单将攻狄》，佚名，齐国，齐襄王五年（前279年）

《战国策·齐策六·田单将攻狄》："田单将攻狄，往见鲁仲子。仲子曰：'将军攻狄，不能下也。'田单曰：'臣以五里之城，七里之郭，破亡余卒，破万乘之燕，复齐墟。攻狄而不下，何也？'上车弗谢而去。遂攻狄，三月而不克之也。齐婴儿谣曰：'大冠若箕，修剑拄颐，攻狄不能，下垒枯丘。'"③《说苑·指武》所载略同。按，田

---

① 刘向：《战国策》卷十三，上海古籍出版社，1998年版，第467页。
② 司马迁：《史记》卷四十六，中华书局，2014年版，第2303页。
③ 刘向：《战国策》卷十三，上海古籍出版社，1998年版，第467页。

单攻狄为复齐战役,在齐襄王五年。但据上文可知,《婴儿谣》作时略晚于《士卒昌》。

明冯惟讷《古诗纪》卷三录之,作《攻狄谣》,梅鼎祚《古乐苑》卷四十二、逯钦立《先秦汉魏晋南北朝诗·先秦诗卷三》同。

十、《佹诗》,《荀子·赋篇》,荀况,赵国,楚考烈王八年(前255年)之后

《佹诗》当作于楚考烈王八年之后,其证有二:一是《佹诗》从形式结构、遣词造句等方面皆有脱胎于屈赋的痕迹,"正显示了从屈原以来歌诗向诵诗的转变"①。这说明《佹诗》有着浓厚的楚文化色彩,很有可能是荀子在楚国时写成。二是《史记·孟子荀卿列传》记载:"齐人或谗荀卿,荀卿乃适楚,而春申君以为兰陵令。"②据笔者考证,荀子在齐遭谤与之游说齐相有关。③据《史记·春申君列传》:"春申君相楚八年,为楚北伐灭鲁,以荀卿为兰陵令。"④春申君于考烈王元年相楚,那么灭鲁,以荀卿为兰陵令当在考烈王八年。荀子多次往来于齐楚两国,其间经历了五国伐齐、秦破郢都、为齐人毁谤等一系列丧乱。《佹诗》既抨击了"忠臣危殆,谗人服矣"的乱世,也是荀子坎坷人生的自我哀悼。综上可知,荀子作《佹诗》应在楚考烈王八年之后。

《荀子·赋篇》载之,作《佹诗》,明冯惟讷《古诗纪》卷八同。

---

① 赵逵夫:《〈荀子·赋篇〉包括荀卿不同时期两篇作品考》,载于《贵州社会科学》,1988年第4期。
② 司马迁:《史记》卷七十四,中华书局,2014年版,第2852页。
③ 宋健:《荀子游说齐相年代考》,载于《中国文化研究》,2017年夏之卷。
④ 司马迁:《史记》卷七十八,中华书局,2014年版,第2907页。

十一、《成相杂辞》,《荀子·成相篇》,荀况,赵国,楚考烈王二十五年(前238年)

《成相篇》中有"春申道缀基毕输"一语,据此可知该篇作于春申君见杀(楚考烈王二十五年)之后。

《汉书·艺文志》分别载有"孙卿赋十篇"和"成相杂辞十一篇",宋王应麟《汉艺文志考证》卷八指出《淮南子》佚文亦有《成相篇》。结合睡虎地秦简可知,"成相"是当时一种流行的赋体,有广泛的创作群体。

十二、《赵童谣》,《史记·赵世家》,佚名,赵国,齐王建三十四年(前231年)

《史记·赵世家》:"(赵王迁)五年,代地大动,自乐徐以西,北至平阴,台屋墙垣太半坏,地坼东西百三十步。六年,大饥,民讹言曰:'赵为号,秦为笑。以为不信,视地之生毛。'"① 东汉应劭《风俗通义·皇霸篇》"六国"条载之,文字大同小异:"赵为号,秦为笑,以为不信,视地上生毛。"②

明冯惟讷《古诗纪》卷三录之,作《赵童谣》,梅鼎祚《古乐苑》卷四十二同,逯钦立《先秦汉魏晋南北朝诗·先秦诗卷三》作《赵民谣》。

十三、《楚人谣》,《史记·项羽本纪》,楚南公,楚国,楚顷襄王三年(前296年)

《史记·项羽本纪》中范增说项梁曰:"自怀王入秦不反,楚人怜

---

① 司马迁:《史记》卷四十三,中华书局,2014年版,第2205页。
② 王利器:《风俗通义校注》卷一,中华书局,1981年版,第36页。

之至今，故楚南公曰'楚虽三户，亡秦必楚'也。"① 又据《楚世家》："顷襄王三年，怀王卒于秦，秦归其丧于楚。楚人皆怜之，如悲亲戚。诸侯由是不直秦。秦楚绝。"② 则《楚人谣》当作于是年。

明冯惟讷《古诗纪》卷三录之，作《楚人谣》，梅鼎祚《古乐苑》卷四十二、逯钦立《先秦汉魏晋南北朝诗·先秦诗卷二》同。

十四、《荆轲歌》，《战国策·燕策三·燕太子丹质于秦亡归》，荆轲，齐国，燕王喜二十八年（前227年）

《战国策·燕策三·燕太子丹质于秦亡归》："太子及宾客知其事者，皆白衣冠以送之。至易水上，既祖，取道。高渐离击筑，荆轲和而歌，为变徵之声，士皆垂泪涕泣。又前而为歌曰：'风萧萧兮易水寒，壮士一去兮不复还！'复为慷慨羽声，士皆瞋目，发尽上指冠。于是荆轲遂就车而去，终已不顾。"③《史记·刺客列传》所载略同。据《史记·燕世家》，此事发生于燕王喜二十八年。

唐《六臣注文选》录之，作《荆轲歌》，逯钦立《先秦汉魏晋南北朝诗·先秦诗卷二》同；宋郭茂倩《乐府诗集》卷五十八作《渡易水》，元左克明《古乐府》卷一、明梅鼎祚《古乐苑》卷十三同；朱熹《楚辞集注·楚辞后语卷一》作《易水歌》，陈仁子《文选补遗》卷三十五、元祝尧《古赋辩体》卷十同；祝穆《古今事文类聚·续集卷二十四》作《易水之歌》，明冯惟讷《古诗纪》卷二作《渡易水歌》，李攀龙《古今诗删》卷一、曹学佺《石仓历代诗选》卷十三、陆时雍《古诗镜》卷十三同。

---

① 司马迁：《史记》卷七，中华书局，2014年版，第385页。
② 司马迁：《史记》卷四十，中华书局，2014年版，第2083页。
③ 刘向：《战国策》卷三十一，上海古籍出版社，1998年版，第1137页。

十五、《琴女歌》,《燕太子》,佚名,秦国,燕王喜二十八年(前227年)

唐张守节《史记·刺客列传·正义》引《燕丹子》:"左手揕其胸。秦王曰:'今日之事,从子计耳。乞听瑟而死。'召姬人鼓琴,琴声曰:'罗縠单衣,可裂而绝;八尺屏风,可超而越;鹿卢之剑,可负而拔。'王于是奋袖超屏风走之。"①

明冯惟讷《古诗纪》卷四录之,作《琴女歌》,梅鼎祚《古乐苑》卷三十、逯钦立《先秦汉魏晋南北朝诗·先秦诗卷二》同。

十六、《松柏歌》,《战国策·齐策六·齐王建入朝于秦》,佚名,齐国,齐王建四十四年(前221年)

《战国策·齐策六·齐王建入朝于秦》:"秦使陈驰诱齐王内之,约与五百里之地。齐王不听即墨大夫而听陈驰,遂入秦。处之共松柏之间,饿而死。先是齐为之歌曰:'松耶!柏耶!住建共者,客邪!'"②《史记·田敬仲完世家》所载略同,又载秦灭齐在王建四十四年。

明冯惟讷《古诗纪》卷一录之,作《松柏歌》,李攀龙《古今诗删》卷一、梅鼎祚《古乐苑》卷四十一、逯钦立《先秦汉魏晋南北朝诗·先秦诗卷一》同。

附:逯钦立《先秦汉魏晋南北朝诗》收录《秦始皇时民歌》《甘泉歌》,一并归入先秦诗卷二。逯钦立对上述两篇歌谣的年代归属有失严谨。按,《秦始皇时民歌》中言及秦筑长城,据《史记·蒙恬列传》:"秦已并天下,乃使蒙恬将三十万众北逐戎狄,收河南。筑长

---

① 司马迁:《史记》卷八十七,中华书局,2014年版,第3078页。
② 刘向:《战国策》卷十三,上海古籍出版社,1998年版,第475页。

城，因地形，用制险塞，起临洮，至辽东，延袤万余里。"①《匈奴列传》所载亦同。可见，秦筑长城已在平定六国之后，则《秦始皇时民歌》必作于秦代，而非战国。又，《甘泉歌》实为民众对秦始皇修骊山陵的怨恨之情。虽然，据《史记·秦始皇本纪》记载，秦始皇大修陵墓始于即位初，此时仍处于战国时期。但《甘泉歌》中言及"金陵余石"，秦能够从金陵辗转千里运送石料，必在平定天下之后，则《甘泉歌》作时亦在秦代。

本文发表于《河北工程大学学报》2012年第4期，收入本书有改动

---

① 司马迁：《史记》卷八十八，中华书局，2014年版，第3113～3114页。

汉赋功能的多样化

汉赋作为两汉最具代表性的文体，承担的功能极为多样，大体上可分为政治、祭祀、娱乐、抒怀和人际交流等方面。

汉赋的政治功能内涵非常丰富，包含宣化、讽谏、颂美、招贤等。汉代是一个经学兴盛的时代，人们多从经学的角度来认识汉赋，认为《诗经》是汉赋的源头，汉赋是诗的流变。在汉代人看来，《诗经》主要在于歌颂帝王的功德，进行政治的讽刺，故汉赋的主要功能也应该是为政治服务。加上汉代的帝王如汉武帝等都好大喜功，需要一种文字来"润色鸿业"，强化自己的统治，如东汉明帝明确要求文章要"颂述功德"；而汉代的赋家也希望得到帝王青睐，于是"抒下情而通讽谕"，"以宣上德而尽忠孝"，用于宣化、讽谏、颂美的赋，便弥漫于整个汉代赋坛。司马相如的《子虚赋》《上林赋》、扬雄的《羽猎赋》、班固的《两都赋》、张衡的《二京赋》等，都极为完美地将这三者融合在一起，呈现在汉代的读者面前。

以赋取士也是汉赋的一项功能。汉代有不少帝王喜爱辞赋，于是他们便将那些善于作赋的人聚集在自己的身边。汉武帝更是到了无以复加的境地，他读司马相如的《子虚赋》，深为仰慕，叹自己不能与此人同时。后听在朝廷任职的狗监杨得意说司马相如是他同乡，便立即召司马相如为郎中。文人都希望得到皇帝的宠爱，于是很多文人便绞尽脑汁去作赋，以求在朝廷中捞个一官半职。《汉书》记载，很多赋家如东方朔、枚皋、严助、司马相如等，都因善于作赋而深受汉武帝宠信。可见，汉代通向仕宦的道路除经学外，还有辞赋一途。于是汉赋于作者而言，也就有了进仕的功用。

但这只是问题的一面。作为统治者，也有不少以赋来作为招纳贤才的告示。淮南王刘安作《屏风赋》，表面上讲述遭砍伐的幽谷之材有幸被雕琢成屏风，因而得以"列在左右，近君头足"；实则意在告知蒿莱之士，只有为己所用才可能实现人生价值，恰如篇末所云"不逢仁人，永为枯木"。刘安的座上宾淮南小山作《招隐士》，描述荒野如何不宜贤者久处，呼吁他们应早日归来。至于贤者当归于何处呢？"招隐士"这一标题已经有再明显不过的说明，此赋实为淮南王招贤纳才而摇旗呐喊。这种借赋招贤的做法，在其他侯国中也不罕见。中山王刘胜的《文木赋》言丽木"巧匠不识，王子见知"，幸蒙君王不弃而终成器用，故得出"猗欤君子，其乐只且"的结论，其目的同样在于呼唤贤才。

随着汉武帝的强势崛起，盛行于侯国的以赋娱乐之风也开始弥漫于长安。汉武帝甚至将赋家以"俳优畜之"，无论巡狩封禅，抑或游猎宴飨，都喜欢诏赋家作赋。所以，汉赋有不少是作者被动的创作。这些创作多"指意放荡，颇复诙谐"，如刘勰所说"无所匡正，而诋嫚媟弄"。而汉代帝王也对赋作的这种风气听之任之。

不可否认，汉赋也有一些自我感怀的作品。这些赋在体式上以小赋为主。抒怀可分为写情与说理两种。前者多采用传统的文学手法，或直抒胸臆，或托物言志，或情景交融。汉初横遭贬谪的贾谊写下《吊屈原赋》，名为吊屈，实则自我伤吊。司马迁作《悲士不遇赋》，哀叹生不逢时、横遭不幸。班婕妤的《捣素赋》直承《长门赋》，倾诉自己在宫中的悲苦生活，也由此奠定了宫怨的题材。张衡《归田赋》描写的超越仕宦险恶而回归自然的种种欣喜之情，田园开始作为精神自由的标志进入文学领域。班彪《北征赋》和蔡邕《述行赋》在记述旅途的同时感慨人生，为后世纪行题材提供了范本。所谓说理，即侧重使用论说的方式，通过阐发老庄思想以获得心理上的慰藉，如贾谊《鹏鸟赋》、孔臧《鸮赋》、张衡《髑髅赋》都是如此。此外，赋家偶尔也会感怀历史这一宏大主题，如司马相如的《哀秦二世赋》。该赋采用骚体，篇幅精巧，在三言两语之中将世间巨变尽收其中。是否可以认为,《哀秦二世赋》为后世咏史文学的先导呢?总之,经过数代赋家的积累与开拓,抒怀小赋愈发地具有生活气息和个性色彩,与大赋千篇一律的僵化模式形成了鲜明的对比。

孔子曰"诗可以群",大意是说《诗经》具备人际交流的功能。其实,汉赋对此也有所继承。据李善《文选注》记载,枚乘曾作有《临灞池远诀赋》,虽然原文已散佚,但从文题看,应为送别而作。被冷落的陈皇后重金聘请司马相如作《长门赋》,赋中对弃妇的心态作了细致传神的写照:"忽寝寐而梦想兮,魄若君之在旁。惕寤觉而无见兮,魂迋迋若有亡。"事实证明陈皇后的选择是正确的,因为在那个赋风靡于宫廷的时代,再没有比赋更适合传情表意的文体了,自然也足以力助陈皇后赢回汉武帝的宠爱。此外,东方朔《答客难》通过主客对答的方式,来表达对人生信条的坚守。此后拟作者历代有之,如扬雄《解嘲》、崔骃《达旨》、班固《答宾戏》、蔡邕《释诲》、陈琳《应讥》等。上述赋作都存在主客对答的模式,这并非完全出自虚构,应为作者饱受世俗嘲讽的变形体现。作者通过对世俗观念的论理和辩难,来宣扬和捍卫自己的人生志向与处世准则,这也未尝不是一种沟通方式。

综上而论,汉赋的功能如同其体式一样呈现出多元的特点。而且,一篇赋作往往兼具多种功能,如司马相如《难蜀父老》,虽未以赋命名,但虚设主客对答,文辞颇有纵横之气,所以与赋并无二致。虽然,《史记》指出该赋的目的在于讽谏天子,但赋中也向百姓宣讲天子通西南夷的意义。这样,该赋在承担讽谏功能之余,还起到宣化王教和人际交流的作用。再如,班固《两都赋》为了声援定都洛阳的决策,就必须对洛阳的种种优势加以夸耀,同时还要借长安的奢华来讽喻天子应节俭爱民。这样,《两都赋》就将宣化、颂美、娱乐和讽谏等诸多功能熔于一炉。另外,司马相如《长门赋》的功能,恐怕也不局限于沟通刘彻与阿娇。被倡优蓄之的赋家,其宠辱变换无异于后宫妇人。所以,《长门赋》虽为代言,又何尝不是自我感伤。

本文发表于《光明日报·文学遗产》2016年5月14日第1期,收入本书有改动

《荀子·成相》文化渊源考辨

关于《荀子·成相》（下文简称《成相》）的文化渊源，学术界早有热议。先贤时哲的研究均各有创见和特色，并为该论题的深化打下了扎实的基础。然而，笔者认为现有研究仍存在若干疑点，这值得重新审视。对此，下文将从三个方面展开讨论，敬请方家教正。

一、"相"之辨名及其礼乐文化定位

"相"字是解读《成相》的关键，却偏又颇具争议。杨倞《荀子注》但云"成功在相，故作《成相》三章"①，对"相"字的具体含义未作详述。此后，学术界对"相"字逐渐形成如下几种解释：一是辅助之义，朱熹："相者，助也，举重劝力之歌，史所谓'五羖大夫死，而舂者不相杵'是也。"又引申为"相助之人"："瞽无相者，瞽者无目，故必使人助之，亦谓之相，不可无也。"② 二是指乐器，卢文弨："《礼记》'治乱以相'，相乃乐器，所谓舂牍。又古者瞽必有相。审此篇音节，即后世弹词之祖。篇首即称'如瞽无相何伥伥'，义已明矣。首句'请成相'，言请奏此曲也。"③ 三是乐曲之名，俞

---

① 王先谦：《荀子集解》卷十八题解，中华书局，1988年版，第455页。
② 朱熹：《楚辞集注·楚辞后语·成相》，上海古籍出版社，2001年版，第209页、210页。
③ 王先谦：《荀子集解》卷十八，中华书局，1988年版，第455页。

樾:"卢说是也。惟引'治乱以相'及'瞽必有相'以释'相'字,则皆失之。乐器多矣,何独举舂牍为言?既以为乐器,又以为瞽必有相,义又两歧矣。此'相'字,即'舂不相'之相。《礼记·曲礼篇》'邻有丧,舂不相',郑注曰:'相,谓送杵声。'盖古人于劳役之事,必为歌讴以相劝勉,亦举大木者呼邪许之比,其乐曲即谓之相。请成相者,请成此曲也。《汉志》有《成相杂辞》,足征古有此体。"① 四是解释为"治",王引之:"窃谓相者,治也。成相者,成此治也。成相者,请言成治之方也。"②

上述四家解释之所以存在很大分歧,是由"相"字多义性导致的。"相"字在《成相》中总共出现了九次,其中以"成相"的组合形式出现六次,另外三次分别为"如瞽无相何怅怅""精神相反"和"莫得相使一民力"。后两句中的"相"字皆作副词使用,历来并无异议。至于"如瞽无相何怅怅"之"相",梁启雄在朱熹观点的基础上明确指出:"《周礼·视瞭》:'相瞽'注:'相谓扶工。'疏:'相者,以瞽人无目,须人扶持故也。'"③ 王天海亦云:"《论语·季氏》:'危而不持,颠而不扶,则将焉用彼相矣?'何晏《集解》:'包曰:言辅相人者,当能持危扶颠。若不能,何用相为?'此以盲者无扶持之人以喻人主无贤良扶助。"④ 将此"相"字解释为扶工,虽无不可,但仍可商榷(详见后文)。其他六处"成相"作为固定词组,其中"相"字的意义至少是相近的。如"成相竭,辞不蹷",王天海释之为"此言'成相'之曲虽终,然其辞意未尽也"⑤。又如"托于成相以喻意",联系到中国文学素有赋诗言志的传统,"成相"一词显然与诗乐有关。因此,卢文弨和俞樾的解释较另外两家更为妥帖。卢、俞二人的分歧在于乐器和乐曲之别,卢文弨释"相"为"舂牍",遭到俞樾的反对,但俞樾亦未指出"相"究竟为何种乐器所奏之曲。

---

① 王先谦:《荀子集解》卷十八,中华书局,1988年版,第456页。
② 王先谦:《荀子集解》卷十八,中华书局,1988年版,第456页。
③ 梁启雄:《荀子简释》卷十八,中华书局,1983年版,第342页。
④ 王天海:《荀子校释》卷十八,上海古籍出版社,2005年版,第979页。
⑤ 王天海:《荀子校释》卷十八,上海古籍出版社,2005年版,第989页。

其实，"相"作为乐器还有其他称谓。《礼记·乐记》载"治乱以相，讯疾以雅"，郑玄注曰："相，即拊也，亦以节乐。拊者，以韦为表，装之以穅，穅一名相，因以名焉。今齐人或谓穅为相。"①　"拊"见载于《周礼·春官·大师》，"大祭祀，帅瞽登歌，令奏击拊"，又见《小师》"大祭祀，登歌击拊"，郑玄《周礼·春官·大师》注"拊形如鼓，以韦为之，著之以穅"②。拊以穅填充，由于齐国人称穅为相，因而有了"相"的别称。"拊"的得名有其演化过程。孔颖达释"拊"为"所以辅相于乐，故谓拊为相也"③，实属望文生义。《说文解字》："拊，揗也。揗者，摩也。古作拊揗，今作抚循，古今字也。《尧典》曰：'击石拊石，拊轻击重。'故分言之。"④　拊的原意是轻拍，后引申为以轻拍为演奏方式的乐器之名。诚如郑玄所谓，拊（相）属于小型鼓类乐器，用以调控演唱的节奏。此外，朱彬《礼记训纂》引陈用之语："既曰'会守拊鼓'，又曰'治乱以相'，则相非拊也。"⑤　按，《礼记·乐记》同段有"弦匏笙簧"一句，若依陈用之之见，则匏非笙也。但郑玄《周礼·春官·大师》注"匏，笙也"⑥，故陈用之所论不可为据。

在确定"相"为"拊"之后，再来分析"成相"之义。三处"请成相"，王天海引《礼记注》"成，犹奏也"，即请奏相之意。⑦《成相》以"奏相"开启全文的唱诵，这正与《周礼》中以"登歌击拊"引导大祭祀的乐次相吻合；"成相竭，辞不蹷"，前文已指出此"成相"为乐曲之名；"凡成相，辨法方"和"托于成相以喻意"，这两处

---

① 孙希旦：《礼记集解》卷三十八，中华书局，1989年版，第1013页。
② 贾公彦：《周礼注疏》卷二十三，见阮元校刻：《十三经注疏》第二册，中华书局，2009年版，第1719页、1721页、1719页。
③ 孔颖达：《礼记正义》卷三十八，见阮元校刻：《十三经注疏》第三册，中华书局，2009年版，第3334页。
④ 段玉裁：《说文解字注》，上海古籍出版社，1988年版，第598页。
⑤ 朱彬：《礼记训纂》卷十九，中华书局，1996年版，第589页。
⑥ 贾公彦：《周礼注疏》卷二十三，见阮元校刻：《十三经注疏》第二册，中华书局，2009年版，第1718页。
⑦ 王天海：《荀子校释》卷十八，上海古籍出版社，2005年版，第978页。

"成相"应是乐与诗的合体而非单一的乐曲，因为只有借助文辞才能传达复杂的思想主张。音乐与诗歌往往是相互渗透的，所以用乐器之名指代乐诗体式的做法并不罕见。如"雅"本为一种羊皮鼓，"颂"初作"庸"，属于钟类青铜乐器，后"雅""颂"分别孳乳为《诗经》中乐诗体式的代称。略有不同的是，"成相"是以演奏动词与乐器名称连文的形式组成，既可以表示"奏相"之义，也指由"相"演奏的乐曲，还代表一种乐诗体式，如《汉书·艺文志》所录的"成相杂辞"。

再者，姚小鸥认为，"相"分别指代"拊"和"舂牍"两种乐器[1]，这似乎是对郑玄和卢文弨两家观点的折中。姚氏的依据来自《旧唐书·音乐志》："舂牍，虚中如箾，无底，举以顿地如舂杵，亦谓之顿相。相，助也，以节乐也。或谓梁孝王筑睢阳城，击鼓为下杵之节。《睢阳操》用舂牍，后世因之。"[2] 上文所言的"顿相"类似于"舂杵"，这正可与《礼记·曲礼上》"邻有丧，舂不相"对读。舂牍和舂米之杵均为杆状竹木类器物，都通过顿地发声以为节奏。《旧唐书·音乐志》释"顿相"为"相，助也，以节乐也"，即顿舂牍以助节之义。郑玄注"舂不相"曰："相谓送杵声。"[3] 联系到孔子于同日"哭则不歌"（《论语·述而》）的做法，"舂不相"之"相"显然也是助歌之节的意思。姚小鸥对"舂不相"的解释为："从语法学的角度来说，在该句式中它是动词，意即在舂杵时吟唱'邪许'之声为之助节。"[4] 姚小鸥在俞樾观点的基础上进一步确定了舂杵为助节之用，是有见地的。但助节所用并非"邪许"的人声，而是杵（舂牍）顿地时发出的乐器之声。同时，无论"顿相"还是"舂不相"，都使用了"相"字表示"辅助"的引申义。在具体语境中，顿舂牍或舂杵可以称作"顿相"或"舂相"，即"顿/舂之以为相（助节）"之义，与乐

---

[1] 姚小鸥：《"成相"杂辞考》，载于《文艺研究》，2000年第1期。
[2] 刘昫：《旧唐书》卷二十九，中华书局，1975年版，第1075页。
[3] 孔颖达：《礼记正义》卷三，见阮元校刻：《十三经注疏》第三册，中华书局，2009年版，第2704页。
[4] 姚小鸥：《"成相"杂辞考》，载于《文艺研究》，2000年第1期。

器之名实无关系。然而，由于作为乐器的"相"和"舂牍"都用来调控唱诵的节奏，而"相"字又有助节的引申义，这就导致后人极易将"相"和"舂牍"混为一谈。

事实上，据《周礼》记载，"相"和"舂牍"在礼乐文化中分别扮演着不同的角色。"相（拊）"用来引导瞽矇歌唱，《周礼·春官·大师》云"大祭祀，帅瞽登歌，令奏击拊"，郑玄注"击拊，瞽乃歌也"。① 至于击拊者，贾公彦和黄以周都以为是大师。② 但《小师》载"大祭祀登歌，击拊"，显然击拊者为小师。"舂牍"则由笙师负责教授，《笙师》："笙师掌教龡竽、笙、埙、籥、箫、篪、篴、管，舂牍、应、雅，以教祴乐。"郑玄注："祴乐，《祴夏》之乐。牍、应、雅教其春者，谓以筑地。……宾醉而出，奏《祴夏》，以此三器筑地，为之行节，明不失礼。"③ 据研究，《祴夏》演奏于乡饮酒礼、乡射礼、燕礼及大射礼结束之后，用来规范醉酒宾客的步节，以防止失礼。④ 比较而言，"相"外韦内糠，是以抚拍为演奏方式的鼓类乐器，在大祭祀的起始阶段用来引导瞽矇歌唱，并以此开启音乐仪式；"舂牍"则以竹为之，是以筑地为演奏方式的杆状乐器，用于燕饮之后防止醉酒者失礼。虽然"相"存在多种称谓，但属于同器异名的性质。⑤ 所以，从外形、质地、演奏方式、在仪式中的使用阶段及作用等多方面看，"相"与"舂牍"是完全不同的两类乐器，不可混为一谈。

综上而论，"相"字的多重含义是造成分歧和争议的根源。其中，"相"表示辅助和乐器名的两重含义特别容易被混淆。当"辅助"引申为"助节"之义，"相"就会被误认作"舂牍"；当"辅助"引申为

---

① 贾公彦：《周礼注疏》卷二十三，见阮元校刻：《十三经注疏》第二册，中华书局，2009年版，第1719页。

② 孙诒让：《周礼正义》卷四十五，中华书局，1987年版，第1847页。

③ 贾公彦：《周礼注疏》卷二十四，见阮元校刻：《十三经注疏》第二册，中华书局，2009年版，第1729页。

④ 许兆昌：《"九夏"考述》，载于《古代文明》，2008年第4期。

⑤ 孙诒让《周礼正义》卷四十五："参综诸说，盖此器以拊拍出音，故曰拊，曰搏拊，曰拊搏；曰抚拍；以节和乐，故曰节；其中著以糠，故曰相；其形似小鼓，故又曰节鼓。七者异名，实一物也。"

"扶工"之义,并用之来解释"成相"时,同样值得商榷。如李炳海认为:"'请成相',就是请让我成为相者的角色,即充当扶持和引路之人。"① 虽然,"如瞽无相何伥伥"之"相"被释为扶工,不乏合理之处。但郑玄《周礼注》云"击拊,瞽乃歌也",证明瞽矇必待击拊而后歌,拊(相)对瞽矇的重要性不言自明。那么,此"相"字释为乐器,也未尝不可。② 即便该"相"确指扶工,但仍与"成相"之"相"不相涉。

二、《成相》中的祝官文化

"相"是瞽矇登歌必备的乐器,而《成相》中也屡言"请成相",说明《成相》一文确实与瞽矇文化有着密切的联系。但在瞽矇之外,是否还有其他文化因素值得挖掘呢?下文将对此展开讨论。

在体式上,《成相》与《逸周书·周祝》部分文字、睡虎地秦简《为吏之道》第六段高度相似,如《周祝》:

> 故天为盖,地为轸,善用道者终无尽。
> 地为轸,天为盖,善用道者终无害。
> ……………
> 故天为高,地为下,察汝躬奚为喜怒。
> 天为古,地为久,察彼万物名于始。
> 左名左,右名右,视彼万物数为纪。

再如《为吏之道》:

> 凡治事,敢为固,遏私图,画局陈棋以为籍。肖人聂心,不敢徒语恐见恶。
> 凡戾人,表以身,民将望表以戾真。表若不正,民心将移乃

---

① 李炳海:《〈荀子·成相〉的篇题、结构及其理念考辨》,载于《江汉论坛》,2010年第9期。
② 瞽矇对"相"的依赖性,也可以辅证"相"为拊而非舂牍。

难亲。

　　操邦柄，慎度量，来者有稽莫敢忘。贤鄙溉辞，禄立有续孰瞀上。

　　邦之急，在体级，掇民之欲政乃立。上毋间阤，下虽善欲独可急？

　　审民能，以赁吏，非以官禄夬助治。不赁其人，及官之瞀岂可悔。

　　申之义，以毂畸，欲令之具下勿议。彼邦之倾，下恒行巧而威故移。

　　将发令，索其政，毋发可异史烦请。令数究环，百姓榣贰乃难请。

　　听有方，辩短长，囶造之士久不阳。

　　上述三篇文字均以典型的三三七言为基本句式。此外，《汉书·艺文志》录有"成相杂辞"的名目，郗文倩认为"杂"不仅表示内容之杂，还包含句式之杂。①《艺文类聚》卷八十九收录淮南王《成相》残文"庄子贵支离，悲木槿"，仅就此句而言，诚非三三四或三三七句式。但应该能够肯定的是，成相体是以三言句式为基础的复合型文体。从这个角度看，郗文倩所言不无道理，但她将《成相》文体的考察范围无限扩大，并说"早期还有很多含有'兮''乎'等语助字的韵文，去掉这些助词，全文也具有成相体特征"②，这就值得讨论了。首先，必须明确的是，不同的文体往往承担着不同的功能，如果舍弃功能而谈文体，势必无法凸显文体自身的意义和价值（此点详见下文）。再者，今人完全从文意的层面看待古诗，往往忽略了古诗入乐的特点。从表意的角度出发，语助词确实可有可无；但从唱诵的角度看，"兮"字等语助词占据一个音节，若弃之则有亏节拍。这种认识

---

① 郗文倩：《成相：文体界定、文本辑录与文学分析》，载于《文学遗产》，2015年第4期。
② 郗文倩：《成相：文体界定、文本辑录与文学分析》，载于《文学遗产》，2015年第4期。

上的差异，即便在古代，相隔百年都会存在。如郗文倩列举了班固记载前代乐歌时删去"兮"字的情况，其实就是在古乐谱脱落的情况下，后人单纯出于文意的需要对古诗进行的删改。郗文倩在后文论及成相体与七言诗关系时，反倒强调"兮"字作为节拍是不可或缺的，实已自相矛盾。

虽然，三言句式在先秦两汉时颇为流行，但这并不意味着所有运用该句式的文体都可以归为一类。文体的归类标准，除了形式，功能更有决定性，而文体功能所附带的历史文化内涵也值得重点关注。《周祝》《成相》《为吏之道》三篇文章完全可以纳入上述视野加以考察。《周祝》被认为是春秋中期的作品①，创作时间早于其他二文，因而在文化溯源和流变的层面更具探讨价值。陈逢衡曰："此周祝垂戒之语，义与《史记解》同。读其书者，可与涉世，可与存身，可与远害，可与尽年。通篇悉为韵语，似铭、似箴，盖直开老氏《道德》之先，匪特作荀子《成相》之祖。"② 陈逢衡的结论极为精辟，据《周礼·春官·大祝》记载，祝官主要负责重大仪式，如祭祀、祈福、丧葬等，同时还要撰写文辞，如"六辞"，"一曰祠，二曰命，三曰诰，四曰会，五曰祷，六曰诔"③。其中的"诰"，郑众定义为"《康诰》《盘庚之诰》之属"④。《周礼·秋官·士师》载："以五戒先后刑罚，毋使罪丽于民：一曰誓，用之于军旅；二曰诰，用之于会同；三曰禁，用诸田役；四曰纠，用诸国中；五曰宪，用诸都鄙。"⑤ 过常宝据此认定"诰"为五戒之一，属于训诫文体。他又据王引之《经义

---

① 黄怀信：《〈逸周书〉源流考辨》，西北大学出版社，1992年版，第126页。过常宝甚至认为《周祝解》是春秋以前的文献（《原史文化及文献研究》，北京大学出版社，2008年版，第118页）。

② 黄怀信：《逸周书汇校集注》卷九"周祝解"题解，上海古籍出版社，2007年版，第1048页。

③ 贾公彦：《周礼注疏》卷二十五，见阮元校刻：《十三经注疏》第二册，中华书局，2009年版，第1747页。

④ 贾公彦：《周礼注疏》卷二十五，见阮元校刻：《十三经注疏》第二册，中华书局，2009年版，第1747页。

⑤ 贾公彦：《周礼注疏》卷三十五，见阮元校刻：《十三经注疏》第二册，中华书局，2009年版，第1889页。

述闻》:"窃疑乃谵之假借;谵,古话字也。《说文》:'话,会合善言也。籀文作谵,从会。'《盘庚》曰:'乃话民之弗率。'马注:'话,告也,言也'。谵为告戒下民之辞,与诰相近,故三曰诰,四曰谵。"过常宝据此确定"会"亦为训诫文体。① 罗家湘将《周祝》归入"会"辞,也是值得考虑的。② "六辞"中有三分之一的文体都具有训诫的功用,看来祝官确实承担着训诫的职责。《大戴礼记·公冠》的记载也颇能证明这一点:"成王冠,周公使祝雍祝王,曰:'达而勿多也。'祝雍曰:'使王近于民,远于年,啬于时,惠于财,亲贤使能。'"③ 需要注意的是,虽然祝雍之辞非常简短,但同样以三言为主。这在文体特征上,与《周祝》《为吏之道》《成相》存在相似之处;在功能上,《周祝》文中反复言称"善用道者"有何裨益,训诫意味是溢于言表的。《为吏之道》通篇强调吏治的重要性,属于典型的训吏教材。④ 再看《成相》,开篇即言"世之殃"源于"愚暗愚暗堕贤良"。此后围绕任贤的主题援古论今,并提出一系列治国方略,且明言:"观往事,以自戒,治乱是非亦可识。托于成相以喻意。"显然,《成相》亦为训诫而作。

虽然,《周祝》与《成相》《为吏之道》存在诸多相似之处,但后两文并非出自祝官之手,三文之间的联系与传承有必要梳理清楚。从《周祝》到《成相》,在时间上至少相隔三四百年,此间的著作中唯有《老子》与《周祝》最为接近。陈逢衡指出《周祝》"直开老氏《道德》之先",确实点出了两者之间的联系。具体而言:首先,《周祝》与《老子》皆非系统完整的论著,而是上古格言与谚语的合集,编纂目的是训诫世人⑤;其次,两文均视道为最高境界,《周祝》开篇即

---

① 过常宝:《原史文化及文献研究》,北京大学出版社,2008年版,第114页。
② 罗家湘:《大祝"会"辞源流考》,载于《云南民族大学学报》,2009年第1期。
③ 王聘珍:《大戴礼记解诂》卷十三,中华书局,1983年版,第249～250页。
④ 张金光:《论秦汉的学史教材——睡虎地秦简为训吏教材说》,载于《文史哲》,2003年第6期。
⑤ 谭家健、郑君华:《先秦散文纲要》,山西人民出版社,1987年版,第93页;李学勤:《〈称〉篇与〈周祝〉》,见《道家文化研究》第三辑,上海古籍出版社,1993年版,第244～248页。

云:"维哉!其时告汝:不闻道,恐为身灾。"① 至于《老子》论道,更不遑多言。最后,《周祝》与《老子》都具有由格言和解释构成的阐释结构。② 其中,特别需要关注的是句式的相似。如今本《老子》第二十八章:

> 知其雄,守其雌,为天下谿。为天下谿,常德不离,复归于婴儿。
> 知其白,守其黑,为天下式。为天下式,常德不忒,复归于无极。
> 知其荣,守其辱,为天下谷。为天下谷,常德乃足,复归于朴。

第五十一章:

> 道生之,德畜之,物形之,势成之。是以万物莫不尊道而贵德。
> 道之尊,德之贵,夫莫之命而常自然。

又《文子·符言》转载老子之语,句式与《周祝》无二:

> 老子曰:
> 时之行,动以从,不知道者福为祸。
> 天为盖,地为轸,善用道者终无尽。
> 地为轸,天为盖,善用道者终无害。

三言句式不仅在《老子》中有很高的使用频率,甚至在道家后学的著作中也屡见其踪,如《文子·道德》:

> 执一者,见小也,见小故能成其大也。
> 无为者,守静也,守静能为天下正。

又如《慎子》:

---

① 黄怀信:《逸周书汇校集注》卷九,上海古籍出版社,2007年版,第1049页。
② 过常宝:《原史文化及文献研究》,北京大学出版社,2008年版,第119页。

>　　教遂成，官不足，官不足则道理匮。
>　　疑则动，两则争，杂则相伤。
>　　礼从俗，政从上，使从君，国有贵贱之礼。
>　　折券契，属符节，贤不肖用之。
>　　弃道术，舍度量，以求一人之识识天下。

再如《尹文子·大道上》：

>　　归一者，简之至，准法者，易之极。
>　　物不竞，非无心，由名定，故无所措其心；
>　　私不行，非无欲，由分明，故无所措其欲。

《老子》与《周祝》之间高度相似，并非出于偶然。老聃本为周王室史官，在职守上与祝官存在诸多关联。据孙诒让《周礼正义》卷三十二：

>　　凡祝官亦通称祝史，《燕礼》："祝史立于门东，北面东上。"贾彼疏以为祝及大史。胡匡衷云："祝史即祝官。祝谓之史者，《周礼·大祝》'掌六祝之辞，以事鬼神示，作六辞以通上下亲疏远近'。古者通谓掌文辞之官为史，故祝称祝史，《金縢》云'史乃册祝'是也。卜筮之官亦称史，以兆卦亦有籀词故也。《大射》'司射献释获者'，大史既受献于其位，下又云'祝史、小臣师亦就其位而荐之'，则祝官亦兼有史可知①。《左传》多谓掌祝者为祝史，昭十七年'鲁祝史请所用币'，十八年'郑使祝史徙主祏于周庙'，哀二十五年'卫侯因祝史挥以侵卫'，是可证也。《左传》又谓祝史为祭史，昭十七年：'晋荀吴帅师涉自棘津，使祭史先用牲于雒。'祭史亦即祝史也。"

由于祝官与史官之间的紧密联系，不仅衍生出"祝史"的并称，还使得三言句式成为祝史通用的文体。虽然，道家崇尚清虚自守，但同样重视君人南面之术，这就需要借助合适的文体传道。所以，三言

---

① 原句作"则祝官不兼有史可知"，其中"不"当为"亦"之形误，因改之。

句式出现在《老子》及其后学著作中绝非偶然。同时，从《成相》和《为吏之道》中的价值取向来看，三言句式同样适用于传播儒家思想。由此可见，在王纲解纽之后，本来源出于祝官以训诫为导向的三言句式，为儒道两派所用，成为其著书立说的重要工具。相比于四言句式的舒缓板正，三言句式在节奏上短促明快，也可根据需要辅以其他句式，使得文章结构错落有致而富于变化，诵读起来也朗朗上口。因此，三言句式特别适用于训诫和宣教，以至于在后世仍沿用不息，如《三字经》《弟子规》《百家姓》等训导启蒙类著作，都是标准的三言体。

既然《成相》在文体上源于祝官文化，却为何一直被视作"瞽矇讽诵之词"？首先，瞽矇一直与周代雅乐有着极为密切的关系，作为韵文的《成相》，自然会被习惯性地归入瞽矇文化。其次，《成相》篇首"人主无贤，如瞽无相何伥伥"一句，造成了先入为主的印象。最后，周代礼乐仪式所用文体在形成过程中的复杂性被忽视。具体而言，一种文体从草创到整理润色再到定型，最后用之于礼乐仪式，往往是多种角色、不同群体共同参与的结果。如果简单地将一篇作品归入某一角色名下，无疑忽略和抹杀了其他角色的贡献。例如《周礼·春官·大史》："大丧，执法以涖劝防，遣之日，读诔。"孙诒让释曰："'遣之日读诔'者，与大师、大祝为官联也。……诔即大祝六辞之诔。彼官作，与大史诵之，因以制谥也。"[①] 可知诔文的作者是大祝，诵者是大史，二者所起的作用不可混淆。再如，郑玄于《周礼·春官·瞽矇》"世奠系"句下注引杜子春："小史主次序先王之世，昭穆之系，述其德行。瞽矇主诵诗，并诵世系，以戒劝人君也。"[②] 又《周礼·春官·小史》注引郑众："系世，谓帝系、世本之属是也。小史主定之，瞽矇讽诵之。"[③] 可见，小史是系世的主创者，瞽矇则为

---

① 孙诒让：《周礼正义》卷五十一，中华书局，1987年版，第2094页。
② 贾公彦：《周礼注疏》卷二十三，见阮元校刻：《十三经注疏》第二册，中华书局，2009年版，第1721页。
③ 贾公彦：《周礼注疏》卷二十六，见阮元校刻：《十三经注疏》第二册，中华书局，2009年版，第1766页。

讽诵者。又如《周礼·春官·女巫》："凡邦之大灾，歌哭而请。"贾公彦认为女巫所歌为《大雅·云汉》。① 若贾氏所言属实，而毛传又以《云汉》为周大夫仍叔所作。那么，显然不能因为女巫歌《云汉》，就认定女巫为该诗的创作者，亦不能将该诗归入巫文化。

至于《成相》这类文体，就更为复杂了。其文体源出于祝官所作的训诫文辞，史官出于职守也会参与进来，瞽矇应该居于演唱者的角色。在祝官和瞽矇逐渐退出历史舞台之后，这种三言句式由史官及其后学继承下来，转为后人沿用。所以，如果单纯将《成相》归为瞽矇文化，其背后更为关键的祝官文化势必会被遮蔽乃至否定。而《成相》在形成过程中的复杂性也不免被简单处理。

三、《成相》非楚文化产物

自从朱熹在《楚辞集注》中收录《成相》，该文就正式被划归楚文化的领域。荀子终老于楚地，且与《成相》体式相同的《为吏之道》也出土于楚国故都，这些似乎都印证了朱熹的结论，遂使《成相》出自楚文化的观点在学术界渐成定谳。然而，笔者认为上述观点恐怕难以成立，下文将逐层加以分析。

与《成相》有关的两处楚地需要明辨，一是荀子终老的兰陵。《太平寰宇记》卷二十三引《十三州志》："兰陵，故鲁之次室邑也，其后楚取之，改为兰陵县，汉因之。"② 可知兰陵本为鲁邑，在灭国后入楚。实际上，鲁国虽然亡国，但文化传统得到了很好的保留。《史记·儒林列传》记载："后陵迟以至于始皇，天下并争于战国，儒术既绌焉，然齐鲁之间，学者独不废也。于威、宣之际，孟子、荀卿之列，咸遵夫子之业而润色之，以学显于当世。……夫齐鲁之间于文学，自古以来，其天性也。"③ 司马迁所谓的"天性"，其实离不开人

---

① 贾公彦：《周礼注疏》卷二十六，见阮元校刻：《十三经注疏》第二册，中华书局，2009年版，第1764页。
② 乐史：《太平寰宇记》卷二十三，中华书局，2007年版，第485页。
③ 司马迁：《史记》卷一百二十一，中华书局，2014年版，第3786～3787页。

为因素。在孔子故后,其门人大多仍留在鲁国。《史记·孔子世家》载:"弟子及鲁人往从冢而家者百有余室,因命曰孔里。鲁世世相传以岁时奉祠孔子冢,而诸儒亦讲礼乡饮大射于孔子冢。孔子冢大一顷。故所居堂、弟子内,后世因庙,藏孔子衣冠琴车书,至于汉二百余年不绝。高皇帝过鲁,以太牢祠焉。诸侯卿相至,常先谒,然后从政。"① 可见,鲁国之所以能够成为儒家渊薮,孔门弟子起到了关键作用。在儒学薪火相传的过程中,荀子的贡献同样不可忽视。刘向《孙卿书录》曰:"兰陵多善为学,盖以孙卿也。长老至今称之曰:'兰陵人喜字为卿,盖以法孙卿也。'"② 汪中《荀卿子通论》亦云:"盖自七十子之徒既殁,汉诸儒未兴,中更战国、暴秦之乱,六艺之传赖以不绝者,荀卿也。周公作之,孔子述之,荀卿子传之,其揆一也。"③ 鲁国故地的儒家文化和荀子,在某种程度上是相互成就的关系。在这样的氛围下,《成相》的地域文化归属就必须仔细甄别了。

首先,卢文弨指出《成相》用韵,"全篇与《诗》三百篇中韵同"④。《成相》的创作不用楚韵,证明其没有因为国别的变换而浸染楚风。考虑到鲁国是唯一被特许使用天子礼乐的诸侯国,所以鲁国保留的正统西周礼乐文化是极为醇厚的。与其认为《成相》作于楚国兰陵,毋宁说成文于鲁国故地。那么,《成相》用韵与《诗经》相同,是受到鲁国礼乐文化影响的结果。其次,作为乐器的"相",其得名本身就是一个值得关注却又被忽略的细节。"相"是齐人的称谓,见载于《礼记》,该书乃孔门弟子著述。由于齐鲁是一衣带水的邻邦,彼此间文化交流不断。孔子在齐闻韶乐以至于"三月不知肉味",齐国亦曾馈赠鲁国女乐,孔门后学散布于齐国者也大有人在。因此,"相"作为齐国方言,出现在孔门弟子的著作中,自然不足为奇。况且,荀子曾三为齐稷下祭酒,"最为老师",稷下学宫是黄老学盛行的地方。而黄老学派恰好又是祝官三言句式的传承者,荀子浸润其中也

---

① 司马迁:《史记》卷四十七,中华书局,2014年版,第2354~2355页。
② 王天海:《荀子校释》附录,上海古籍出版社,2005年版,第1186页。
③ 王先谦:《荀子集解》考证下,中华书局,1988年版,第22页。
④ 王先谦:《荀子集解》卷十八,中华书局,1988年版,第472页。

为此后撰写《成相》打下了基础。荀子还在鲁国故地兰陵为官近二十年①,《荀子》一书与《礼记》多有重合,足以证明荀子与鲁地孔门后学在思想上多有交集。特别是《礼记·仲尼燕居》有云:"治国而无礼,譬犹瞽之无相与,伥伥乎其何之?"②而《成相》首章则曰:"人主无贤,如瞽无相何伥伥。"这两句的表达手法有着惊人的相似性,足以证明《成相》与鲁地儒学的关系。③ 总之,《成相》的用韵与《诗经》相同,应是鲁国礼乐文化熏陶的结果;《成相》称"拊"为"相",则源于齐国方言,《成相》的成文与楚文化实无瓜葛。

二是《为吏之道》的出土地,很多研究者因为该文献出自郢都附近,而荀子也曾居住于郢都,就据此认定荀子在郢都习得"成相"体,后作之于兰陵。然而,上述观点忽略了一个重要事实,即《为吏之道》虽出土于楚国旧都,本质上却属于秦国文献。文献的出土地与起源地绝不可混为一谈,如被称作楚简的郭店竹书,有一部分用齐国文字写成,学界视之为稷下学士的作品,系从齐国流入楚地。如果我们仅仅因为郭店简出土于楚地,就将这些文献归入楚文化,这显然过于轻率,此规律同样适用于《为吏之道》。当年秦军攻取郢都,先是夷烧楚王祖陵,后又将郢都改称南郡。郢都作为楚国的政治、历史和文化中心,秦国对之采取的一系列措施属于典型的"亡其国必先毁其史"的做法。④ 实际上,秦国吞并六国的过程,不仅是一部东方诸侯的灭国史,也是一部东方文化的毁禁史。在上述情况下,秦国不但不

---

① 据钱穆《先秦诸子系年》考证,楚灭鲁在楚考烈王八年,又据《史记·春申君列传》,荀子在当年为兰陵令,至考烈王二十五年因春申君死而被免职。可以推知,荀子任兰陵令有十七年之久。

② 孔颖达:《礼记正义》卷五十,见阮元校刻:《十三经注疏》第三册,中华书局,2009年版,第3501页。

③ 饶龙隼以为,此句系《仲尼燕居》袭取自《成相》,见《先秦诸子与中国文学》,百花洲文艺出版社,2002年版,第291页。其实,先秦文献在表达手法和称引文句等方面往往有共同的祖本。因此,《仲尼燕居》和《成相》以瞽矇和相为譬喻的手法,不妨认为都出自鲁地的礼乐文化。

④ 王勇指出秦国对楚国故地从物质和精神两个层面进行了大规模的破坏与征服,包括人口迁徙、祖陵夷烧、都城焚毁、制度陵替、民俗压制等多种手段。详见《楚文化与秦汉社会》,湖南大学出版社,2009年版,第12~27页。

会沿袭楚国旧有的文化形式，反而会将本土文化移植过来，在思想文化上强化对新领土的统治。如张金光认为睡虎地秦简《语书》等文献是先成于咸阳，再自上而下推行至全国其他地区（包括南郡）。① 李学勤怀疑秦攻占郢都之后，把自有的奴隶制度带到了该地。② 谭家健指出《为吏之道》第五段的"韵律与北方的《荀子》《韩非子》等基本相近"③。姚小鸥通过细致的考察和比对，指出《为吏之道》第六段的用韵和《诗经》一致。④ 上述结论都证明，《为吏之道》带有浓厚的北方文化色彩。同时，由于楚国迁都至陈，上层贵族流散，从而在故都缺乏一个人数众多且影响持久的文化团体。相比之下，同样是被征服者，由于孔门后学的存在，鲁国即使在灭亡之后仍能在故土维系甚至光大旧有的文化传统。所以，出自秦国南郡的《为吏之道》第六段文字，实为北方文化南传的结果，根本不足以证明《成相》与楚文化之间的关系。

此外，由于《成相》在文体上与《老子》接近，而《史记》又记载老聃为楚人，所以这也被视作《成相》出自楚文化的间接证据。其实，司马迁所谓的"楚"可以从两个层面理解。一是秦汉时期的地域称谓，即所谓的"西楚"。据《史记·货殖列传》记载："夫自淮北沛、陈、汝南、南郡，此西楚也。"⑤ 其中，陈为老子故里，这又牵扯出第二个层面。裴骃《史记·老子韩非列传·集解》："《地理志》曰苦县属陈国。"司马贞《索隐》："苦县本属陈，春秋时楚灭陈，而苦又属楚，故云楚苦县。"⑥ 据《左传》记载，楚灭陈在鲁哀公十七年，而孔子卒于前一年。⑦ 老聃年长于孔子，前者应在陈灭国之前早

---

① 张金光：《论秦汉的学吏教材——睡虎地秦简为训吏教材说》，载于《文史哲》，2003年第6期。

② 李学勤：《睡虎地秦简〈日书〉与楚、秦社会》，载于《江汉考古》，1985年第4期。

③ 谭家健：《云梦秦简〈为吏之道〉漫论》，载于《文学评论》，1990年第5期。

④ 姚小鸥：《"成相"杂辞考》，载于《文艺研究》，2000年第1期。

⑤ 司马迁：《史记》卷一百二十九，中华书局，2014年版，第3964页。

⑥ 司马迁：《史记》卷六十三，中华书局，2014年版，第2604页。

⑦ 杨伯峻：《春秋左传注》，中华书局，1990年版，第1697页、1709页。

已故去。可知楚吞并陈国为老子身后之事，老子实乃地道的陈国人。再加上周王室史官的身份，老子及其著作实与楚文化无涉。总之，老子本为陈国人，其卒后陈为楚所并，而一直到汉代，陈在行政区域划分上都从属于西楚。那么，司马迁称老聃为楚人，实际上是使用汉代地域名称的结果。显然，以此为基础来讨论《成相》的文化归属，其结论是不可靠的。

综上所述，关于《成相》的地域文化归属，就体式和功能而言，源出于祝官的三言句式，是周文化的产物；在具体创作的过程中，又受到齐鲁文化的浸润。将《成相》归入楚文化，实为学术惯性使然。

本文发表于《孔子研究》2017年第4期，收入本书有改动

巫风音律民俗：郑声之淫再辨析

在孔子提出"郑声淫"的命题之后，历经孔门后学、许慎、朱熹等不同时代学者的阐释，该命题不仅在学科上横跨音乐与文学，其中围绕"淫"字的含义与背景，更是聚讼纷纭。对此，笔者试以巫风、音律和民俗为视角，对"郑声淫"中"淫"字的本义及流变进行辨析与梳理。

一、音律之"淫"

顾名思义，郑声即郑地的音乐，与之类似的概念还有郑卫之音、新声、新乐等。郑声与郑卫之音皆突出地域特征，新声和新乐旨在凸显与旧有西周雅乐的区别。上述四个概念在音乐文化内涵上并无本质差异，大体上可等同视之。郑声固然兴起于东周时期，但其源头可上溯至商代末年。据《韩非子·十过》记载：

> 昔者卫灵公将之晋，至濮水之上，税车而放马，设舍以宿。夜分，而闻鼓新声者而说之。使人问左右，尽报弗闻。乃召师涓而告之，曰："有鼓新声者，使人问左右，尽报弗闻。其状似鬼神，子为我听而写之。"师涓曰："诺。"因静坐抚琴而写之。师涓明日报曰："臣得之矣，而未习也，请复一宿习之。"灵公曰："诺。"因复留宿。明日而习之，遂去之晋。晋平公觞之于施夷之台。酒酣，灵公起。公曰："有新声，愿请以示。"平公曰：

"善。"乃召师涓，令坐师旷之旁，援琴鼓之。未终，师旷抚止之，曰："此亡国之声，不可遂也。"平公曰："此道奚出？"师旷曰："此师延之所作，与纣为靡靡之乐也。及武王伐纣，师延东走，至于濮水而自投。故闻此声者，必于濮水之上。先闻此声者，其国必削，不可遂。"

从上文看，春秋时期的新声源出于商纣之乐，后者在西周初年有专属称谓。武王在伐纣前誓曰："（纣王）乃断弃其先祖之乐，乃为淫声，用变乱正声，怡说妇人。故今予发维共行天罚。"① 用淫声一词指代商纣之乐的做法，在后世文献中得到了继承：

> 好酒淫乐，嬖于妇人。爱妲己，妲己之言是从。于是使师涓作新淫声，北里之舞，靡靡之乐。（《史记·殷本纪》）
>
> 殷纣断弃先祖之乐，乃作淫声，用变乱正声，以说妇人。（《汉书·礼乐志》）
>
> （殷纣）弃先祖之乐乃作淫声。（《通典·乐一》）

周人将纣王之乐定义为淫声，有两重原因，这需要根据"淫"字的意义加以分析。《说文解字》有如下解释：一为"侵淫随理"，段注云"浸淫者，以渐而入也"；二是"久雨为淫"②。这两层含义实为二而一的关系，只有长久浸泡，才能渐入文理；也只有久雨不止乃至浸透万物，故有淫雨之称。所以，"淫"的本义为"久"，又可引申为"多"和"过"。由此反观纣王之乐之所以被称作淫声，首先在于其用乐规模偏于庞大奢华，溢出了周人的中和之度。《吕氏春秋·侈乐》载："夏桀、殷纣作为侈乐，大鼓钟磬管箫之音，以钜为美，以众为观，俶诡殊瑰，耳所未尝闻，目所未尝见，务以相过，不用度量。"③ 周人在立国之初即对淫声严加禁绝，《周礼·春官·大司乐》云："凡

---

① 司马迁：《史记》卷四，中华书局，2014年版，第157页。
② 段玉裁：《说文解字注》，上海古籍出版社，1988年版，第551页。
③ 许维遹：《吕氏春秋集释》卷五，中华书局，2009年版，第112～113页。

建国，禁其淫声、过声、凶声、慢声。"① 《礼记·王制》："作淫声、异服、奇技、奇器以疑众，杀。"② 从《礼记》的记载可以看出，周人将淫声视同于异服奇技等物，正是因为其劳民伤财，不利于休养生息。所以，周人称商纣之乐为淫声并加禁绝，实为出于维系政治安定的考量。

在政治因素之外，淫声在音律上同样远超周人的尺度，这一点更值得关注。在音乐发展阶段上，周人远落后于商人，这在音律上有明显体现。据研究，殷墓出土的陶埙已出现完整的七声音阶。③ 相比之下，西周雅乐仍以"宫—角—徵—羽"为骨干音阶，五声尚未足备，遑论七声。④ 由于所用音阶较少，雅乐节奏趋于舒缓，如《礼记·乐记》所谓："《清庙》之瑟，朱弦而疏越，壹倡而三叹，有遗音者矣。"⑤ 同时，音阶的有限也使得音乐的情感表现以平和为主，如季札对出自周地的《周颂》和《豳风》分别有"迂而不淫""乐而不淫"的评价，孔子亦评《关雎》为"乐而不淫，哀而不伤"。反观商乐，晋悼公在宋国受邀观赏《桑林》，竟然被吓得离席乃至生病。如果说《桑林》作为商代正乐尚如此夸饰怪诞，那么，商末淫声更当有过之而无不及。古文《尚书·泰誓下》载纣王"作奇技淫巧以悦妇人"⑥，所谓"奇技淫巧"，除了音阶的突破与创新，在音乐技巧、表现力、乐器使用等方面必然有所突进。以郑声为例，《礼记·乐记》云："乱世之音怨以怒，其政乖；亡国之音哀以思，其民困。……郑卫之音，

---

① 贾公彦：《周礼注疏》卷二十二，见阮元校刻：《十三经注疏》第二册，中华书局，2009 年版，第 1708 页。

② 孔颖达：《礼记正义》卷十三，见阮元校刻：《十三经注疏》第三册，中华书局，2009 年版，第 2909 页。

③ 黄翔鹏：《新石器和青铜时代的已知音响资料与我国音阶发展史问题》（上），见《音乐论丛》第一辑，人民音乐出版社，1978 年版，第 195～196 页。

④ 黄翔鹏：《新石器和青铜时代的已知音响资料与我国音阶发展史问题》（上），第 126～127 页。

⑤ 孔颖达：《礼记正义》卷三十七，见阮元校刻：《十三经注疏》第三册，中华书局，2009 年版，第 3313 页。

⑥ 孔颖达：《尚书正义》卷十一，见阮元校刻：《十三经注疏》第一册，中华书局，2009 年版，第 386 页。

乱世之音也，比于慢矣。桑间濮上之音，亡国之音也。"① 子夏亦谓新乐"奸声以滥，溺而不止"②，包咸《论语注》则云"郑声，淫声之哀者"③。上述郑声的特点是由音律所引发的一系列连锁变化导致的。音阶的增加和完善丰富了音乐的表现力，进而使音乐能够淋漓尽致地展现某种情感体验，如哀婉、怨怒等。这些都大大超出了周乐中和的尺度，所以被孔子斥为"淫"。

尽管周人对商末淫声严加禁绝，但实际上收效甚微。虽然郑卫两国均为姬姓诸侯，但也都立国于殷商旧都所在地。大量殷商遗民的存在使得殷商文化在郑卫之地得到了很好的保存。出土于新郑的春秋编钟，能够弹奏出完整的七声音阶，这一点不仅远非西周编钟所能比拟，也优于同时期其他地区的乐器。④ 由于编钟属于宫廷乐器，可知商末淫声的律学成果在郑国宫廷得到承继。同时，前引《韩非子·十过》的记述虽不免夸诞，却仍有重要信息值得挖掘。卫国乐官师涓仅花了一天多的时间，就能摹写并习得新声的弹奏。这看似彰显出师涓的卓越天资，实则说明卫国宫廷乐师对商末淫声并不陌生。同样，如果淫声没有足够的传播广度和力度，以及由此产生的高辨识度，晋国乐官师旷也不可能甫闻之便斥为亡国之音。

当郑声在诸侯国间不断蔓延时，必然会再次触发商周在音乐上的对立和冲突。《礼记·乐记》记载了孔子聆听《武》乐的疑问："'声淫及商何也？'对曰：'非《武》音也'。子曰：'若非《武》音，则何音也？'对曰：'有司失其传也。若非有司失其传，则武王之志荒矣。'"⑤《大武》作为西周雅乐的经典，自然承袭周乐惯有的四声结

---

① 孔颖达：《礼记正义》卷三十七，见阮元校刻：《十三经注疏》第三册，第3311页、3313页。
② 孔颖达：《礼记正义》卷三十九，见阮元校刻：《十三经注疏》第三册，中华书局，2009年版，第3339页。
③ 邢昺：《论语注疏》卷十七，见阮元校刻：《十三经注疏》第五册，中华书局，2009年版，第5487页。
④ 冯洁轩：《论郑卫之音》，载于《音乐研究》，1984年第1期。
⑤ 孔颖达：《礼记正义》卷三十九，见阮元校刻：《十三经注疏》第三册，中华书局，2009年版，第3342页。

构，因而不可能有"商"音。所谓"声淫及商"，即指《武》乐中多出了本不应有的"商"音，这显然是受郑声侵染的结果。孔子以恢复周礼为终生志向，必然不能容忍《大武》"声淫及商"。以此为背景再度审视孔子对郑声的评价。

  颜渊问为邦，子曰："行夏之时，乘殷之辂，服周之冕，乐则韶舞。放郑声，远佞人；郑声淫，佞人殆。"（《论语·卫灵公》）

  子曰："恶紫之夺朱也，恶郑声之乱雅乐也，恶利口之覆邦家者。"（《论语·阳货》）

出于对西周文化正统性的捍卫，孔子对郑声作出"淫"的定性，这恰好与周初对商纣之乐的定性相吻合，即音律上的多和过。

二、巫风与民俗之"婬"

郑声淫的本义固然在于音律，但文献记载显示郑声往往与女色纠缠不清。《国语·晋语八》载"平公说新声"，后又载"平公有疾"，秦医诊断的结果是"远男而近女，惑以生蛊；非鬼非食，惑以丧志"①。从《国语》的记载顺序看，晋平公"说新声"和"好色生疾"在时间上前后相承。显然，二事之间存在逻辑关系，即晋平公系耽于女色而病。《左传·昭公元年》亦载此事，对病因有更为详尽的说明：

  晋侯求医于秦。秦伯使医和视之，曰："疾不可为也。是谓：'近女室，疾如蛊。非鬼非食，惑以丧志。良臣将死，天命不佑。'"公曰："女不可近乎？"对曰："节之。先王之乐，所以节百事也。故有五节，迟速本末以相及，中声以降，五降之后，不容弹矣。于是有烦手淫声，慆堙心耳，乃忘平和，君子弗德也。物亦如之，至于烦，乃舍也已一，无以生疾。君子之近琴瑟，以仪节也，非以慆心也。天有六气，降生五味，发为五色，征为五

---

① 徐元诰：《国语集解》，中华书局，2002年版，第426页、434页。

声，淫生六疾。六气曰阴、阳、风、雨、晦、明也。分为四时，序为五节，过则为灾。阴淫寒疾，阳淫热疾，风淫末疾，雨淫腹疾，晦淫惑疾，明淫心疾。女，阳物而晦时，淫则生内热惑蛊之疾。今君不节不时，能无及此乎？"

可见，女色与音乐确实存在联系。如果郑声之"淫"仅关乎音律而无涉女色，似乎难以产生上述结果。实际上，郑声让人沉湎不倦的关键，正是其中的女乐。

商周两代的音乐，除音律之外，在女乐使用上有根本不同。在周人看来，纣王因酒色亡国。因此，酒和色理所当然地成为周人的禁忌。周公专门撰写《酒诰》来告诫康叔吸取前朝酗酒的教训。至于对色的管禁，在音乐方面体现为取缔女乐。周人沿用了殷商的瞽矇制度，在声乐上以瞽矇为主唱者，郑玄《周礼注·春官·叙官》："凡乐之歌，必使瞽矇为焉。命其贤知者以为大师、小师。"① 在舞蹈方面，则由君臣和国子充任舞者，《礼记·祭统》："及入舞，君执干戚就舞位。君为东上，冕而总干，率其群臣以乐皇尸。"②《周礼·春官·大司乐》"帅国子而舞"，贾公彦疏曰："凡兴舞皆使国之子弟为之。"③ 这样，女乐在雅乐体系中就被彻底边缘化了。

在是否使用女乐的背后，体现了商周两代文化类型的不同。商代巫风盛行，《说文解字》释"巫"曰："女能事无形，以舞降神者也。"④ 又陈梦家在《商代的神话和巫术》中指出："'巫'和'舞'是同源字，巫之动作为舞，舞者为巫，其得声盖出于巫者舞时口中'乌乌'之声。"⑤ 巫作为沟通人神的中介，承担着娱神娱人的职责。特别是精通音乐的女巫，在娱人之时难免与色情纠缠不清。王书奴在

---

① 贾公彦：《周礼注疏》卷十七，见阮元校刻：《十三经注疏》第二册，中华书局，2009年版，第1625页。
② 孔颖达：《礼记正义》卷四十九，见阮元校刻：《十三经注疏》第三册，中华书局，2009年版，第3481页。
③ 贾公彦：《周礼注疏》卷二十二，见阮元校刻：《十三经注疏》第二册，中华书局，2009年版，第1707页。
④ 段玉裁：《说文解字注》，上海古籍出版社，1988年版，第201页。
⑤ 陈梦家：《商代的神话和巫术》，载于《燕京学报》，1937年第20期。

《中国娼妓史》中指出，殷商的巫扮演着娼妓的角色，因此巫风与情色是并生的关系。① 其实，巫风与色情相互交织自前代已为然。商汤针对夏桀好女乐的遗毒，不惜设立刑罚以为惩戒。《尚书·伊训》载："敷求哲人，俾辅于尔后嗣，制官刑，儆于有位。曰：'敢有恒舞于宫，酣歌于室，时谓巫风；敢有殉于货色，恒于游畋，时谓淫风；敢有侮圣言，逆忠直，远耆德，比顽童，时谓乱风。惟兹三风十愆，卿士有一于身，家必丧；邦君有一于身，国必亡。臣下不匡，其刑墨，具训于蒙士。'"② 怎奈商朝亦为崇巫之世，只要巫风不除，色情自然并蒂而生。恰如《说苑·反质》所载："纣为鹿台、糟邱、酒池、肉林，宫墙文画，雕琢刻镂，锦绣被堂，金玉珍玮，妇女优倡，钟鼓管弦，流漫不禁，而天下愈竭，故卒身死国亡，为天下戮。"③

　　周代对殷商文化的革除存在两面性，一方面对酒色等不利于政治稳定的因素严加禁绝；另一方面又对商文化有所借鉴，特别是对殷商遗民多加优抚，使得商文化得到了相对宽松的生存空间。如周厉王委派卫巫弭谤就是很好的例证。据《周礼》记载，周王室的职官体系中也有巫，但其职权范围远不及商代。周厉王不惜远借卫巫以为己用，说明巫在卫国仍具有相当大的话语权和影响力。在此情况下，巫对民间习俗是有很强的渗透力的。叶舒宪在《诗经的文化阐释》中指出，但凡巫风盛行的地区，男女关系也较为自由。④《汉书·地理志下》亦可为证："（郑地）土狭而险，山居谷汲，男女亟聚会，故其俗淫。《郑诗》曰：'出其东门，有女如云。'又曰：'溱与洧方灌灌兮，士与女方秉蕑兮。''恂盱且乐，惟士与女，伊其相谑。'此其风也。""卫地有桑间濮上之阻，男女亦亟聚会，声色生焉，故俗称郑卫之音。"⑤这种风俗甚至延续到汉代，司马迁《史记·货殖列传》云："中山地

---

①　王书奴：《中国娼妓史》，团结出版社，2004年版，第10～19页。
②　孔颖达：《尚书正义》卷八，见阮元校刻：《十三经注疏》第一册，中华书局，2009年版，第345页。
③　向宗鲁：《说苑校证》卷二十，中华书局，1987年版，第515～516页。
④　叶舒宪：《诗经的文化阐释》，陕西人民出版社，2005年版，第539～549页。
⑤　班固：《汉书》卷二十八下，中华书局，1962年版，第1652页、1665页。

薄人众，犹有沙丘纣淫地余民……犯多美物，为倡优。女子则鼓鸣瑟，跕躧，游媚贵富，入后宫，遍诸侯。"① 又曰："今夫赵女郑姬，设形容，揳鸣琴，揄长袂，蹑利屣，目挑心招，出不远千里，不择老少者，奔富厚也。"② 当巫风中的色情因素在民俗中得到沉淀和渗透时，巫风与民俗就会形成合力，来共同维系并助推女乐的生存和壮大。由于女乐的大量使用，郑声几乎成为女色的代名词：

姚冶之容，郑卫之音，使人之心淫。(《荀子·乐论》)

靡曼皓齿，郑卫之音，务以自乐，命之曰伐性之斧。(《吕氏春秋·本生》)

郑卫之声，桑间之音，此乱国之所好，衰德之所说。流辟越慆滥之音出，则滔荡之气、邪慢之心感矣；感则百奸众辟从此产矣。(《吕氏春秋·音初》)

郑卫之声动人，而淫气应之。(《说苑·修文》)

若夫郑声，是音声之至妙。妙音之感人，犹美色惑志，耽槃荒酒，易以丧业。自非至人，孰能御之？(嵇康《声无哀乐论》)

甚至连郑国女性也成为美人的别称，如《史记·楚世家》："庄王即位三年，不出号令，日夜为乐……庄王左抱郑姬，右抱越女，坐钟鼓之间。"③ 又如《战国策·楚策三·张仪之楚贫》："彼周、郑之女，粉白黛黑，立于衢间，非知而见之者，以为神。"④ 必须指出的是，在上一段引用的文献中，郑声多与"淫"有染，而班固也用"淫"来定义郑卫等地的男女风俗，此"淫"字显然与音律无关。《说文解字·女部》释"婬"为"厶逸也"，段玉裁注曰："厶音私，奸邪也。逸者，失也。失者，纵逸也。婬之字今多以淫代之，淫行而婬废矣。"⑤ 可知用来形容郑地民俗和郑声女乐的"淫"实当作"婬"，指

---

① 司马迁：《史记》卷一百二十九，中华书局，2014年版，第3969页。
② 司马迁：《史记》卷一百二十九，中华书局，2014年版，第3969页。
③ 司马迁：《史记》卷四十，中华书局，2014年版，第2051页。
④ 刘向：《战国策》卷十六，上海古籍出版社，1998年版，第540页。
⑤ 段玉裁：《说文解字注》，上海古籍出版社，1988年版，第625页。

男女关系的纵逸。由此亦可得出结论,"淫"和"婬"两种属性并存于郑声之中。《周礼·春官·大司乐》"禁其淫声"、《礼记·王制》"作淫声",郑玄皆以郑卫之音释淫声,是极有见地的。但需要补充的是,此处指的是音律不符合雅乐的标准,属于"郑声淫"的范畴。《史记·殷本纪》载纣王:"大冣乐戏于沙丘,以酒为池,县肉为林,使男女倮相逐其间,为长夜之饮。"① 再联系到后世郑声中女乐的泛滥,这些则属于"郑声婬"的范畴。后来,由于"婬"字废行,该字原有内涵归并入"淫"字中。因此,极容易混淆郑声在音律和女乐两方面的特点,争议也自然随之而生。

虽然,郑声中的"淫"和"婬"始终并存,但时人的关注点各有侧重。孔子斥责"郑声淫",是因为其在音律上"乱雅乐"。而他自云:"吾自卫反鲁,然后乐正,《雅》《颂》各得其所。"② 孔子正乐的目的,就是清除郑声在音律上对雅乐的篡乱。然而,由于音乐属于非物质文化遗产,随着精通音律的一代人逝去,郑声的音律特点渐为后人忽略,反倒是郑声中的女乐及其负面效应开始广受关注。特别是当年孔子在鲁国政改的失败,间接源于女乐的传入,"齐人归女乐,季桓子受之,三日不朝。孔子行"③(《论语·微子》)。这使得孔门后学对郑声批判的立足点开始发生偏移。子夏与魏文侯论新乐与旧乐的差异,除了认为郑声缺乏教化功能,重点批判了郑声"獶杂子女"和"淫于色而害于德"(《礼记·乐记》),却完全不提音律。子夏晚年所居河西之地正在卫国,对卫地民俗必然多有了解。相比之下,鲁国民

---

① 司马迁:《史记》卷三,中华书局,2014 年版,第 135 页。
② 邢昺:《论语注疏》,阮元校刻:《十三经注疏》第五册,第 5409~5410 页。
③ 据《周礼》,大司乐的属官中并无负责女乐者。且在东周时期,统治者听雅乐"唯恐卧"(《礼记·乐记》魏文侯语)。而齐国所馈女乐直接导致鲁国君臣三日不朝,说明该女乐绝非雅乐所有。同时,孔子云:"放郑声,远佞人;郑声淫,佞人殆。"(《论语·卫灵公》)何晏注引孔安国语:"郑声、佞人亦俱能感人心,与雅乐、贤人同,而使人淫乱危殆,故当放远之也。"又《说文解字》释"佞":"巧讇高材也。巧者、技也。讇者、谀也。从女。仁声。"从感人和巧讇的特点看,佞人与季氏之类的权臣并不符合。孔子在离开鲁国之前曾歌曰:"彼妇之口,可以出走;彼妇之谒,可以死败。"文中"妇"指女乐,由于孔子担心女乐以口覆家邦,故又称之为佞人。而佞人又与郑声连文,显然此女乐(佞人)即出自郑声。

风迥异于卫地。成于孔门后学的《礼记》对男女之防多有记述。如《礼记·曲礼上》："男女不杂坐，不同椸枷，不同巾栉，不亲授。嫂叔不通问，诸母不漱裳。外言不入于梱，内言不出于梱。女子许嫁缨，非有大故，不入其门。姑姊妹女子子已嫁而反，兄弟弗与同席而坐，弗与同器而食。"① 又如《曲礼上》："寡妇之子，非有见焉，弗与为友。"② 再如《礼记·内则》："七年男女不同席，不共食。"③《礼记》强调男女之防，固然出于传统礼教，恐怕也不乏历史教训。齐襄公因与胞妹通奸，居然杀害妹夫鲁桓公，这成为鲁国难以启齿的大辱。此后，兄妹通奸在齐国催生出长女不嫁的风俗，《汉书·地理志下》："始桓公兄襄公淫乱，姑姊妹不嫁，于是令国中民家长女不得嫁，名曰'巫儿'，为家主祠，嫁者不利其家，民至今以为俗。"④《礼记》中对家族内部乱伦多有防范，恐怕正是针对邻国恶俗。当女乐从齐国传入时，孔门后学不得不有所忧惧。如果《礼记》试图从礼教上加以预防，那么子夏着重指出郑声"淫于色而害于德"，则是担心"郑声淫"对伦理道德的败坏。这在某种程度上，已开启朱熹批驳"郑风淫"的先河。

三、"郑风淫"及其他

许慎云："郑诗二十一篇，说妇人者十九，故郑声淫。"⑤ 显然，许慎将郑声视同于郑诗。之后，朱熹认为郑风皆为"淫诗"，将许慎的观点述而广之。许、朱所论既混淆了"淫"和"婬"的内涵，同时又将郑声与郑诗混为一谈。当然，也有与朱熹唱反调者，如明代杨慎

---

① 孔颖达：《礼记正义》卷二，见阮元校刻：《十三经注疏》第三册，中华书局，2009年版，第2686页。
② 孔颖达：《礼记正义》卷二，见阮元校刻：《十三经注疏》第三册，中华书局，2009年版，第2686页。
③ 孔颖达：《礼记正义》卷二十八，见阮元校刻：《十三经注疏》第三册，中华书局，2009年版，第3186页。
④ 前文认为巫风与淫乱之间存在逻辑关系，此段记载亦可引以为据。
⑤ 孙希旦：《礼记集解》卷三十七，中华书局，1989年版，第981页。

《丹铅总录》卷十四"淫声"条：

> 《论语》"郑声淫"，淫者，声之过也。水溢于平地曰淫水，雨过于节曰淫雨，声滥于乐曰淫声，一也。郑声淫者，郑国作乐之声过于淫，非谓郑诗皆淫也。后世失之，解郑风皆为淫诗，谬矣。

陈启源《毛诗稽古编》卷五更是直截了当地反驳朱熹：

> 朱子辨说谓孔子"郑声淫"一语，可断尽《郑风》二十一篇，此误矣。夫孔子言"郑声淫"耳，曷尝言"郑诗淫"乎？声者，乐音也，非诗辞也。

杨、陈二人否定郑声与郑风的联系，又不免矫枉过正。上古时期，音乐与诗歌固然处于水乳交融的状态，但具体到郑声与郑风的关系，又需要区分对待。首先，郑风包含郑诗及配乐，郑诗只是郑风中的文辞。其次，郑声作为商末淫声的流变，最大程度上保留了商乐的原始面貌。同出于郑地，郑风在音乐上必然与郑声存在某些共性。《左传》中季札评郑风为"其细已甚"，《韩非子》对新声的描绘是"与纣为靡靡之乐"。靡即有细之意，说明郑声音律"细"的特点在郑风的配乐中仍有残留。但郑风经过周太师的编辑和剪裁，必然要向周人的尺度靠拢。所以，上博简《诗论》称邦风"其声善"，即音乐动听悦耳。可见，郑风的配乐虽与郑声有所类同，但大体上并未超乎礼制。

由于郑声使用歌女，必然配有歌词。至于文辞内容，钱锺书先生的观点颇有启发意义，他说："夫洋洋雄杰之词不宜'咏'以靡靡涤滥之声，而度以桑、濮之音者，其诗必情词佚荡，方相得而益彰。不然，合之两伤，如武夫上阵而施粉黛，新妇入厨而披甲胄，物乖攸宜，用违其器。"[①] 既然郑声以"婬"著称，其中歌词必然以情色为主。或许有若干篇目与郑卫等风诗存在交叉，但已无法考知其详。总体而言，无论音乐风格还是文辞内容，郑声与郑风具有一定的趋同

---

① 钱锺书：《管锥编》，中华书局，1986年版，第60页。

性。细微而论，在音乐上，郑声较郑风保留了更多的商末淫声的本色，在文辞内容上，郑声应以情色为主，郑风既表现男女之情，也兼及其他内容。所以，郑风是被雅化后的产物，既与郑声存在联系，又不能完全视同于郑声。

　　后世朱熹观点的反对者和朱熹犯有相同的错误，不但没有区分郑声与郑风的异同，还忽略了先秦时期婚恋习俗的特殊性。此时期，爱情观念和婚姻制度较之后世有相当的自由度，不但没有贞节之类的观念，甚至群婚制仍有一定程度的保留。如娶庶母为妻曰"烝"，娶伯母或婶娘为妻曰"报"，二者均为古代隆重的祭祀，是向祖先报告娶妻的情况。"烝""报"一直到春秋前期仍在盛行，遍及秦、晋、楚、郑、卫、陈等国，于《左传》多有记载，却未受到任何抨击。这说明"烝""报"是礼俗的一部分，并不存在非礼一说。《诗经》中邶、鄘、卫三风共39首诗，《诗序》释为"公室淫乱"的竟有10首。[①] 时至汉代，"烝""报"已不再合法，汉儒的解释固然犯了援后例前的错误，但也从侧面说明，所谓"刺淫"之诗只是社会风俗在文学中的自然流露。此外，先秦时期对夫妻生活不但不避讳，甚至还有明文规定。《周礼·地官·大司徒》载大司徒十二教之三为"以阴礼教亲，则民不怨"[②]。《礼记·内则》："夫妇之礼，唯及七十，同藏无间。故妾虽老，年未满五十，必与五日之御。"[③] 对于未婚男女，也会鼓励他们结合。如《周礼·地官·媒氏》："中春之月，令会男女，于是时也，奔者不禁。"[④] 当如此婚恋风俗与郑卫等地残存的巫风相叠加时，必然产生一加一大于二的效果。那么，较之其他风诗，郑卫等诗自然会更多地充斥着"男悦女"和"女惑男"的词句，甚至对性爱场景的

---

① 有关先秦婚恋礼俗的论述及《诗经》的统计，详参袁宝泉、陈智贤：《评"淫诗"说》，见《诗经探微》，花城出版社，1987年版，第262～284页。
② 贾公彦：《周礼注疏》卷十，见阮元校刻：《十三经注疏》第二册，中华书局，2009年版，第1514页。
③ 孔颖达：《礼记正义》卷二十八，见阮元校刻：《十三经注疏》第三册，中华书局，2009年版，第3181页。
④ 贾公彦：《周礼注疏》卷十四，见阮元校刻：《十三经注疏》第二册，中华书局，2009年版，第1580页。

描绘。当然，这在彼时也是出乎情、合乎礼的。所以，针对上述风俗及其文学表现，若用后世的道德标准加以评判，则是厚诬古人。同时，不必对此刻意回护或否认，不然有违史实。①

如果知晓了先秦婚恋风俗的特殊性，很多围绕"郑风淫"的争论也就失去了立足点和必要性。如反对淫诗说者以为，若郑风中有淫诗，不当在严肃场合被赋引。②春秋赋诗往往遵循"歌诗必类"的原则，即选择与当下语境类同的诗句来表达己意。由于采用断章取义的方式，在诗本义的基础上生成的临时义场，才是赋诗者和听诗者之间沟通的桥梁。以《左传·昭公十六年》的记载为例，郑六卿在宴飨韩宣子时，分别赋引了《野有蔓草》《羔裘》《褰裳》《风雨》《有女同车》《萚兮》六首郑诗，其中除《羔裘》外，全部被朱熹目为"淫诗"。其实，六卿仅仅借用"淫诗"男女狎昵之辞，来类比对宣子的敬爱之意。宣子对此也心知肚明，故回应道"赋不出郑志，皆昵燕好也"③。据统计，《左传》所载赋诗事迹中，只有郑人引用郑风，这被认为是郑风不受诸侯国认可的结果。④ 此外，有两处现象值得关注：一是当时被赋引的郑诗，绝大部分属于朱熹所谓的"淫诗"；二是赋诗所指向的对象均为晋国君臣。虽然，郑国在春秋早期一度称霸，但四方受敌的地缘劣势，导致其最终不得不在晋楚两强的夹缝中求生存，不但郑襄公有肉袒降楚的屈辱经历，就连秦、陈、鲁、宋等国也时常趁火打劫。于是，郑人在外交场合中就地取材，借本国"淫诗"向同宗的晋国示好以求庇护，不失为一种生存之道。郑人在歌诗必类原则的指导下，巧妙地将郑风多"淫诗"的特点与外交诉求相结合，在临时义场中的沟通也顺畅成功。这说明诸侯国对郑风持熟悉和认可

---

① 徐正英极力撇清《郑风》与淫乱的关系，甚至将一些爱情诗作其他方向的解读，似有矫枉过正之嫌。详见徐正英：《"郑风淫"朱熹对孔子"郑声淫"的故意误读》，载于《中州学刊》，2012年第4期。

② 辛筠：《"郑声淫"辨》，载于《中州学刊》，1984年第5期。

③ 孔颖达：《春秋左传正义》卷四十七，见阮元校刻：《十三经注疏》第四册，中华书局，2009年版，第4517页。

④ 毛振华：《〈左传〉赋诗研究》，上海古籍出版社，2011年版，第148～149页。

的态度，不存在郑风被排斥的情况，而赋诗与郑风有无淫诗之间也不存在逻辑联系。

再者，重新审视围绕"思无邪"的争论，可以发现，过往为郑风辩护者，持孔子以《诗》思想无邪为据，认定郑风中无淫诗。反之，认为郑风中有淫诗者，就必须弥合淫诗与思无邪之间的"鸿沟"。于是，"思无疆"和"思毋邪"之类的解释便应运而生。其实，论辩双方都忽略了先秦时期婚恋风俗的特殊性。郑卫等风诗涉及男女关系的篇目，既符合当时的风俗，又于礼无违。因此，孔子才会有"思无邪"的评价。再者，《史记·孔子世家》载叔梁纥"野合"而生孔子，战国之世攻击孔子者大有人在，却无人以非婚生子为口实。即使到了汉代，司马迁在记述孔子出身时，也没有为"圣人讳"。反倒是唐人对此如坐针毡，千方百计维护孔子的身世。可见，当某些文化风俗逐渐褪色至鲜为人知的时候，在后世道德标准的解读下，种种争议便会随之而起。孔子的出身如此，郑风的"淫"也是如此。

小　结

最初，乐早于礼，根据考古发现，距今8000年前已有音律产生。在漫长的发展演变过程中，音乐成为巫所掌握的技能之一。商代巫风的盛行不仅造就了尚声的传统，更直接推动了声律的进步。同时，巫既身为女性，又精通音乐，实际上充当了早期女乐的角色，在娱神娱人的过程中必然滋生色情因素。进入周代，随着周公制礼作乐的深入，前朝尚声的传统逐渐被扬弃，乐开始从属于礼，并受到礼的约束。若以周礼为尺度，商末音乐在声与色两方面都有所僭越，因而得到"淫"和"婬"的双重定义。此后，由于"婬"字废止，导致"淫"兼容过度和色情两层含义。这也使得后世论者对郑声音律和色情的双重属性多有混淆，加之不明先秦婚恋习俗的特殊性，又未对郑声与郑风加以区分，遂使治丝益棼。

本文发表于《中南民族大学学报》2018年第1期，收入本书有改动

乐语"道古"的诗礼应用及文学意义

孔子曰:"不能诗,于礼缪。"郑玄释曰:"歌诗,所以通礼意也。"① 先贤对诗礼关系的评断可谓精审,但诗以何种方式通礼意,值得深入探讨。实际上,诗在礼乐仪式中的演述和应用,需要相关介质的衔接,承担此功能的正是乐语。乐语属于礼乐仪式技能,源头可追溯至殷商时期,至周代逐渐定型。《周礼·春官·大司乐》载:"以乐语教国子兴、道、讽、诵、言、语。"② 其中的"道",又称"道古"③。从广义上看,"道古"可以视同为"借古鉴今""以古论今";就狭义而论,"道古"作为仪式专用技能,其产生、应用及流变都和礼乐制度密切相关。"道古"如何促成诗与礼之间的珠联璧合,其流变又对文学有何影响,将在下文展开讨论。

一、"道古"释义及溯源

郑玄《周礼·大司乐注》:"道读曰导。导者,言古以剀今也。"④

---

① 孔颖达:《礼记正义》卷五十,见阮元校刻:《十三经注疏》第三册,中华书局,2009年版,第3502页。

② 贾公彦:《周礼注疏》卷二十二,见阮元校刻:《十三经注疏》第二册,中华书局,2009年版,第1700页。

③ 《礼记·乐记》"君子于是语,于是道古",孙希旦《礼记集解》引方悫语:"道古,道古之事。郑氏释《大司乐》曰'道者,言古以剀今',盖谓是矣。"

④ 贾公彦:《周礼注疏》卷二十二,见阮元校刻:《十三经注疏》第二册,中华书局,2009年版,第1700页。

《说文解字·寸部》："导，引也。"段玉裁注："经传多假'道'为'导'，义本通也。"① 足见在表示"引导"之义时，"道"与"导"可以通用。那么，"道古"实即"导古"，由"言古"和"剀今"构成。所谓"言古"，即称引经典、先圣、祖训等，是稽古思想的体现；至于"剀今"，可引申为"讽今""谏今"，但"剀"的本义和治玉相关。

《说文·刀部》："剀，大镰也，一曰摩也。"段玉裁注："剀、刉音义皆同也，引伸之为规讽之义。如《大司乐注》曰：'导者，言古以剀今。'《雨无正笺》：'巧言，谓以事类风切剀微之言是也。'《唐·魏徵传》：'二百余奏，无不剀切当帝心。'今人乃谓直言为剀切，昧于字义甚矣。"②《手部》："摩，挲也。"段玉裁注："《学记》曰：'相观而善之谓摩。'凡《毛诗》《尔雅》'如琢如摩'，《周礼》'刮摩'，字多从手。"③《康熙字典·刀部》释"切"："又叶音刺，与刺通。《仪礼注》：'采时世之诗为乐歌，所以通情相风切也。'"④ 孙诒让《周礼正义》卷四二释"剀"："言古以剀今，亦谓道引远古之言语，以摩切今所行之事。"⑤ 则"剀""摩""切"三字，本皆与切割打磨有关，后引申为规谏之义，有共同的意义指向，故可互训。至于字义演变的缘由，可用"以玉比德"的理念来阐释。且看《诗经·小雅·鹤鸣》：

> 鹤鸣于九皋，声闻于野。鱼潜在渊，或在于渚。乐彼之园，爰有树檀，其下维萚。它山之石，可以为错。
>
> 鹤鸣于九皋，声闻于天。鱼在于渚，或潜在渊。乐彼之园，爰有树檀，其下维榖。它山之石，可以攻玉。

---

① 段玉裁：《说文解字注》，上海古籍出版社，1988年版，第121～122页。"道"与"导"通用之例于古籍中俯拾即是，如《论语·为政》"道之以政""道之以德"，陆德明《论语音义》在"道"字下注曰"音导"；《汉书·文帝纪》"令各率其意以道民焉"，《汉书·王贡两龚鲍传》"又不能辅道，陷王大恶"，颜师古皆注"道读曰导"。
② 段玉裁：《说文解字注》，上海古籍出版社，1988年版，第178页。
③ 段玉裁：《说文解字注》，上海古籍出版社，1988年版，第606页。
④ 张玉书等：《康熙字典》，中华书局，1958年版，第136页。
⑤ 孙诒让：《周礼正义》卷四十二，中华书局，1987年版，第1725页。

其中"它山之石，可以为错"与"它山之石，可以攻玉"，当与《诗经·卫风·淇奥》一起解读。《毛序》以《淇奥》美卫武公"能听其规谏，以礼自防"，首章曰"有匪君子，如切如磋，如琢如磨"，卒章曰"有匪君子，如金如锡，如圭如璧"①。从首章的"切磋琢磨"到卒章的"如圭如璧"，正是由璞变玉的过程，诗人借之比况"君子"人格修养的质变。《毛传》《郑笺》皆用"切磋琢磨"形容卫武公从谏如流，是有史可据的。《国语·楚语上》载：

> 昔卫武公年数九十有五矣，犹箴儆于国，曰："自卿以下至于师长士，苟在朝者，无谓我老耄而舍我，必恭恪于朝，朝夕以交戒我，闻一二之言，必诵志而纳之，以训导我。"在舆有旅贲之规，位宁有官师之典，倚几有诵训之谏，居寝有亵御之箴，临事有瞽史之导，宴居有师工之诵。史不失书，矇不失诵，以训御之，于是乎作《懿》诗以自儆也。

如果说，《淇奥》在"可以攻玉"的层面，歌颂卫武公从谏如流的品格，那么，《鹤鸣》中召唤的贤良，作为"它山之石"，同样能够承担进谏的职责。

无独有偶，《诗经》还有其他篇什用"攻玉"形容谏君者，如《大雅·民劳》，《毛序》以该篇为"召穆公刺厉王"，卒章末句"王欲玉女，是用大谏"。《郑笺》云："玉者，君子比德焉。王乎！我欲令女如玉然，故作是诗用大谏正女，此穆公至忠之言。"② 再如《大雅·抑》，《毛序》谓"卫武公刺厉王，亦以自警也"，诗中曰"白圭之玷，尚可磨也"。《郑笺》云："玉之缺尚可磨铄而平，人君政教一失，谁能反覆之？"③ 实际上，以玉比德的理念最迟出现于商代。《清华大学藏战国竹简·说命下》："王曰：'敖，余既识劼毖女，思若玉

---

① 孔颖达：《毛诗正义》卷三，见阮元校刻：《十三经注疏》第一册，中华书局，2009年版，第676~678页。

② 孔颖达：《毛诗正义》卷十七，见阮元校刻：《十三经注疏》第一册，中华书局，2009年版，第1180页、1182页。

③ 孔颖达：《毛诗正义》卷十八，见阮元校刻：《十三经注疏》第一册，中华书局，2009年版，第1194页、1196页。

冰，上下罔不我义。'"① 比较而言，武丁用玉冰的纯净来比喻人品的高洁，周人则看重成器与成人在过程上的相似性。从璞到玉，必然经历剀切琢磨；人若达致"君子如玉"的境界，也必须接受外界的规谏与匡正。这样，"剀"等三字的内涵就从攻玉引申为谏君。故《礼记·玉藻》云："君子无故玉不去身，君子于玉比德焉。"② 周人对"剀"的诠释，为"以玉比德"的理念注入了特殊的寓意。

　　周人如此苦心孤诣地铸刻"剀"的内涵，源于对殷商覆灭的反思。商纣王废弃宗室辅助终致亡国，已为殷商遗臣与周人共识。如父师若批评纣王"咈其耇长旧有位人"③，周武王斥责商纣王"播弃犁老，昵比罪人""崇信奸回，放黜师保"，及"昏弃厥遗王父母弟不迪"④。对此，周人一方面在武王崩后采用周公、召公辅政的权力模式，以强化宗族政治；另一方面，高度重视王族内部的引古训诫。如周公作《康诰》《酒诰》，援引文王言论和商末教训以警示康叔；又作《多士》《毋逸》训诫成王，前文以商代兴衰为戒，后文列举商周贤君为榜样。这种训诫往往以惩罚手段为辅助。《大戴礼记·保傅》："及太子既冠，成人，免于保傅之严，则有司过之史，有亏膳之宰。太子有过，史必书之，史之义不得不书过，不书过则死；过书而宰彻去膳，夫膳宰之义，不得不彻膳，不彻膳则死。"⑤ 《白虎通·谏诤》："《礼·保傅》曰：'王失度，则史书之，工诵之，三公进读之，宰夫彻其膳。是以天子不得为非。'"⑥ 可见，无论"太子有过"还是"王失度"，宰夫皆以"彻膳"为惩戒方式。⑦ 如果将这种看似忤逆的行

---

① 李学勤：《清华大学藏战国竹简》（三），中西书局，2012年版，第128页。
② 孔颖达：《礼记正义》卷三十，见阮元校刻：《十三经注疏》第三册，中华书局，2009年版，第3212页。
③ 孔颖达：《尚书正义》卷十，见阮元校刻：《十三经注疏》第一册，中华书局，2009年版，第376页。
④ 孔颖达：《尚书正义》卷十一，见阮元校刻：《十三经注疏》第一册，中华书局，2009年版，第384页、386页、389页。
⑤ 王聘珍：《大戴礼记解诂》卷三，中华书局，1983年版，第52页。
⑥ 陈立：《白虎通疏证》上册，中华书局，1994年版，第238页。
⑦ 今存《大戴礼记·保傅》作"宰夫减其膳"。

为,联系世子法作整体观照,就不难理解了。《礼记·文王世子》:"成王幼,不能莅阼。周公相,践阼而治。抗世子法于伯禽,欲令成王之知父子、君臣、长幼之道也。成王有过,则挞伯禽,所以示成王世子之道也。"① 由于成王并非周公之子,且终将践天子之位,故不宜受罚。那么,既然周公代行君政,伯禽也就代受世子法。据此可知,"宰夫彻膳"和鞭挞一样,同为惩戒手段。② 这实为周初宗族教育为矫商纣王之枉而采取的过正措施。"道古"中的"剀",正源出于此。

二、"道古"于诗礼之间的衔接作用

然而,周公摄政监国的模式不可能永久持续,相比于顾命老臣的谆谆教诲,如何确立行之有效的制度来匡辅君王,就更具有长治久安的深远意义。为了解决上述问题,西周初期周公在"制礼作乐"的过程中加入了相关的制度设计。乐教体系的建立和实施正与此有关,但背景颇为复杂。起初,商纣王戮比干、囚箕子、疏微子,残暴拒绝宗族尊长的劝谏。另外,商人素有"尚声"的传统,而正乐是祭祀上帝与先祖的重要方式。但商纣王好淫声而废正乐,又"昏弃厥肆祀弗答"③。故而激起微子和正乐乐官们的愤怒,他们经商议后各自逃散,说明商纣王开始丧失宗族与道统的支持。其中,太师疵、少师强等人抱乐器奔周。后来,武王在牧野誓师,痛斥商纣"断弃其先祖之乐,乃为淫声,用变乱正声"④。誓言所及并非单纯的音乐问题,实关乎

---

① 孔颖达:《礼记正义》卷二十,见阮元校刻:《十三经注疏》第三册,中华书局,2009年版,第3041页。

② 《说苑·建本》也有伯禽被体罚的记载:"伯禽与康叔封朝于成王,见周公,三见而三笞。"亦可证明世子法具有惩罚性质。此外,《白虎通·谏诤》:"宰所以彻膳何?阴阳不调,五谷不熟,故王者为不尽味而食之。"汉儒未晓"彻膳"实为规谏的特殊形态,误以凶年释之。

③ 孔颖达:《尚书正义》卷十一,见阮元校刻:《十三经注疏》第一册,中华书局,2009年版,第389页。

④ 司马迁:《史记》卷四,中华书局,2014年版,第157页。

道统与人心的向背。相比于奴隶的阵前倒戈,"知天道"的乐官的投奔,才是周人最倚重的翦商利器。这意味着周人获得了天命的垂青与道统的支持,可以名正言顺地"共行天罚"。在克商成功后,周人一方面推行分封制、宗法制,在制度上巩固王权;另一方面在思想意识上进行整合与重构,以期与政治制度相辅相成。这样,前朝乐官对道统的职守,周人对前朝的反思,族人对后辈的期望与托付等,多种力量汇聚为一股合力,共同推动了乐教体系的确立。

由乐官教育贵胄的做法在虞舜时期已有先例,但鉴于音乐自身具有极强的抽象性,借助语言活动有助于音乐表意功能的实现。有研究指出,殷商甲骨文中的"言"与"音"同字同用,"音"当读为歆,训为飨。"言"并非单纯的饮食行为,而是在享神和宴宾仪式上与音乐相伴的言语行为。[①] 由此反观乐语的构词,不也是兼音乐和语言于一体吗?可以认为,乐语和甲骨文中的"言"是一脉相承的,皆为用于礼乐仪式的言说技能。[②] 孙诒让意识到了乐语的礼乐仪式属性,他说:

> "以乐语教国子兴道讽诵言语"者,谓言语应答,比于诗乐,所以通意旨、远鄙倍也。凡宾客飨射旅酬之后,则有语,故《乡射记》云"古者于旅也语"。《文王世子》云:"凡祭与养老乞言合语之礼,皆小乐正诏之于东序。"又云:"语说命乞言,皆大乐正授数。"又记养三老五更云:"既歌而语以成之也,言父子君臣长幼之道,合德音之致,礼之大者也。"注云:"语,谈说也。"《乐记》子贡[③]论古乐云:"君子于是语。"《国语·周语》云:"晋羊舌肸聘于周,单靖公享之,语说《昊天有成命》。"皆所谓乐语也。

[①] 饶龙隼:《殷周甲金文中的言意字义疏证》,见《上古文学制度述考》,中华书局,2009年版,第21~26页。

[②] 乐语和六诗虽同出于乐教体系,但在培训对象和目标上存在本质区别。乐语由大司乐向国子传授,用于培养政治后备力量。六诗的教学双方为大师与瞽矇,是针对乐官的专业技能培训。

[③] 笔者按,"子贡"应为"子夏"。

孙诒让释乐语为"言语应答，比于诗乐"，诚为精审之论。诗和礼乐仪式互为表里：一方面，教化作为礼乐仪式的核心内容，往往由诗赋予；另一方面，诗的教化功能须依托礼乐仪式才能实现。但诗在礼乐仪式中的演述必须借助乐语的连缀。就孙诒让援引的文献看，仅涉及乐语中的"语"，不免有以偏概全之嫌。其实，在诗与礼之间，"道古"的作用同样值得关注和分析。①

翻检《礼记》可以发现，以下仪节有较高的使用率，如《文王世子》载"天子视学"时的情形：

> 反，登歌《清庙》，既歌而语，以成之也。言父子、君臣、长幼之道，合德音之致，礼之大者也。下管《象》，舞《大武》，大合众以事，达有神，兴有德也。正君臣之位，贵贱之等焉，而上下之义行矣。

"吉礼"中的"禘礼"与"宾礼"中的"相见礼"也存在相似的仪节。如《明堂位》载鲁人"以禘礼祀周公"时，"升歌《清庙》，下管《象》；朱干玉戚，冕而舞《大武》；皮弁素积，裼而舞《大夏》"。《祭统》云："夫大尝禘，升歌《清庙》，下而管《象》，朱干玉戚以舞《大武》，八佾以舞《大夏》。"《仲尼燕居》谓"两君相见"时，"升堂而乐阕，下管《象》，《武》《夏》籥序兴"②。

据上文可知，升歌《清庙》与下管《象》等属于固定组合，用于祭祀、朝会、宴飨、养老等重大典礼。对此，《仲尼燕居》释曰："入门而金作，示情也。升歌《清庙》，示德也。下而管《象》，示事也。"③ 孙希旦广之云："示情者，取金声之和，以示其情之和也。示德者，《清庙》以发文王之德也。示事者，《维清》以奏《象》舞，所

---

① 饶龙隼《〈诗〉篇创制时代的言用制度》、杨隽《周代乐官与典乐诗教体系》分析了乐语对《诗》的演述作用，可供参考，但于"道古"的研究有待深化。

② 孙希旦《礼记集解》卷四九："'升堂而乐阕'下，当有'升歌《清庙》'一句，文脱也。"

③ 孔颖达：《礼记正义》卷五十，见阮元校刻：《十三经注疏》第三册，中华书局，2009年版，第3502页。

以象文王征伐之事也。"① 所谓"示德""示事",是文王德行与事迹的再现,此为"言古"。但如何由"言古"走向"刱今"呢?此项工作由"兴"来完成。在乐语内部的排序中,"兴"与"道古"前后连属,有其内在理路。虽然"兴"与"道古"有各自的内涵,但在具体的仪节中,二者往往相须为用。郑玄释"兴"为"以善物喻善事"②。升歌《清庙》和下管《象》的本质,正是以文王之德之事为喻。故孔子曰:"是故古之君子,不必亲相与言也,以礼乐相示而已。"③ 当国子们耳濡目染于《清庙》《象》的现场演绎时,"兴"凭借其"感发志意"的心理作用,引导后辈择先王之善而从之。至此,"刱今"的目的就达到了,亦即前引《文王世子》所谓"正君臣之位,贵贱之等焉,而上下之义行矣"。在上述过程中,"言古"是起点和价值尺度,"兴"是方法和途径,"刱今"是终极目标。这样,"兴"与"道古"相互支撑,将诗嵌入礼乐仪式中,并由此奠定了仪式的教化基调。

"道古"在其他仪节中的运用,又见《礼记·乐记》:

> 今夫古乐,进旅退旅,和正以广,弦匏笙簧,会守拊鼓,始奏以文,复乱以武,治乱以相,讯疾以雅。君子于是语,于是道古,修身及家,平均天下,此古乐之发也。

文中所谓的"语"亦为"乐语"之一,用于"合语"的仪节。《文王世子》载:"凡祭与养老乞言、合语之礼,皆小乐正诏之于东序。"④ 可知"合语"的对象是德高望重的老者,此为周代咨政传统,即《诗经·小雅·皇皇者华》所谓"载驰载驱,周爰咨诹""周爰咨谋""周爰咨度""周爰咨询",《小雅·正月》所谓"召彼故老,讯之

---

① 孙希旦:《礼记集解》下册,第 1271 页。
② 贾公彦:《周礼注疏》卷二十二,见阮元校刻:《十三经注疏》第二册,中华书局,2009 年版,第 1700 页。
③ 孔颖达:《礼记正义》卷五十,见阮元校刻:《十三经注疏》第三册,中华书局,2009 年版,第 3502 页。
④ 孔颖达:《礼记正义》卷二十,见阮元校刻:《十三经注疏》第三册,中华书局,2009 年版,第 3043 页。

占梦",《大雅·行苇》所谓"酌以大斗,以祈黄耇"①,亦即鲁叔孙豹所谓"访问于善为咨,咨亲为询,咨礼为度,咨事为诹,咨难为谋"②,晋羊舌肸所谓"国家有大事,必顺于典型,而访谘于耇老而后行之"③。结合《文王世子》"既歌而语"的记载可知,"正歌"与"合语"在仪式程序上前后相承。升歌《清庙》是歌颂文王之德,"合语"则是耇老对文王之德的阐释。在思维层面上,从遥颂先王到耇老现身说法,是"道古"由远及近的呈现;在仪式层面上,无论"道古"还是"合语",都是世子法的变形与再现。后一层面又可分而论之:一是"合语"和世子法的内容是重合的,均为父子、君臣、长幼之道,作为言说者的耇老,实际上扮演了周公的角色;二是世子法的惩罚性经仪式化后大为减弱,但仍以"言古以剀今"的思路贯穿于礼乐仪式中。

"既歌而语"等仪节的设置是周人将殷鉴融入礼乐仪式的产物。由于"殷不用旧"④和"不用老长"⑤,被认为是殷商覆灭的重要原因。因此,周人通过"言古",将颂扬先王德操与事迹的诗歌引入仪式,借此凝聚族内人心,毕竟周人自己也经历过管蔡的分裂和叛乱。至于"剀今",体现了世子法与宗族训诫的仪式化和常态化,将"言古"确立的思想导向与价值尺度转变为约束力和鞭策力,以便时刻警示后辈殷鉴不远,注意反思当今为政的得失。

在常规仪式之外,礼乐制度还有直接向君王进谏的设计。《周礼·春官·瞽矇》:"(瞽矇)讽诵诗,世奠系,鼓琴瑟。"郑玄《周礼注》引郑众语:"讽诵诗,主诵诗以刺君过,故《国语》曰'瞍赋矇诵',谓诗也。"又引杜子春语:"帝读为定,其字为奠,书亦或为奠。

---

① 孔颖达:《毛诗正义》卷九、十二、十七,见阮元校刻:《十三经注疏》第一册,中华书局,2009年版,第869页、949页、1153页。
② 孔颖达:《春秋左传正义》卷二十九,见阮元校刻:《十三经注疏》第四册,中华书局,2009年版,第4194页。
③ 徐元诰:《国语集解》,中华书局,2002年版,第424页。
④ 孔颖达:《毛诗正义》卷十八,见阮元校刻:《十三经注疏》第一册,中华书局,2009年版,第1193页。
⑤ 司马迁:《史记》卷三八,中华书局,2014年版,第1943页。

世奠系,谓帝系,诸侯卿大夫世本之属是也。小史主次序先王之世,昭穆之系,述其德行。瞽矇主诵诗,并诵世系,以戒劝人君也。故《国语》曰'教之世,而为之昭明德而废幽昏焉,以休惧其动。'"①文中的"诗"和"世系"均为古代经典文化资源,"诵"之即为"言古","刺君过"和"戒劝人君"实为"训今"。类似记载又如:

> 故天子听政,使公卿至于列士献诗,瞽献曲,史献书,师箴,瞍赋,矇诵,百工谏,庶人传语,近臣尽规,亲戚补察,瞽史教诲,耆艾修之,而后王斟酌焉,是以事行而不悖。
> 瞽史诵诗,工诵箴谏,大夫进谋,士传民语。

文中"诵诗""献书"等一系列行为均为"道古"的具体呈现。②

通过上述文献可知,在诸多文体中,诗更多地承担了规谏的功能。规谏有直接和间接两种方式,直接方式即开门见山直陈意见,如《大雅·民劳》《小雅·节南山》等,全诗由始至终抨击现实且毫无遮掩。至于间接方式有:

《大雅·公刘序》:"召康公戒成王也。成王将莅政,戒以民事,美公刘之厚于民而献是诗也。"

《小雅·常棣序》:"闵管、蔡之失道,故作《常棣》焉。"

《小雅·信南山序》:"刺幽王也。不能修成王之业,疆理天下,以奉禹功,故君子思古焉。"

《小雅·瞻彼洛矣序》:"刺幽王也。思古明王能爵命诸侯,赏善罚恶焉。"

《小雅·鸳鸯序》:"刺幽王也。思古明王交于万物有道,自奉养有节焉。"

《小雅·瓠叶序》:"大夫刺幽王也。上弃礼而不能行,虽有

---

① 贾公彦:《周礼注疏》卷二十三,见阮元校刻:《十三经注疏》第二册,中华书局,2009年版,第1721页。

② 在价值尺度的引入和确立上,"道古"虽居主导地位,但也离不开乐语其他五项技能的辅助。"兴"侧重心理感悟,"讽""诵"是文本的不同演述方式,"言""语"属于耆老的仪式宣教,这些技能在不同层面助推了"道古"仪式功能的实现。

牲牢饔饩，不肯用也。故思古之人，不以微薄废礼焉。"

上述篇什无论"正雅"还是"变雅"，都援引先王事迹，为后辈树立可以效仿的政治典范。相比于仪式起始阶段的升歌《清庙》下管《象》，二雅依据的古典文化已不局限于文王，但仍属于"言古以剀今"的范畴。

从世子法至"道古"，体现出家族政治向礼乐治国的转变。虽然惩罚性有所减弱，但"言古以剀今"的思路是一脉相承的。① 其中，"言古"是内容，"剀今"是目的，但在衔接诗与礼乐仪式的过程中，"言古"与"剀今"往往是二而一的关系。"言古"的本质是祖先崇拜在仪式中的确立和言说，并扮演"它山之石"的角色。至于"剀今"，自然就是"可以攻玉"，以助君王玉成其身。值得注意的是，"剀"与"刺"实殊途同归。《文心雕龙·书记》："刺者，达也。诗人讽刺，周礼三刺，事叙相达，若针之通结矣。"② 刘勰视"刺"为针灸的转喻，可谓目光如炬。由于变雅、变风等怨刺诗，被认为演唱于无算乐阶段，那么"怨刺"与"剀切"均系借助外在力量来实现自我完善，这是一个与痛苦相伴的蜕变过程。由此反观世子法的鞭挞，其初衷及过程与"剀切""怨刺"实无二致。

这样，周人便逐步确立起以诗等古典文化为先导，以礼乐制度为外在保障的匡谏模式。诗和礼乐仪式属于相互成就的关系。歌诗诵诗作为不可或缺的仪节，提升了礼乐仪式的思想深度和历史厚度；反过来，礼乐仪式的神圣性与严肃性赋予了诗的经典地位。在内容与形式之间，"道古"扮演了黏合剂的角色。如此一来，"道古"就与"殷不用旧"形成鲜明的对比。周人借助"言古"焕发了古典文化的生命力，"剀今"则将之转化为催人奋进的思想力量，正所谓"周虽旧邦，其命维新"③。然而，随着历史的变迁，"道古"自身也终究无法逃避

---

① 孙希旦云："愚谓世子法，文王为世子之法也。"证明世子法实为先王旧例，属于"言古"的范畴。

② 范文澜：《文心雕龙注》下册，人民文学出版社，1958年版，第459页。

③ 孔颖达：《毛诗正义》卷十六，见阮元校刻：《十三经注疏》第一册，中华书局，2009年版，第1083页。

时间的剀磨,这是下文将要讨论的话题。

三、"道古"的去仪式化及文学意义的生成

"道古"的施用非常倚重外在力量,必待"它山之石",才"可以攻玉"。在礼乐制度正常运转时,"道古"尚有功效。一旦礼崩乐坏,"道古"中的"剀切"必然发生变异,从而导致"切磋琢磨"的对象与内涵悄然转变。《论语·学而》云:

> 子贡曰:"贫而无谄,富而无骄,何如?"子曰:"可也。未若贫而乐、富而好礼者也。"
> 子贡曰:"《诗》云:'如切如磋,如琢如磨',其斯之谓与?"
> 子曰:"赐也,始可与言《诗》已矣,告诸往而知来者。"

何晏引郑玄《论语注》:"'乐'谓志于道,不以贫为忧苦。"又引孔安国《论语训解》曰:"能'贫而乐道,富而好礼'者,能自'切磋琢磨'。"① 再者,《尔雅·释训》曰:"如切如磋,道学也;如琢如磨,自修也。"② 可见《论语》和《尔雅》对"切磋琢磨"的解读是一致的,都强调"自修"之义。这表明至春秋后期,"切磋琢磨"的对象已由天子与国君下移到士大夫阶层,其功能也由规谏天子与国君转变为注重士大夫自身品质的磨砺。

老子也有"以玉比德"的理念,所谓"是以圣人方而不割,廉而不刿"③。《礼记·聘义》亦云:"廉而不刿,义也。"孔颖达疏曰:"廉,棱也。刿,伤也。言玉体虽有廉棱而不伤割于物,人有义者亦能断割而不伤物,故云义也。"④ 虽然,"廉而不刿"不反对"剀切"

---

① 邢昺:《论语注疏》卷一,见阮元校刻《十三经注疏》第五册,中华书局,2009年版,第5338页。
② 邢昺:《尔雅注疏》卷四,见阮元校刻《十三经注疏》第五册,中华书局,2009年版,第5636页。
③ 楼宇烈:《老子道德经注校释》,中华书局,2008年版,第152页。
④ 孔颖达:《礼记正义》卷六十三,见阮元校刻:《十三经注疏》第三册,中华书局,2009年版,第3679页。

之效，但更强调物我不相妨害。庄子却对"廉而不刿"持否定态度，《齐物论》云："一受其成形，不忘以待尽。与物相刃相靡，其行尽如驰，而莫之能止，不亦悲乎！"①庄子悲叹人与物互相役使磨切，乃至莫之能止。老子尚接受人或玉在经历"刿切"之后存在"廉"，但前提是"不刿"。庄子则主张人与物应保持先天的纯朴，他抨击圣人以礼乐仁义离乱天下，恶果之一是"白玉不毁，孰为珪璋"②，这正与"如切如磋，如琢如磨"悬隔天壤。继承周代正统文化的儒家，一方面认为人的才能不当如具体器物一样有所局限，如孔子所谓"君子不器"③；另一方面仍继承了君子如玉的理念，只不过由他律转向自律。庄子却认为一旦璞散为玉，其原始质朴即遭破坏；同理，人的本真也会被礼乐扭曲。

荀子认同"廉而不刿"的观点，亦认为"夫玉者，君子比德焉。……廉而不刿，行也"④，进而指出去除人性之伪的途径在于"待师法然后正，得礼义然后治"⑤。无论师法还是礼义，皆为使性情归正的外在力量。因此，荀子也视"切磋琢磨"为自我进步的途径：

> 人之于文学也，犹玉之于琢磨也。《诗》曰："如切如磋，如琢如磨。"谓学问也。和之璧，井里之厥也，玉人琢之，为天子宝。子赣、季路，故鄙人也，被文学，服礼义，为天下列士。

但有所不同的是，荀子将"切磋琢磨"重新拉回他律的范畴，认为玉之成器在于玉人的琢磨，子赣、季路之成才得益于文学和礼义的规范。类似的观点又见《性恶》：

---

① 郭庆藩：《庄子集释》卷一下，中华书局，1961年版，第56页。郭注释"刃"与"靡"分别为"逆"与"顺"，非也。《荀子·性恶》："身日进于仁义而不自知也者，靡使然也。"杨树达注："或曰：靡，磨切也。"可知"相刃相靡"中的"刃"与"靡"互文，皆有磨切之义。

② 郭庆藩：《庄子集释》卷四中，中华书局，1961年版，第336页。

③ 邢昺：《论语注疏》卷二，阮元校刻：见《十三经注疏》第五册，中华书局，2009年版，第5348页。

④ 王先谦：《荀子集解》卷二十，中华书局，1988年版，第535页。

⑤ 王先谦：《荀子集解》卷十七，中华书局，1988年版，第435页。

> 夫人虽有性质美而心辩知，必将求贤师而事之，择良友而友之。得贤师而事之，则所闻者尧、舜、禹、汤之道也；得良友而友之，则所见者忠信敬让之行也。身日进于仁义而不自知也者，靡使然也。今与不善人处，则所闻者欺诬诈伪也，所见者污漫、淫邪、贪利之行也，身且加于刑戮而不自知者，靡使然也。传曰："不知其子视其友，不知其君视其左右。"靡而已矣，靡而已矣！

文中的"靡使然也"和"靡而已矣"之"靡"均有"剀切"之义。但"剀"的施力者不同，导致的结果也各异。因此，荀子认为去伪向善的最佳途径莫过于求贤良和隆礼义，所谓"学莫便乎近其人。学之经莫速乎好其人，隆礼次之"①。

荀子标举求贤良和隆礼义，实有良苦用心。"道古"本有礼乐制度为外在保障，但在礼崩乐坏之下，不仅"道古"之"剀切"或转为自律，或被弃用，世子法更是废绝已久。《孟子·离娄上》载：

> 公孙丑曰："君子之不教子，何也？"孟子曰："势不行也。教者必以正。以正不行，继之以怒；继之以怒，则反夷矣。夫子教我以正，夫子未出于正也，则是父子相夷也。父子相夷，则恶矣。古者易子而教之。父子之间不责善，责善则离，离则不祥莫大焉！"

西周初期，以鞭挞为惩戒手段的世子法，本质正是父子责善。孟子主张"古者易子而教"的理由，竟然是"父子之间不责善"。既言"古者"，说明世子法于孟子时代早已废弛。毕竟战国时期人心不古，若再行世子法不过徒增弑君父之例而已。在此背景下，荀子重拾"剀切"的他律性质，用求贤良和隆礼义来接续早已崩坏的礼乐制度，并以此作为匡正人心的外在力量。但是，荀子的努力已无法阻止"剀切"在"道古"中的变异和脱落，这就意味着"道古"的内涵只剩下"言古"，而"言古"自身也在发生深刻的变化。

---

① 王先谦：《荀子集解》卷一，中华书局，1988年版，第14页。

在西周雅乐中，"言古"所用的仪式和所据的经典都具有绝对的权威，但这种权威不可能永久持续。《礼记·祭统》谓"声莫重于升歌"，并释曰"所以假于外而以增君子之志也，故与志进退：志轻则亦轻，志重则亦重。轻其志而求外之重也，虽圣人弗能得也"①。降及春秋中期，政治生态由"礼乐征伐自天子出"转向"自诸侯出"②，"霸权（君权）"逐步取代"王权"。在此情况下，雅乐不免遭遇轻慢甚至玩亵，这正是"志轻"的表现。那么，"言古"的权威也必然受到挑战和动摇。比如，周灵王三年（前569年），晋悼公宴飨鲁国使臣叔孙豹，使奏《肆夏》之三，使歌《文王》之三，豹皆不拜；使歌《鹿鸣》之三，豹始三拜。③叔孙豹最初不拜而婉拒，是因为《肆夏》之三为"天子所以飨元侯"，《文王》之三为"两君相见之乐"，其基本功能"皆昭令德以合好也，皆非使臣之所敢闻也"④。其中，《文王》之三为歌颂先王"圣德"之作，在"两君相见"时歌之以合同宗之好，这是典型的"言古以剀今"。晋悼公却以之宴飨诸侯使臣，显然早已淡忘"道古"的仪式义用。与此同时，"道古"中的"言古"呈现出如下变异趋势。

　　首先，"言古"来自仪式的约束渐次减少，乃至出现以我为主、以古为用的倾向。例如，春秋赋诗往往使用诗的引申义，标志着"言古"赖以为据的经典，已经偏离仪式规定的解读范围。虽然仍有"歌诗必类"的要求，但标准毕竟是"类"，而不是百分之百的"同"。此后孔子建立以诗为教的诗学体系，对诗的解读实质上是沿着春秋赋诗

---

① 孔颖达：《礼记正义》卷四十九，见阮元校刻：《十三经注疏》第三册，中华书局，1961年版，第3481页。

② 邢昺：《论语注疏》卷十六，见阮元校刻：《十三经注疏》第五册，中华书局，1961年版，第5477页。

③ 《肆夏》之三即所谓"三夏曲"：《肆夏》一名《樊》，《韶夏》一名《遏》，《纳夏》一名《渠》；《文王》之三，即今《诗经·大雅》之《文王》《大明》《绵》；《鹿鸣》之三，即今《诗经·小雅》之《鹿鸣》《四牡》《皇皇者华》。

④ 徐元诰：《国语集解》，中华书局，2002年版，第178～179页。

的路子往而不返。① 如果说，儒门用诗多在本义基础上构建临时义场以为己用，尚游弋在"言古"的边界之内，那么，《庄子·寓言》所谓"重言十七，所以已言也，是为耆艾"，则彻底颠覆了"言古"的基本内涵。郭庆藩注曰："以其耆艾，故俗共重之，虽使言不借外，犹十信其七。""重言"借重的耆艾并非一般老者，庄子解释说："年先矣，而无经纬本末以期年耆者，是非先也。"② 就此视之，"重言"看似尊古为据，但所引古人之言皆非实录，如孔子、颜渊所云"坐忘""心斋"之属，完全一派道家气象。其他如黄帝、尧、舜之言，也大多沦为庄生论道的传声筒。所以，"重言"的本质不过是"借重于其名以实己之说"③。其实，这倒也符合庄子一贯的思想主张和言说方式。《天运》借老子之口以六经为"先王之陈迹"，《天道》中的轮扁更斥圣人之言为糟粕。庄子一向非谬礼乐、绝圣弃智，不可能奉先王圣人为圭臬。但世俗贵重先圣的积习已久，故庄子假托古人之名，实则贯以己道。同时，庄子主张"得意忘言"，所谓先圣之言，不过是通向彼岸的途径而非归宿。"重言"之用旨在达意，若征之以实，则落于言筌。因此，庄子"重言"实乃醉翁之意，有违"言古"的本质。同时代的屈原对古典的使用与庄子如出一辙。他时而引古为据，叹三后之纯粹；时而与古人对话，就重华而陈辞；时而大加疑古，问"遂古之初，谁传道之"④。屈子完全是以古为己用，自由抒发个人性灵。

古典文化在礼乐仪式中，本来用作规约思想的价值尺度，但随着"剀切"从"道古"的仪轨中剥落，不仅"剀切"的施受双方都从仪式中解脱，连同古典自身也开始偏离仪式义用的循章蹈句，流变为浸染个人情志的载体。从"以古导夫先路"向"来吾导夫先路"的变迁，既体现出古典与人在主从关系上的易位，也标志着"道古"悄然

---

① 郑杰文：《先秦〈诗〉学观与〈诗〉学系统》，载于《文学评论》，2004年第6期。
② 郭庆藩：《庄子集释》卷九上，中华书局，1961年版，第949页。
③ 周启成：《庄子鬳斋口义校注》卷三，中华书局，1997年版，第128页。
④ 洪兴祖：《楚辞补注》，中华书局，1983年版，第85页。

完成了由礼学向文学的转型。毕竟，文学是人的主体精神的高扬。

其次，"言古"始终是备受重视的言说方式。稽古思想在传统精神世界中一直根深蒂固，乐语作为必修课又强化了国子"言古"的思维与能力。由此形成强大的思维定式，即便旧有的价值观分崩离析，但"言古"的权威性和普遍性仍然有效。与儒家分庭抗礼的墨翟习惯于称引《诗》《书》，对诗礼持反对态度的道家也不免要借古论道。《老子》多引谚语警句，实为"言古"的变形；庄周援引《老子》时多忠于原文，又高举"古之真人"为理想人格。主张废除古礼的韩非，一方面从古籍如《老子》中汲取智慧，写就《解老》《喻老》以明君王之术；另一方面还大量收集古史传说，编纂《说林》《内储说》《外储说》，充作论理之资。由此，中国文学引经据典的传统逐渐形成。只是各家的"言古"本质上是各言其道，不免让世人无所适从。对此，荀子著书针对的目标之一即"庄周等又滑稽乱俗"①。荀子提出"道圣王"，旨在清除庄子"重言"等造成的思想混乱。"道圣王"的思想集中体现于《成相》，该文过半篇幅在阐述圣王之道，所谓"请成相，道圣王，尧舜尚贤身辞让"②。荀子列举尧、舜、禹、契、汤诸圣王任贤用能的事迹，得出"道古贤圣基必张"③的结论。"道圣王"和"道古贤圣基必张"之"道"，杨倞释为"说"④。王念孙《读荀子杂志》第八以为："'道圣王'，从圣王也。下文'道古贤圣基必张'，义与此同。"⑤ 实则此二"道"字即"道古"之"道"。所谓"道圣王"，即以任贤用能的圣王为先导。《成相》全文多引古史为据，措辞和口吻皆指向谏君。就此而论，"道圣王"实为"道古"的变形和延续。荀子提出"道圣王"，在于以征实的方式挽救"重言"蹈虚之弊，恢复被庄子等解构的经典文化，并重塑其权威性。同时，在

---

① 司马迁：《史记》卷七四，中华书局，2014 年版，第 2853 页。
② 王先谦：《荀子集解》卷十八，中华书局，1988 年版，第 462 页。
③ 王先谦：《荀子集解》卷十八，中华书局，1988 年版，第 464 页。
④ 王先谦：《荀子集解》卷十八，中华书局，1988 年版，第 462 页、464 页。
⑤ 王念孙：《读荀子杂志》，见《读书杂志》第 4 册，上海古籍出版社，2015 年版，第 1889 页。

"道古"倚重的古典文化中,先王遗烈实为核心价值。那么,"道圣王"正与"道古"的精神实质遥相呼应。"道圣王"的提出标志着中国文学"征圣"思想的确立。

提倡"法今王"的法家也曾借用"道圣王"的思路。李斯《谏逐客书》援引秦穆公、孝公、惠王、昭王因任贤而成就霸业的先例,并总结道:"此四君者,皆以客之功。"① 李斯列举秦国先君任贤的故事,不但使嬴政全无抵触,反而欣然纳谏。在汉散体赋的曲终奏雅中,亦可瞥见"道圣王"的影子。司马相如《上林赋》虚拟了一位幡然醒悟的天子,他下令"地可以垦辟,悉为农郊,以赡萌隶;隤墙填堑,使山泽之民得至焉"②。扬雄《羽猎赋》塑造了"犹谦让而未俞"的圣君形象,能够做到"土事不饰,木功不雕,承民乎农桑,劝之以弗迨,侪男女使莫违"③。《长杨赋》虽未直接出现天子形象,但借翰林主人之口,历数高祖、文、武之功,进而赞誉今上"遵道显义,并包书林,圣风云靡"④。然而,仔细分析可以发现,赋家笔下的圣君完全出于想象,仅借圣君之口发己之言而已。究其原因,散体赋本以夸诞虚饰为上,最终流入庄子"重言"的路数,也就不足为奇了。

综上而论,在西周雅乐体系中,"道古"是常用的仪式技能。随着礼乐制度的坍塌,"剀切"的环节率先剥落,"道古"的内涵可以视同于"言古",但仍用于春秋赋诗等仪节。后新乐风靡天下,导致以雅乐为依托的乐教体系难以施行,取而代之的则是声色大开的世俗享乐。如子夏所谓:"今夫新乐,进俯退俯,奸声以滥,溺而不止,及优侏儒,犹杂子女,不知父子。乐终,不可以语,不可以道古。此新乐之发也。"⑤ 在新乐炽烈之下,"道古"已无立锥之地。然而,走出仪式束缚的"道古"却进入更为广阔的使用空间。由于稽古思想早已

---

① 司马迁:《史记》卷八七,中华书局,2014年版,第3086页。
② 司马迁:《史记》卷一一七,中华书局,2014年版,第3686页。
③ 班固:《汉书》卷八七上,中华书局,1962年版,第3553页。
④ 班固:《汉书》卷八七下,中华书局,1962年版,第3563页。
⑤ 孔颖达:《礼记正义》卷三十九,见阮元校刻:《十三经注疏》第三册,中华书局,2009年版,第3339页。

深入人心,再加上战国时期游说与著述之风盛行,"道古"开始承担起口头与书面言说的重任,并在此过程中与文学发生了深刻的联系。虽然此阶段的"道古"仍免不了用来劝谏或游说君王,但已属于礼乐仪式之外的个人行为。

小 结

诗固然是礼的产物,但礼的复杂性决定了诗并非直接运用于礼,而是通过乐语这一介质。经过乐语中"道古"的组织与衔接,诗的政教功能在仪式中得到了充分的挖掘和释放。也可以说,礼乐仪式借助"道古"将诗整合为经典话语资源以为己用。在礼与诗共生互动的过程中,"道古"功不可没。然而,雅乐的式微使"道古"处于"皮之不存毛将焉附"的尴尬境地。这首先表现在,当礼制的约束力荡然无存时,由于"道古"中"剀切"所需外在力量的缺席,仪式的政教意义大打折扣;进而,一旦礼乐仪式的严肃性遭遇轻视乃至玩亵,加之王纲解纽、道术为天下裂,人们对经典的解读权限不断扩大,遂使"道古"所据文本的权威性多有折损。基于上述原因,"道古"在诗礼之间的衔接渐趋松动,乃至最终断裂。

在礼乐制度创立后,"道古"作为中介推动了诗在礼乐仪式中的演述。在礼崩乐坏之下,"道古"逐渐丧失了在诗礼之间的连缀功能。诗因此从礼乐仪式中脱离而出,开启了独立的新历程。同时,"道古"由仪式专用技能蜕变为日常言说方式,并逐渐形成中国文学宗经征圣、借古论今以及咏古抒怀等传统。"道古"的变异与转型,诗的独立与新生,皆为去仪式化的结果。尽管荀子曾努力重构"道古",但他在提出"隆礼义"的同时,还主张"杀诗书"。这一隆一杀却加剧了诗与礼的分离。在礼乐制度土崩瓦解的大背景下,就仪式层面而言,诗与礼分道扬镳,已是大势所趋而不可逆转。

本文发表于《文学遗产》2020年第4期,收入本书有改动

论庄子的"非乐"思想

——以《骈拇》《马蹄》《胠箧》为中心

与孔子门徒相比,庄子未有专门论乐的文字。《庄子》书中涉及音乐的文字,旨在借以为喻,实乃论道之门径。尽管如此,仍可从有限的文字中窥见庄子基本的音乐思想。庄子的音乐思想可谓有立有破,所谓"立",指对老子音乐思想的继承与发展,所谓"破",是对儒家乐教的驳斥与解构。笔者称后一点为庄子的"非乐"思想,这在《庄子》外篇《骈拇》《马蹄》《胠箧》中有集中展现,下文对此试加探讨。

一、庄子"非乐"思想的主旨

在儒家推崇备至的礼乐制度中,乐作为礼的附属而存在。庄子在反对礼的同时,必然也会连带地反对乐。《骈拇》《马蹄》《胠箧》三篇文章,在排序上前后连属,在主旨上颇为集中,即强烈反对儒家的仁义礼乐。《骈拇》开篇指出,骈拇、枝指、附赘、悬疣等,皆非自然天性固有。同理,仁义亦非道德之正,不过是"多方骈枝于五藏之情"[①]。顺此思路,庄子进而认为,"淫僻于仁义之行"与"多方于聪

[①] 郭庆藩:《庄子集释》卷四上,中华书局,1961年版,第311页。

明之用"①无异。作为"聪明之用"的反面典型，离娄、师旷、曾、史、杨、墨之流，一一被庄子批驳。其中，对师旷的批判必然涉及乐，其文杂陈于下：

> 多于聪者，乱五声，淫六律，金石丝竹黄钟大吕之声非乎？而师旷是已。……屈折礼乐，呴俞仁义，以慰天下之心者，此失其常然也。……属其性乎五声，虽通如师旷，非吾所谓聪也。……吾所谓聪者，非谓其闻彼也，自闻而已矣。（《庄子·骈拇》）

在庄子看来，五声、六律如骈拇枝指一般，皆侈于德出乎性，失性命之常。即便如师旷精通声律，亦不可谓之"聪"。相比之下，庄子更看重"自闻之聪"，这实际上是摒弃了五声六律的无声之乐。

纵览《骈拇》全篇，出、侈、多、淫等高频率词汇实为对骈、枝、附、悬的定性。庄子借此凸显以仁义为首的"聪明之用"，在本质上均失性命之情而非道德之正。那么，《骈拇》对乐的看法，一言以蔽之，即"侈"。此外，《骈拇》还说："屈折礼乐，呴俞仁义，以慰天下之心者，此失其常然也。"但何谓屈折，屈折之后果又如何？对此，《马蹄》承而论之。

庄子在《马蹄》中指出，伯乐用烧、剔、刻等一系列手段治马，导致马匹死者过半，余者则心生诡诈，"态至盗矣"②。究其根本，在于经过人的驯化，马的自然天性被扭曲乃至丧失殆尽。当圣人以仁义礼乐治天下，"蹩躠为仁，踶跂为义，而天下始疑矣；澶漫为乐，摘僻为礼，而天下始分矣"。成玄英释曰："夫淳素道消，浇伪斯起。踶跂恃裁非之义，蹩躠夸偏爱之仁，澶漫贵奢淫之乐，摘僻尚浮华之礼，于是宇内分离，苍生疑惑，乱天之经，自斯而始矣。"③《骈拇》曾言仁义使天下惑，"小惑易方，大惑易性"④。那么，《马蹄》前述

---

① 郭庆藩：《庄子集释》卷四上，中华书局，1961年版，第311页。
② 郭庆藩：《庄子集释》卷四中，中华书局，1961年版，第339页。
③ 郭庆藩：《庄子集释》卷四中，中华书局，1961年版，第337页。
④ 郭庆藩：《庄子集释》卷四上，中华书局，1961年版，第323页。

之言即是对"惑"的具体解读。而民性的素朴正是被仁义礼乐离乱的,一旦素朴不存,就不得不依赖仁义礼乐维系民性。"道德不废,安取仁义!性情不离,安用礼乐!五色不乱,孰为文采!五声不乱,孰应六律!"① 结果却如郭象所谓"凡此皆变朴为华,弃本崇末,于其天素,有残废矣,世虽贵之,非其贵也"②,民性从此沿着"变朴为华"的路子渐行渐远。针对"性情不离,安用礼乐",成玄英疏曰:"礼以检迹,乐以和心。情苟不散,安用和心!"③ 至于"五声不乱,孰应六律",成玄英曰:"夫文采本由相间,音乐贵在相和。若各色各声,不相显发,则宫商黼黻,无由成用。"④ 最初,性情之和为乐所离乱,再以乐和之,实乃乱上加乱。性情本和,何须用乐?恰如五声本和,何须六律?可见《马蹄》对乐的定义即"乱",亦即篇末所云:"及至圣人,屈折礼乐以匡天下之形,县跂仁义以慰天下之心,而民乃始踶跂好知,争归于利,不可止也。此亦圣人之过也。"⑤

既然自然天性为礼乐所屈折,自当摒弃。《胠箧》开篇以防盗守备为论述起点,最终推出圣知之法不过为大盗守的结论。正是由于大盗连同仁义礼乐等圣知一并窃走,解决方案唯有绝圣弃智。在此思想的指导下,庄子对乐自然持有如下态度,"擢乱六律,铄绝竽瑟,塞瞽旷之耳,而天下始人含其聪矣"⑥。也只有如此,"人含其聪,则天下不累矣"⑦,即《骈拇》所谓"自闻"之"聪",才能杜绝像师旷之徒那样"外立其德而以爚乱天下"⑧。那么,《胠箧》对乐的定义,可谓"绝"。

《骈拇》《马蹄》《胠箧》三篇文章的主导思想是绝弃仁义,其中涉乐文字承担辅证的作用,且在论证上层层深入。《骈拇》视乐侈于

---

① 郭庆藩:《庄子集释》卷四中,中华书局,1961年版,第336页。
② 郭庆藩:《庄子集释》卷四中,中华书局,1961年版,第339页。
③ 郭庆藩:《庄子集释》卷四中,中华书局,1961年版,第338页。
④ 郭庆藩:《庄子集释》卷四中,中华书局,1961年版,第339页。
⑤ 郭庆藩:《庄子集释》卷四中,中华书局,1961年版,第341页。
⑥ 郭庆藩:《庄子集释》卷四中,中华书局,1961年版,第353页。
⑦ 郭庆藩:《庄子集释》卷四中,中华书局,1961年版,第353页。
⑧ 郭庆藩:《庄子集释》卷四中,中华书局,1961年版,第353页。

性，《马蹄》以乐乱于心，《胠箧》最终主张绝乐塞听。故而庄子对乐与对仁的态度高度一致，均主张弃绝之。

二、儒家乐教的流弊

在先秦音乐理论中，声、音、乐三者既有区别，又有联系。声泛指一般的声响，声按照一定规律组合为音，音上升至道德的境界就是乐。儒道两派对此各有继承，但又存在差异，其根本原因在于对道德的界定。

道家之"道"以无为宗，以自然为法则。老子提出"大音希声"，王弼释曰："听之不闻名曰希。不可得闻之音也。有声则有分，有分则不宫而商矣。分则不能统众，故有声者非大音也。"① 由于"道"是"听之不闻"的，所以处于"无声"的状态。范应元的总结颇为精辟："大道无声，而众音由是而出，乃音之大者也。"② 老子借"大音希声"来展现"道"的无限性。庄子推重"自闻之聪"，主张"擢乱六律，铄绝竽瑟，塞瞽旷之耳"。成玄英曰："塞瞽旷之耳，去乱群之师，然后人皆自得，物无丧我，极耳之所听而反听无声。"③ 其中的"无声"，即老子所说的"希声"，所谓"自闻"是从五声的繁乱中返听于无声。这实为老子"大音希声"思想的引申，既然只有"无声"才符合"道"的境界，那么五声六律也就如骈拇枝指一般，皆出乎自然天性，违反道德之正。庄子提出"自闻之聪"旨在借此剽剥礼乐，至于是否切中要害，在与儒家乐论的比较中可以探知一二。

庄子于《骈拇》中将乐定义为"侈"，是外乎人性的。《礼记·乐记》则恰好相反，"凡音者，生人心者也。情动于中，故形于声。声成文，谓之音"④。无论声还是音，虽皆生于人心，但极易受到外界

---

① 王弼：《老子注》，见《诸子集成》第三册，中华书局，1954 年版，第 26 页。
② 范应元：《宋本老子道德经》，国家图书馆出版社，2017 年版，第 172 页。
③ 郭庆藩：《庄子集释》卷四中，中华书局，1961 年版，第 355 页。
④ 孔颖达：《礼记正义》卷三十七，见阮元校刻：《十三经注疏》第三册，中华书局，2009 年版，第 3311 页。

干扰。为了避免民情流荡偏于不轨，圣人作乐以导民向善，达到移风易俗的目的。与音、声一样，乐同样生于内心，"故乐也者，动于内者也"，甚至是性情中不可分割的组成部分，"夫乐者乐也，人情之所不能免也"，"人不耐无乐"。①

儒家之所以会得出上述观点，是因为他们将乐视为德的外化，"德者性之端也，乐者德之华也"。也只有如此，先王才能以乐象德、以乐为教，"先王之为乐也，以法治也，善则行象德矣……乐者所以象德也"②。至于乐的表现形式等，则被《乐记》视为末节，"乐者，非谓黄钟大吕弦歌干扬也，乐之末节也"③。然而，乐之末节并非毫无意义。《乐记》曰："乐者，心之动也；声者，乐之象也。文采节奏，声之饰也。君子动其本，乐其象，然后治其饰。是故先鼓以警戒，三步以见方，再始以着往，复乱以饬归。奋疾而不拔，极幽而不隐。独乐其志，不厌其道；备举其道，不私其欲。是故情见而义立，乐终而德尊。君子以好善，小人以听过。"④ 声、文采、节奏等之所以为君子所乐所治，是因为通过这些文饰可以达到"情见而义立，乐终而德尊"的效果。当然，乐之文饰的作用是辅助道德教化，而非单纯的感官享受。正所谓："是故先王之制礼乐也，非以极口腹耳目之欲也，将以教民平好恶而反人道之正也。"⑤

由上而观，在儒家的音乐观中，性—德—乐三者贯通为一，乐既是性和德的外化，同时凭借其德的内涵成为教化工具而反哺于德。这就与庄子对乐的定义大相径庭，两派观点看似针锋相对，却又不是非

---

① 孔颖达：《礼记正义》卷三十九，见阮元校刻：《十三经注疏》第三册，中华书局，2009 年版，第 3347 页、3348 页、3348 页。

② 孔颖达：《礼记正义》卷三十八，见阮元校刻：《十三经注疏》第三册，中华书局，2009 年版，第 3326 页。

③ 孔颖达：《礼记正义》卷三十八，见阮元校刻：《十三经注疏》第三册，中华书局，2009 年版，第 3333 页。

④ 孔颖达：《礼记正义》卷三十八，见阮元校刻：《十三经注疏》第三册，中华书局，2009 年版，第 3331 页。

⑤ 孔颖达：《礼记正义》卷三十七，见阮元校刻：《十三经注疏》第三册，中华书局，2009 年版，第 3313 页。

此即彼的关系，实则各有合理之处。身为乐官的夔被舜任命教育胄子，开创了乐教的传统，周人将之发扬光大。音乐对修身养性有极为重要的作用，先民以音乐为教育手段，正是看中了这一点，此亦为现代科学所证明。另一方面，在周人以德为基石对乐教思想进行改造升级的同时，弊端也由此产生。

德既指先王之德，也指修行者自身之德。德在性与乐之间起到纽带的衔接作用，一旦先王之德为后人淡忘，修行也不再是观乐的主要目的，性与乐必然断裂为二。《论语·八佾》有如下记载：

  孔子谓季氏："八佾舞于庭，是可忍也，孰不可忍也？"

  三家者以《雍》彻。子曰："'相维辟公，天子穆穆'，奚取于三家之堂？"

八佾本为天子享用之舞容，何晏集解曰："鲁以周公故，受王者礼乐，有八佾之舞。季桓子僭于其家庙舞之，故孔子讥之。"① 八佾作为天子乐的组成部分，之所以能为鲁君世代观享，全赖周公之德。至于《雍》，何晏云："《雍》，《周颂》臣工篇名也。天子祭于宗庙，歌之以彻祭。今三家亦作此乐以彻祭，故夫子讥之。"② 以季氏为首的三桓身为卿大夫，他们僭用天子乐，纯属装点门面附庸风雅，而周公之德与天子之尊早就被抛到九霄云外。无怪乎孔子斥之曰："人而不仁，如礼何？人而不仁，如乐何？"何晏引包咸："言人而不仁，必不能行礼乐也。"③ 朱熹以为："然记者序此于八佾《雍》彻之后，疑其为僭礼乐者发也。"④ 朱熹的猜测是合乎情理的，于三桓而言，仁德之心已荡然无存，僭用礼乐是自然而然的结果。

在上述情况下，乐势必与性分离，沦为单纯玩赏的工具。虽然，

---

① 邢昺：《论语注疏》卷三，见阮元校刻：《十三经注疏》第五册，中华书局，2009 年版，第 5355 页。

② 邢昺：《论语注疏》卷三，见阮元校刻：《十三经注疏》第五册，中华书局，2009 年版，第 5355 页。

③ 邢昺：《论语注疏》卷三，见阮元校刻：《十三经注疏》第五册，中华书局，2009 年版，第 5356 页。

④ 朱熹：《四书章句集注》卷二，中华书局，1983 年版，第 62 页。

儒道对人性的定义各有偏至，但庄子"乐侈于性"的定断不无道理。同时，仅就西周雅乐而言，其中等级规定的初衷意在使君臣上下各安其位。然而，等级规定作为身份象征也是极大的诱因，人心屈折于其中，僭用礼乐与君臣失和往往互为因果，并形成恶性循环。由此反观，庄生"窃钩者诛，窃国者为诸侯"之讥可谓鞭辟入里。如此一来，雅乐及乐教与缄縢扃镝何异？

三、偏于节用的墨家"非乐"思想

一般而言，"非乐"可以视作墨家思想的标志之一。今本《墨子》仅存《非乐》上篇，该文开篇言称仁者当为天下兴利除害，不能因耳目之欲而亏夺民衣食之财。故曰：

> 是故子墨子之所以非乐者，非以大钟、鸣鼓、琴瑟、竽笙之声，以为不乐也；非以刻镂、华文章之色，以为不美也；非以犓豢煎炙之味以为不甘也；非以高台厚榭邃野之居以为不安也，虽身知其安也，口知其甘也，目知其美也，耳知其乐也，然上考之，不中圣王之事；下度之，不中万民之利。是故子墨子曰："为乐，非也！"

墨子虽知钟鼓齐鸣实为人生乐事，但因不中圣王之事和万民之利，故主张非乐。墨子不以大钟鸣鼓等为乐，《礼记·乐记》中也有类似表述：

> 是故乐之隆，非极音也。食飨之礼，非致味也。清庙之瑟，朱弦而疏越，壹倡而三叹，有遗音者矣。大飨之礼，尚玄酒而俎腥鱼，大羹不和，有遗味者矣。是故先王之制礼乐也，非以极口腹耳目之欲也，将以教民平好恶而反人道之正也。

虽然，儒墨两家都反对追逐耳目之欲，但采取的对策完全不同。儒家以音乐教化为归宿，不以极音为乐；墨家彻底否定音乐存在的必要，得出"为乐非也"的结论。

同样主张"非乐"，庄子与墨子也在诸多方面存在似是而非之处。

在结论上,《非乐》与《胠箧》均持弃绝的态度。若从原因上分析,可以发现《墨子·非儒》与《骈拇》《马蹄》颇值得比较。《非儒》斥责儒家"繁饰礼乐以淫人",之后借晏婴之口略有论及:

> 好乐而淫人,不可使亲治;立命而怠事,不可使守职;宗丧循哀,不可使慈民;机服勉容,不可使导众。孔某盛容修饰以蛊世,弦歌鼓舞以聚徒,繁登降之礼以示仪,务趋翔之节以观众;博学不可使议世,劳思不可以补民;累寿不能尽其学,当年不能行其礼,积财不能赡其乐。繁饰邪术,以营世君;盛为声乐,以淫遇民。其道不可以期世,其学不可以导众。

文中两次借"淫"为乐定性,联系到篇中其他和乐相关的字,如繁、盛、赡,前述四字皆有"多"之义。另外,上段文字又见于《晏子春秋》外篇,其中谓"今孔丘盛声乐以侈世""盛为声乐以淫愚民",张纯一注:"淫,谓侈其性也。"[①]

墨子对礼和乐的理解与定义是高度一致的,借用庄子《骈拇》对乐的定义,就是"侈",但墨、庄各有指向。墨子一针见血地指出了礼乐的繁缛冗杂,所谓"累寿不能尽其学,当年不能行其礼"。礼是如此,乐亦必然。就连孔子本人进鲁太庙,每事必问,下层百姓身处繁礼盛乐之中,岂能不茫然无措?墨子所说的以乐"淫人""淫遇民",揭示了乐用作外在仪式的繁缛,以及随之产生的困顿无措和经济负担。相比之下,庄子视乐侈于性,其重点全落在内心世界。认为乐不但骈枝于自然天性,更会屈折人心。

庄子和墨子对儒家之乐均作出"侈"的定性,并主张"非乐"。但关注视角一内一外,相映成趣。墨子的"非乐"思想充满浓厚的现实关怀,他既强烈反对统治者为赏乐而亏夺民财,也不赞成百姓接受乐教或从事音乐活动,以免妨碍耕织。实际上,"非乐"乃墨子"节用"思想的延伸,是从纯物质的视角来考量精神世界。因为过于偏重物质功利,以至于彻底否定了人的精神需求。在《骈拇》等三篇文章

---

① 张纯一:《晏子春秋校注》卷八,中华书局,2014年版,第370~371页。

中，庄子对仁义礼乐持同一态度，因此其"非乐"思想应在上述语境中加以解读。庄子深刻地剖析了在战国时期的大变革背景下，以仁义礼乐治天下的无效、虚伪与尴尬，以及对人自然天性的戕害。由此得出"非乐"的主张，也就顺理成章了。

人伦之和：《诗经》中琴瑟的文化寓意

在周代礼乐制度的设计中，礼和乐各有分工，相辅相成、互为补济。如《礼记·乐记》所载："乐者为同，礼者为异。同则相亲，异则相敬。乐胜则流，礼胜则离。合情饰貌者，礼乐之事也。礼义立，则贵贱等矣。乐文同，则上下和矣。"① 礼旨在"等贵贱"，确立并维护亲疏、贵贱、长幼、男女一系列等级秩序，使各安其位而不相僭越。乐用于"和上下"，在不同等级之间起到融洽和谐的作用。乐之所以能够"和上下"，在于"和"的丰富内涵，这主要涉及三个层面，在乐理层面是音声之和。《吕氏春秋·大乐》载："声出于和，和出于适。和适，先王定乐，由此而生。"② 又如伶州鸠所言："乐从和，和从平。声以和乐，律以平声。"③ 在形而上层面是阴阳之和，所谓"凡乐，天地之和，阴阳之调也"④。在教化层面是人伦之和，如《吕氏春秋·音初》"和乐以成顺，乐和而民向方矣"⑤，亦如《礼记·乐记》"声音之道与政通""乐者，通伦理者也"⑥。音声之和是承载阴阳之和与人伦之和的音乐基础，人伦之和是阴阳之和的具体实践。由

---

① 孔颖达：《礼记正义》卷三十七，见阮元校刻：《十三经注疏》第三册，中华书局，2009年版，第3315页。
② 许维遹：《吕氏春秋集释》卷五，中华书局，2009年版，第109页。
③ 徐元诰：《国语集解》，中华书局，2002年版，第111页。
④ 许维遹：《吕氏春秋集释》卷五，中华书局，2009年版，第110页。
⑤ 许维遹：《吕氏春秋集释》卷五，中华书局，2009年版，第143页。
⑥ 孔颖达：《礼记正义》卷三十七，见阮元校刻：《十三经注疏》第三册，中华书局，2009年版，第3311页、3313页。

于被赋予"和"的特质,乐不再是单纯的艺术形式,而是能够沟通天地、和谐人际的独特渠道。

西周雅乐的立乐宗旨之一,在于维系人伦之和。《礼记·乐记》载:"是故乐在宗庙之中,君臣上下同听之则莫不和敬;在族长乡里之中,长幼同听之则莫不和顺;在闺门之内,父子兄弟同听之则莫不和亲。故乐者,审一以定和,比物以饰节,节奏合以成文,所以合和父子君臣,附亲万民也。是先王立乐之方也。"① 若要彰显"和敬""和顺""和亲"之德,必须依托合适的乐器,琴瑟实为不二选择。在周代,琴瑟作为堂上升歌的主要伴奏乐器,逐渐形成了"弦歌"的传统。由此,琴瑟与《诗经》之间存在天然的联系。琴瑟对"和"的演绎在《诗经》中多有体现。下文即在《诗经》范围内,探讨琴瑟中"和"的文化寓意。

一、琴瑟和鸣的由来

关于琴与瑟的产生时代及发明者,向来莫衷一是。秦嘉谟辑《世本·作篇》载"庖牺氏作瑟""神农作琴"②。茆泮林辑《世本·作篇》先言"庖牺作瑟""伏羲作琴""伏羲造琴瑟",又谓"神农作琴""神农作瑟"③,未知孰是。《山海经·海内经》云:"帝俊生晏龙,晏龙是为琴瑟。"④ 由此看来,琴瑟的源出实难考探。但可以肯定的是,琴瑟实为一对以和鸣著称的组合乐器。陈旸《乐书》说:"瑟亦琴类也,其所异者,特丝分而音细尔。"⑤ "音细"指瑟的音域较琴为高,瑟需要与琴合奏,从而形成错落有致、和谐悦耳的听觉效果,此即琴

---

① 孔颖达:《礼记正义》卷三十九,见阮元校刻:《十三经注疏》第三册,中华书局,2009年版,第3348页。
② 宋衷注、秦嘉谟辑:《世本》,中华书局,2008年版,第355页。
③ 宋衷注、茆泮林辑:《世本》,中华书局,2008年版,第107~108页。
④ 郝懿行:《山海经笺疏》卷十八,上海古籍出版社,2019年版,第319~320页。
⑤ 陈旸:《乐书》卷一,浙江大学出版社,2016年版,第44页。

瑟的音声之和。亦如陈旸所谓："古之人作乐，声应相保而为和，细大不逾而为平，故用大琴，必以大瑟配之；用中琴，必以小瑟配之，然后大者不陵，细者不抑，而五声和矣。"①

音乐本由不同的乐音按照一定规律组合而成，这是构成音乐美感的先决条件。早在西周末年，史伯就作了相应的总结，他提出"和而不同"的理念，认为"以他平他谓之和"。具体到音乐层面，应做到"和六律以聪耳"，因为"声一无听"，韦昭注曰"五声杂，然后可听"②。其实，类似"五声杂"的观点，郑玄在《礼记注》中已经提出。《礼记·乐记》"声相应，故生变，变成方，谓之音。比音而乐之，及干戚羽旄，谓之乐"，郑玄谓"乐之器，弹其宫则众宫应，然不足乐，是以变之使杂也"③。"杂"就是"以他平他"，只有六律相和、五声相应，相异的乐音通过"以他平他"的方式，达到彼此间的平衡谐和，才符合审美听觉的需要，才能谱成美妙动听的乐曲。否则，"若琴瑟之专一，谁能听之"④？如果反复弹奏某单一乐音，在音乐美感上显然是单调乏味甚至刺耳的。琴瑟和鸣正是"和而不同"的理念在音乐领域的实践。

在音声之和的基础上，琴瑟和鸣逐渐被赋予了更多形而上的内涵。《吕氏春秋·古乐》载："昔古朱襄氏之治天下也，多风而阳气畜积，万物散解，果实不成，故士达作为五弦瑟，以来阴气，以定群生。"⑤既然瑟可招来阴气，自然属于阴性。相对而言，琴当然属于阳性，琴瑟之和也就意味着阴阳之和。所谓"一阴一阳之谓道"，阴阳作为世界的本原，又衍生出一系列对立统一的概念，如天地、君臣、男女等，这无疑大大扩充了琴瑟和鸣的文化内涵。当阴阳之和落实到人间，君臣、兄弟、夫妻等人际关系就成为琴瑟和鸣表现的主

---

① 陈旸：《乐书》卷一百十九，浙江大学出版社，2016年版，第671页。
② 徐元诰：《国语集解》，中华书局，2002年版，第470页、472页。
③ 孔颖达：《礼记正义》卷三十七，见阮元校刻：《十三经注疏》第三册，中华书局，2009年版，第3310页。
④ 张纯一：《晏子春秋校注》卷七，中华书局，2014年版，第330页。
⑤ 许维遹：《吕氏春秋集释》卷五，中华书局，2009年版，第118页。

题,并在《诗经》中写就经典。

二、君臣之和

燕礼被认为是"明君臣之义"①,属于"等贵贱"的范畴。至于"和上下",则由燕乐来承担。在燕礼仪式中,当宾主相互敬酒的仪节完成后,乐工会携瑟登堂,唱《鹿鸣》等诗。《仪礼·燕礼》记载:"小臣纳工,工四人,二瑟。小臣左何瑟,面鼓,执越,内弦,右手。相入,升自西阶,北面东上坐。小臣坐授瑟,乃降。工歌《鹿鸣》《四牡》《皇皇者华》。"②文中但言瑟而未及琴。陈旸指出:"《周官·瞽蒙》'掌鼓瑟',《诗》曰'鼓瑟鼓琴',《书》曰'琴瑟以咏'。《大传》亦曰:'大琴练弦,达越大瑟,朱弦达越。'《明堂位》曰:'大琴大瑟,中琴小瑟,四代之乐器也。'由是观之,君子无故不去琴瑟,未尝不相须而用。此言瑟不及琴者,举大以见小也。"③孙星衍亦曰:"琴瑟即《明堂位》之大琴、大瑟、中琴、小瑟,《仪礼·乡饮酒礼》《乡射礼》《燕礼》记授瑟皆在工升西阶之后,是瑟在堂上,琴亦从之也。"④鉴于琴瑟相须为用的演奏习惯,乐工携瑟登场时一定会带上琴。由此可见,琴瑟是燕乐中的重要乐器。至于《鹿鸣》,《毛序》释曰"燕群臣嘉宾也"⑤。今存《仪礼·燕礼》记述的是诸侯宴宾之礼,但其中也有歌唱《鹿鸣》的仪节。那么,该诗作为燕乐标配用诗,当无疑义。

"呦呦鹿鸣,食野之苹"两句起兴,直达《鹿鸣》之旨。《毛传》曰:"鹿得萍呦呦然鸣而相呼,恳诚发乎中。以兴嘉乐宾客,当有恳

---

① 孔颖达:《礼记正义》卷六十二,见阮元校刻:《十三经注疏》第三册,中华书局,2009年版,第3662页。
② 贾公彦:《仪礼注疏》卷十五,见阮元校刻:《十三经注疏》第二册,中华书局,2009年版,第2206~2207页。
③ 陈旸:《乐书》卷五十六,浙江大学出版社,2016年版,第367页。
④ 孙星衍:《尚书今古文注疏》卷二,中华书局,1986年版,第123页。
⑤ 孔颖达:《毛诗正义》卷九,见阮元校刻:《十三经注疏》第一册,中华书局,2009年版,第865页。

诚相招呼以成礼也。"① 进而，"我有嘉宾，鼓瑟吹笙。吹笙鼓簧，承筐是将"②。音乐固然在君臣之间发挥了融洽和谐的作用，所谓"鼓瑟鼓琴，和乐且湛"③，同时，乐器本身也饱含寓意。《白虎通》谓："瑟有君父之节，臣子之法商角，则君父有节，臣子有义。"④《毛传》释簧为"笙也"，孔颖达进一步解释说："吹笙之时，鼓其笙中之簧以乐之。"⑤ 簧作为笙管中的发生部件，本与笙表里为一。所以，无论"鼓瑟鼓琴"的异中取同，还是"吹笙鼓簧"的同中有异，都用来转喻君臣之间的休戚与共，象征着上下关系的和乐无间。在琴瑟和鸣、笙簧齐奏中，宴饮渐次拉开帷幕，"既饮食之，又实币帛筐篚，以将其厚意。然后忠臣嘉宾得尽其心矣"⑥。

《小雅·鼓钟》旧题"刺幽王也"⑦，后人对此多有质疑，方玉润斥《毛序》"已属臆断"⑧。陈启源认为："《鼓钟》所咏，天子作乐之事也，其为朝聘燕飨虽未可知，要必非乡饮酒与侯国之燕也，其所用之乐节与诗章未必与乡国同也。"⑨ 陈氏认定《鼓钟》为"天子作乐之事"，是有道理的。将该诗与《小雅·蓼萧》对读，也可辅证其论断。两诗均反复称颂"君子"，《毛序》以《蓼萧》为"泽及四海"，

---

① 孔颖达：《毛诗正义》卷九，见阮元校刻：《十三经注疏》第一册，中华书局，2009年版，第865页。

② 孔颖达：《毛诗正义》卷九，见阮元校刻：《十三经注疏》第一册，中华书局，2009年版，第865页。

③ 孔颖达：《毛诗正义》卷九，见阮元校刻：《十三经注疏》第一册，中华书局，2009年版，第867页。

④ 李坊：《太平御览》卷五七六，中华书局，1960年版，第2600页。

⑤ 孔颖达：《毛诗正义》卷九，见阮元校刻：《十三经注疏》第一册，中华书局，2009年版，第865页。

⑥ 孔颖达：《毛诗正义》卷九，见阮元校刻：《十三经注疏》第一册，中华书局，2009年版，第865页。

⑦ 孔颖达：《毛诗正义》卷十三，见阮元校刻：《十三经注疏》第一册，中华书局，2009年版，第1002页。

⑧ 方玉润：《诗经原始》卷十一，中华书局，1986年版，第429页。

⑨ 陈启源：《毛诗稽古编》卷七十三，上海书店出版社《清经解》本，1988年版，第404页。

孔颖达解释说"作《蓼萧》诗者,谓时王者恩泽被及四海之国也"①。显然,《鼓钟》《蓼萧》中的"君子"指向周天子,足见二诗均为诸侯颂扬天子之诗。《鼓钟》末章云:"鼓钟钦钦,鼓瑟鼓琴。笙磬同音,以雅以南,以龠不僭。"郑笺云:"同音者,谓堂上堂下,八音克谐。"孔颖达《毛诗正义》:"琴瑟,堂上也;笙磬,堂下也。"② 考虑到瑟有君父之节,又奏于堂上,再结合陈旸的观点"文以琴瑟而为德音之器""琴瑟作于堂上,象庙朝之治"③,那么,琴瑟和鸣于堂上的同时,又与堂下乐器交相辉映,不正象征着君臣上下同心、和而不僭吗?

《礼记·燕义》:"臣下竭力尽能以立功于国,君必报之以爵禄,故臣下皆务竭力尽能以立功,是以国安而君宁。礼无不答,言上之不虚取于下也。上必明正道以道民,民道之而有功,然后取其什一,故上用足而下不匮也。是以上下和亲,而不相怨也。和宁,礼之用也。此君臣上下之大义也。"④ 燕礼的设立旨在"明君臣之义",其中"和宁"之用是借助琴瑟来实现的。《礼记·乐记》载:"丝声哀,哀以立廉,廉以立志。君子听琴瑟之声,则思志义之臣。"⑤ 以和鸣著称的琴瑟,用以象征并演绎君臣之间的和宁和敬是再合适不过的。由此看来,琴瑟作为燕乐的标配乐器,绝非偶然。

三、兄弟之和与夫妻之和

《毛序》释《小雅·常棣》曰:"燕兄弟也。闵管蔡之失道,故作

---

① 孔颖达:《毛诗正义》卷十,见阮元校刻:《十三经注疏》第一册,中华书局,2009年版,第898页。
② 孔颖达:《毛诗正义》卷十三,见阮元校刻:《十三经注疏》第一册,中华书局,2009年版,第1002页。
③ 陈旸:《乐书》,浙江大学出版社,2016年版,第161页。
④ 孔颖达:《礼记正义》卷六十二,见阮元校刻:《十三经注疏》第三册,中华书局,2009年版,第3670页。
⑤ 孔颖达:《礼记正义》卷三十九,见阮元校刻:《十三经注疏》第三册,中华书局,2009年版,第3341页。

《常棣》焉。"① 《诗》第六章云:"傧尔笾豆,饮酒之饫。兄弟既具,和乐且孺。"《毛传》曰:"傧,陈。饫,私也。不脱屦升堂谓之饫。"《郑笺》云:"私者,图非常之事,若议大疑于堂,则有饫礼焉。"②饫礼是天子燕饮同姓的私宴,在等级上高于燕礼。若以此视之,《常棣》似当为饫礼所用。然而,孔颖达指出:"下章云'妻子好合',此《传》曰'王与族人燕,则尚毛',以此诗饫燕杂陈。故下《笺》云'王与族人燕,则宗妇内宗之属,亦从后于房中',是此章之中兼燕礼矣。"③ 既然该诗兼用燕礼,必然有"琴瑟在御"。故第七章云:"妻子好合,如鼓瑟琴。兄弟既翕,和乐且湛。"《郑笺》云:"合者,如鼓瑟琴之声相应和也。"④ 此处,琴瑟和鸣再度成为人伦之和的载体。孔颖达以为:"妻子自相和好,志意合和,如鼓琴瑟相应和。"⑤ 实际上,"如鼓瑟琴"的诗句应以互文视之,即涵盖兄弟之和在内。亦如姚际恒所云:"妻子陪说,以见一家内外之和乐也。"诗中借夫妻之合为衬托,以凸显兄弟之间的和乐。兄弟、妻子沉浸在琴瑟和鸣的韵律中,情亲而相爱,正是"和乐且湛"。

应该注意的是,如果说"妻子好合,如鼓瑟琴"在《常棣》中尚属陪衬;那么,琴瑟在《诗经》中最经典的寓意还是夫妻之间的和谐。《毛传》释"关关"为"和声",即雄雌二鸟的和鸣,《关雎》借此起兴,指向的是"窈窕淑女,君子好逑"。首章文字浑然天成,和谐美满的基调也由此奠定,并将"和"的主线贯穿始终。之后的"琴瑟友之""钟鼓乐之",更以乐器之间的音声相和,将和美的氛围烘托

---

① 孔颖达:《毛诗正义》卷九,见阮元校刻:《十三经注疏》第一册,中华书局,2009年版,第870页。
② 孔颖达:《毛诗正义》卷九,见阮元校刻:《十三经注疏》第一册,中华书局,2009年版,第872页。
③ 孔颖达:《毛诗正义》卷九,见阮元校刻:《十三经注疏》第一册,中华书局,2009年版,第872页。
④ 孔颖达:《毛诗正义》卷九,见阮元校刻:《十三经注疏》第一册,中华书局,2009年版,第872页。
⑤ 孔颖达:《毛诗正义》卷九,见阮元校刻:《十三经注疏》第一册,中华书局,2009年版,第872页。

至高潮。

　　附在《周南·关雎》题后的《诗大序》，大谈人伦教化。近代以来多认为对《诗经》的政教化解读系汉儒首创。但在上博简《诗论》面世之后，上述观点需要重新审视。上博简《诗论》第十简说"《关雎》以色喻于礼"，第十一简说"情，爱也。《关雎》之改，则其思益矣"。① 《诗论》并不否定人的自然欲求，但主张情欲应该接受礼的引导和规范，即"以色喻于礼"。而"《关雎》之改"，指的正是在思想上由色向礼的升华，所谓"其思益"。《关雎》第四章："参差荇菜，左右采之。窈窕淑女，琴瑟友之。"孔颖达："故当共荇菜之时，作此琴瑟之乐，乐此窈窕之淑女。其情性之和，上下相亲，与琴瑟之音宫商相应无异，若与琴瑟为友然，共之同志，故云琴瑟友之。"② 孔颖达用琴瑟的音律相合来模拟男女情感相亲，实未论及关键。倒是《诗论》第十四简一语中的："以琴瑟之悦，拟好色之愿。"③ "拟"本义是凝固，此处可以解释为"止"，意谓在琴瑟之礼中净化好色之欲。④ 《诗论》所言是符合乐教宗旨的。《礼记·乐记》载："凡音者，生于人心者也。乐者，通伦理者也。是故知声而不知音者，禽兽是也。知音而不知乐者，众庶是也。唯君子为能知乐。"⑤ 在乐教体系中，"音"生于人心，感于物而后动，故极易受到外界蛊惑，从而停留在感官欲求的层面。"音"可视作各种欲望的集合，为庶人所好。相比之下，"乐"通于伦理，能够对"音"加以规约和净化，故唯有君子能知乐。《关雎》开篇树立了"君子"配"淑女"的理想模式，但第二、三章中"寤寐求之""辗转反侧"描述的状况，显然还处于"音"

---

① 《孔子诗论》，见马承源主编：《上海博物馆藏战国楚竹书》第一册，上海古籍出版社，2001年版，第139页、141页。
② 孔颖达：《毛诗正义》卷一，以阮元校刻：《十三经注疏》第一册，中华书局，2009年版，第572页。
③ 《孔子诗论》，见马承源主编：《上海博物馆藏战国楚竹书》第一册，上海古籍出版社，2001年版，第143页。
④ 陈桐生：《〈孔子诗论〉研究》，中华书局，2004年版，第265页。
⑤ 孔颖达：《礼记正义》卷三十七，见阮元校刻：《十三经注疏》第三册，中华书局，2009年版，第3313页。

的层面，尚未达至君子境界。庶人只有经历"琴瑟友之"的升华，进化为君子，才能得淑女为好逑。琴瑟作为八音之首，既为引导人由色入礼的机枢，又是庶人晋级为君子的必践之阶。故《诗论》称"以琴瑟之悦，凝好色之愿"，可谓知乐矣。

《郑风·女曰鸡鸣》第二章云："宜言饮酒，与子偕老。琴瑟在御，莫不静好。"《毛传》曰："君子无故不彻琴瑟，宾主和乐，无不安好。"《正义》云："于饮酒之时，琴瑟之乐在于侍御。有肴有酒，又以琴瑟乐之，则宾主和乐，又莫不安好者。"① 虽然，毛亨、孔颖达皆以宾客宴饮释之，但诗中"与子偕老"显然针对夫妻而言。方玉润认为："此诗不惟变风之正，直可与《关雎》、《葛覃》鼎足而三。何者？《关雎》新昏，《葛覃》归宁，此则相夫以成内助之贤，房中雅乐，缺一不备也。"② 第三章"知子之顺之，杂佩以问之"，黄淬伯解释说"夫妇恩爱，亦得称顺"③。结合方、黄两家注释可知，《女曰鸡鸣》实为妻子劝勉丈夫并以恩爱相示之作，在琴瑟和鸣的氛围中，夫妻和顺、宜于家室之情溢于言表。

郑卫之地的音乐向来以淫靡著称，以至于被子夏斥为"淫于色而害于德"④。然而，作为雅化后的产物，《郑风·女曰鸡鸣》的变化可谓脱胎换骨。有趣的是，《郑风》中的琴瑟再度成为合乎伦常的男女关系的标志，此中缘由须从琴瑟的雅化说起。在琴瑟的发展长河中，由于高禖文化的汇入，琴瑟附着了男女纵逸的隐喻。⑤ 在周人改造前朝音乐文化的同时，尊尊亲亲的核心价值观被注入礼乐仪式，琴瑟的转型也就势在必行。如果说"和"是乐的终极目标，那么"教"则是方法和途径，而德又是乐教的主要内容。在《礼记·乐记》看来，德

---

① 孔颖达：《毛诗正义》卷四，见阮元校刻：《十三经注疏》第一册，中华书局，2009年版，第719页。
② 方玉润：《诗经原始》卷五，中华书局，1986年版，第211页。
③ 黄淬伯：《诗经核诂》卷二，中华书局，2012年版，第130页。
④ 孔颖达：《礼记正义》卷三十九，见阮元校刻：《十三经注疏》第三册，中华书局，2009年版，第3340页。
⑤ 张法：《琴—性—禁：中国远古琴瑟在音乐与文化中交织演进》，载于《学术月刊》，2016年第4期。

是乐的内核，乐是德的外化。所谓"德音之谓乐"，强调的就是音乐的道德和伦理价值。琴瑟作为乐之器，在德借助音乐外化的过程中起到润色和承载的作用。琴瑟若要成为德音的辅助工具，就必然要历经洗心革面，被赋予新的文化内涵，由原始生殖崇拜下的男欢女爱转向礼乐文明中的人伦教化，并在《诗经》中谱下璀璨的篇章。可以认为，琴瑟的文化转型与礼乐制度的构建是同步的。

然而，随着礼崩乐坏，琴瑟在宗庙、农事、朝堂上的礼仪功用逐渐被淡忘，所承载的人伦内涵也剥落殆尽。反倒是男女情爱的内容沉淀下来，成为琴瑟的固定寓意，如司马相如琴挑卓文君，成为传世美谈；而琴瑟作为男女关系的代名词，更是在后世的诗、词、曲、话本中传唱不息。

女乐于东周古今乐变迁的意义

以往对东周音乐变迁的讨论多集中于"郑声淫"的界定与辨析。也有论者提及行乐人的问题,如冯洁轩《论郑卫之音》认为女乐是郑卫之音的一种形式,修海林《郑风郑声的文化比较及其历史评价》指出郑声的行乐者是女乐。① 笔者以为,行乐人诚为极富价值的研究视角,但现有成果对此多点到为止,缺乏系统深入的讨论。下文将从行乐人的角度,审视女乐在东周古今乐变迁中的意义,并就正于方家。

一、女乐缘起及其音乐职能

女乐和巫之间存在千丝万缕的联系,《说文解字》释"巫"曰:"女能事无形,以舞降神者也。"② 杨慎《升庵集》曰:"女乐之兴,本由巫觋,《周礼》所谓以神仕者。在女曰巫,在男曰觋。巫咸在上古已有之。《汲冢周书》所谓'神巫用国'。观《楚辞·九歌》所言,巫以歌舞悦神。其衣被情态,与今倡优何异。"③ 从上述论断看,女乐源出于巫,二者皆长于歌舞,且重在娱乐。略有不同的是,巫侧重娱神,女乐侧重娱人。女乐及其音乐的娱人属性导致其不免沦为

---

① 冯洁轩:《论郑卫之音》,载于《音乐研究》,1984年第1期。修海林:《郑风郑声的文化比较及其历史评价》,载于《音乐研究》,1992年第1期。
② 段玉裁:《说文解字注》,上海古籍出版社,1988年版,第201页。
③ 杨慎:《升庵集》卷四十四,明万历十年(1582)成都刻本。

君王的玩物，并一同承担祸国殃民的罪责。《管子·轻重甲》载："昔者桀之时，女乐三万人，端噪晨乐，闻于三衢，是无不服文绣衣裳者。伊尹以薄之游女工文绣篡组，一纯得粟百钟于桀之国。夫桀之国者，天子之国也。桀无天下忧，饰妇女钟鼓之乐，故伊尹得其粟而夺之流。此之谓来天下之财。"①《盐铁论·力耕》亦载："昔桀女乐充宫室，文绣衣裳，故伊尹高逝游薄，而女乐终废其国。"②针对夏桀好女乐的遗风，商汤不惜设立刑罚以为惩戒："敷求哲人，俾辅于尔后嗣，制官刑，儆于有位。曰：'敢有恒舞于宫，酣歌于室，时谓巫风；敢有殉于货色，恒于游畋，时谓淫风；敢有侮圣言，逆忠直，远耆德，比顽童，时谓乱风。惟兹三风十愆，卿士有一于身，家必丧；邦君有一于身，国必亡。臣下不匡，其刑墨，具训于蒙士。'"③

然而，商汤的措施终究无法阻止女乐卷土重来。《管子·七主七臣》载："昔者桀、纣是也。诛贤忠，近谗贼之士，而贵妇人，好杀而不勇，好富而忘贫，驰猎无穷，鼓乐无厌，瑶台玉铺不足处，驰车千驷不足乘材。女乐三千人，钟石丝竹之音不绝。百姓罢乏，君子无死，卒莫有人，人有反心。遇周武王，遂为周氏之禽。此营于物而失其情者也，愉于淫乐而忘后患者也。"④司马迁《史记·殷本纪》对此有更为详尽的记载："好酒淫乐，嬖于妇人。爱妲己，妲己之言是从。于是使师涓作新淫声，北里之舞，靡靡之乐。厚赋税以实鹿台之钱，而盈钜桥之粟。益收狗马奇物，充仞宫室。益广沙丘苑台，多取野兽蜚鸟置其中。慢于鬼神。大冣乐戏于沙丘，以酒为池，县肉为林，使男女倮相逐其间，为长夜之饮。"⑤女乐以声色娱人，重在感官享受，此属性决定了穷奢极欲往往成为其代名词。女乐涉及歌乐

---

① 黎翔凤：《管子校注》卷二十三，中华书局，2004年版，第1398页。
② 王利器：《盐铁论校注》卷一，中华书局，1992年版，第28页。
③ 孔颖达：《尚书正义》卷八，见阮元校刻：《十三经注疏》第一册，中华书局，2009年版，第345页。
④ 黎翔凤：《管子校注》卷十七，中华书局，2004年版，第989页。
⑤ 司马迁：《史记》卷三，中华书局，2014年版，第135页。

舞，人数众多，其训练培养、衣食起居皆耗资不菲，服饰用具、表演场所等也极尽奢华。如此一来，君王豢养及观赏女乐不免亏空民财，也必然荒怠政务，最终导致国破身亡的下场。前述典籍对女乐的口诛笔伐实属中肯。周人对女乐的危害有清醒的认识，并推行严厉的措施，详见下节分解。

二、西周初期对女乐的禁绝

上古乐坛的行乐人并非只有女乐，男性乐官长期扮演着更为重要的角色。自虞舜时代起，由乐官教导贵胄渐成传统。《尚书·舜典》记载了舜在承嗣大统后对夔的任命："夔，命汝典乐，教胄子。"① 至少从现存文献看，商代继承发展了此乐教体系，后又为周人袭用。因此，殷商乐官制度多可从周代典籍中窥得一斑。《周礼·春官·大司乐》载："大司乐掌成均之法，以治建国之学政，而合国之子弟焉。凡有道者有德者，使教焉，死则以为乐祖，祭于瞽宗。"②《礼记·明堂位》又云："瞽宗，殷学也。"③ 大司乐是乐官系统的总长，其下属的大师和少师由瞽矇中的佼佼者担任，"命其（瞽矇）贤知者以为大师、小师""瞽，乐人，乐人所共宗也"④。

上古乐教绝非今日单纯的艺术教育，《周礼》对大司乐的职守有如下描述："以乐德教国子中、和、祗、庸、孝、友。以乐语教国子兴、道、讽、诵、言、语。以乐舞教国子舞《云门》《大卷》《大咸》

---

① 孔颖达：《尚书正义》卷三，见阮元校刻：《十三经注疏》第一册，中华书局，2009年版，第276页。
② 贾公彦：《周礼注疏》卷二十二，见阮元校刻：《十三经注疏》第二册，中华书局，2009年版，第1699页、1700页。
③ 孔颖达：《礼记正义》卷三十一，见阮元校刻：《十三经注疏》第三册，中华书局，2009年版，第3230页。
④ 孙诒让：《周礼正义》卷三十二、四十二，中华书局，1987年版，第1269页、1720页。

《大磬》《大夏》《大濩》《大武》。"① 孙诒让对大司乐职能的概括非常中肯："乐虽为六艺之一耑，而此官掌治大学之政，其教亦通晐三物，不徒教乐也。"② 由此可见，当时的乐教是以音乐知识技能为基础的，涵盖道德、言说等在内的综合性教育。在此之外，乐官还有向君王进谏的权责，《国语·周语上》曰：

> 故天子听政，使公卿至于列士献诗，瞽献曲，史献书，师箴，瞍赋，矇诵，百工谏，庶人传语，近臣尽规，亲戚补察，瞽史教诲，耆艾修之，而后王斟酌焉，是以事行而不悖。

文中的"瞽""师""瞍""矇"等，皆为盲人乐官的别称。联系到韦昭在《国语注》中奉神瞽为"知天道"的注解，可知盲人乐官在上古时期是掌握话语权的独特存在。③ 据《史记》记载，"纣愈淫乱不止。微子数谏不听，乃与大师、少师谋，遂去。……殷之大师、少师乃持其祭乐器奔周"（《史记·殷本纪》），又"太师疵、少师强抱其乐器而奔周"（《史记·周本纪》）。微子在劝谏纣王失败后，与太师小师相谋，足以证明乐官政治地位的重要性。同时，"太师疵、少师强抱其乐器而奔周"，其中的政治意义更为重大。

乐官作为"知天道"的阶层，掌握着知识和话语权，是道统的象征。殷商乐官抱其乐器奔周，意味着道统与人心开始站在周人一方。由此反观武王在伐纣前的誓词，其中颇有值得玩味之处。他斥责商纣说，"乃断弃其先祖之乐，乃为淫声，用变乱正声，怡悦妇人"（《史记·周本纪》）。既言"先祖之乐"，说明商代正乐由来已久，其行乐人为乐官。在女乐崛起和淫声风靡之后，"先祖之乐"必然被断弃，负责正乐的乐官也只得投靠周廷。武王誓词中以道统自居的意味溢于言表，背后的底气显然来自殷商正乐乐官的投靠与支持。周人与前朝

---

① 贾公彦：《周礼注疏》卷二十二，见阮元校刻：《十三经注疏》第二册，中华书局，2009年版，第1700～1701页。
② 孙诒让：《周礼正义》卷四十二，中华书局，1987年版，第1721页。
③ 《国语·周语》"古之神瞽，考中声而量之以制，度律均钟"，韦昭注"神瞽，古乐正，知天道者也"。徐元诰：《国语集注》，中华书局，2002年版，第113页。

正乐乐官之间的默契不止于此,他们在对女乐的处理上也达成了共识。在周人眼中,商纣因酒色亡国,女乐难辞其咎。对于前朝正乐乐官而言,女乐无异于眼中钉、肉中刺,必欲拔之而后快。因此,周人和前朝正乐乐官形成合力,对女乐及其淫声实施禁绝,"作淫声、异服、奇技、奇器以疑众,杀"(《礼记·王制》),"凡建国,禁其淫声、过声、凶声、慢声"(《周礼·春官·大司乐》)。同时,在前朝正乐乐官的协助下,周人创立了自己的雅乐体系,"周立三代之学……学礼乐于殷之学"(《礼记·文王世子》郑注)。在此过程中,正乐乐官几乎垄断了音乐领域。仪式歌唱由大师、小师及瞽矇负责,"大祭祀,帅瞽登歌,令奏击拊,下管播乐器,令奏鼓朄。大飨,亦如之。大射,帅瞽而歌射节"(《周礼·春官·大师》),"小师掌教鼓鼗、柷、敔、埙、箫、管、弦、歌。大祭祀,登歌击拊,下管击应鼓,彻歌"(《周礼·春官·小师》)。同时,瞽矇还兼掌器乐演奏。① 贵族子弟也会充任歌者和舞者,"及彻,帅学士而歌彻"(《周礼·春官·乐师》),"十三舞勺,成童舞象,二十舞大夏"(《礼记·内则》),"帅国子而舞"(《周礼·春官·大司乐》),贾疏曰"凡兴舞皆使国之子弟为之"②。如此一来,女乐就被彻底排挤出雅乐体系。

然而,随着时间的推移,周人禁绝女乐的努力终是徒劳,不免重蹈夏商覆辙。如果说女乐在夏商末期的兴盛可以归咎于某位君王的荒淫无度,那么,女乐在东周时期卷土重来,雅乐自身则难辞其咎。众所周知,雅乐除仪式之用外,还承担着教化的重任,所谓"乐者,通伦理者也"(《礼记·乐记》)。恰恰是因为雅乐过于重视教化,不免对音乐的艺术性和娱乐性有所忽略,而这正是女乐的专长。雅乐的劣势决定了女乐及其音乐的复兴已在所难免。

---

① 孙诒让云:"则瞽矇亦歌器兼掌,故大师以下及三等之瞽员,数至三百余人之多,郑惟云歌,举其重者言之耳。"见《周礼正义》卷三十二,中华书局,1987年版,第1270页。

② 贾公彦:《周礼注疏》卷二十二,见阮元校刻:《十三经注疏》第二册,中华书局,2009年版,第1707页。

三、女乐复兴与今乐崛起

值得关注的是，和女乐有关的音乐统统被贴上"淫"的标签，如商末的新淫声，孔子斥之为"淫"的郑声，子夏亦视郑卫之音为"淫于色而害于德"。笔者以为，"淫"当从两个层面解读，一是音律的丰富。周人久居西陲，音乐文化远逊于商民族。其音乐的骨干音仍停留在"宫—角—徵—羽"的结构，因而严重制约了音乐的艺术表现力。① 相比之下，商人在殷商末期已熟练掌握七声音阶，通过测定殷墓出土的陶埙可以确认这一点。② 站在周人的角度，自然会觉得商乐音阶过多，而"淫"本就有多、过之义。周武王斥责商纣"作奇技淫巧以悦妇人"（《尚书·泰誓》），所谓"奇技淫巧"从反面证明了商乐在音阶上的突破与创新。由于商末音乐所用音阶远多于周乐，自然被冠以"淫"字。进入东周，音乐技术进一步成熟。出土于新郑的春秋编钟已普遍能够弹奏出完整的七声音阶，这是西周编钟所不具备的。③

音乐技术的进步固然是极大的优势，但女乐自身的蛊惑力才是夺人心魄的关键，这构成了"淫"第二个层面的含义。痴迷于新声的晋平公病入膏肓，秦医诊断为"远男而近女，惑以生蛊；非鬼非食，惑以丧志"（《国语·晋语一》）。显然，病因是好色过度。如果新声无涉女色，绝不可能导致上述结果。子夏斥新乐为"奸声以滥，溺而不止，及优、侏儒獶杂子女"，并对具体乐种加以点评，"郑音好滥淫志，宋音燕女溺志，卫音趋数烦志，齐音敖辟乔志。此四者皆淫于色

---

① 黄翔鹏：《新石器和青铜时代的已知音响资料与我国音阶发展史问题》（下），见《音乐论丛》第3辑，人民音乐出版社，1980年版，第126～127页。
② 黄翔鹏：《新石器和青铜时代的已知音响资料与我国音阶发展史问题》（上），见《音乐论丛》第1辑，人民音乐出版社，1978年版，第195～196页。
③ 冯洁轩：《论郑卫之音》，见《音乐研究》，1984年第1期。

而害于德，是以祭祀弗用也"①。其中需要注意的是郑音"淫于色"的特性，子夏用"好滥淫志"加以强调。孔颖达疏曰："郑音好滥淫志者，滥，窃也，谓男女相偷窃。言郑国乐音好滥相偷窃，是淫邪之志也。"② 可见，在新乐中，郑国音乐和女色最是纠缠不清。无怪乎嵇康会将郑声与女色相比："若夫郑声，是音声之至妙。妙音之感人，犹美色惑志，耽槃荒酒，易以丧业。自非至人，孰能御之？"③ 无独有偶，与郑国一衣带水的卫国，其音乐也如出一辙，于是郑卫之音便得到如下评价：

  姚冶之容，郑卫之音，使人之心淫。(《荀子·乐论》)
  靡曼皓齿，郑卫之音，务以自乐，命之曰伐性之斧。(《吕氏春秋·本生》)
  郑卫之声，桑间之音，此乱国之所好，衰德之所说。流辟越慆滥之音出，则滔荡之气、邪慢之心感矣；感则百奸众辟从此产矣。(《吕氏春秋·音初》)
  郑卫之声动人，而淫气应之。(《说苑·修文》)

郑卫之音几乎成了艳情淫乱的代名词，究其原因正在于女乐自身。女乐和新乐之间互为因果、相互促动，并迅速风靡华夏。

究其根本，女乐实为男权社会的产物，是达官贵人玩赏的对象。那么，年轻貌美而窈窕善媚是女乐的基本特点。且看《楚辞·大招》中的片段：

  代秦郑卫，鸣竽张只。《伏戏》《驾辩》，楚《劳商》只。讴和《扬阿》，赵箫倡只。魂乎归徕！定空桑只。二八接舞，投诗赋只。叩钟调磬，娱人乱只。四上竞气，极声变只。魂乎归徕！听歌撰只。朱唇皓齿，嫭以姱只。比德好闲，习以都只。丰肉微

---

① 孔颖达：《礼记正义》卷三十九，见阮元校刻：《十三经注疏》第三册，中华书局，2009年版，第3340页。
② 孔颖达：《礼记正义》卷三十九，见阮元校刻：《十三经注疏》第三册，中华书局，2009年版，第3340页。
③ 戴明扬：《嵇康集校注》卷五，中华书局，2014年版，第358页。

骨，调以娱只。

据王逸注，《伏戏》《驾辩》《劳商》皆为歌名。"二八接舞，投诗赋只"两句言歌舞相伴，"四上竞气，极声变只。魂乎归徕！听歌撰只"是对歌声的描写。紧接着是对女子容貌的大幅铺叙，选择从唇齿开始，这恰恰是歌声所出之处。结合章首"代秦郑卫"一句，可知文中描摹的对象是来自郑卫等地的歌女。这些歌女极具蛊惑力，她们"朱唇皓齿""丰肉微骨"，旨在为君王"调以娱只"。同时舞蹈也转向以女乐为中心，所谓"二八齐容，起郑舞些"（《楚辞·招魂》），"燕则斗象棋而舞郑女"（《说苑·善说》）。

女乐并非仅仅以色娱人，高超的歌唱技巧也是她们立足乐坛的看家本领。陆贾《新语·道基》："后世淫邪，增之以郑卫之音，民弃本趋末，技巧横出，用意各殊，则加雕文刻镂，傅致胶漆丹青、玄黄琦玮之色，以穷耳目之好，极工匠之巧。"① 陆贾着重点出了"巧"字，这在歌手地域分布上也有体现。东周时期最为著名的四位歌手分别是秦青、韩娥、王豹、绵驹。其中，韩娥、王豹都出自郑卫地区。韩娥的事迹见载于《列子·汤问》：

> 昔韩娥东之齐，匮粮，过雍门，鬻歌假食。既去而余音绕梁栅，三日不绝，左右以其人弗去。过逆旅，逆旅人辱之。韩娥因曼声哀哭，一里老幼悲悉，垂涕相对，三日不食。遽百追之。娥还，复为曼声长歌，一里老幼善跃抃舞，弗能自禁，忘向之悲也。乃厚赂发之。故雍门之人至今善歌哭，放娥之遗声。

"韩娥"，张湛《列子注》曰："韩国善歌者也。"② 韩国不仅吞并了郑国的土地，也继承了郑人善歌的文化遗产。所以从这个角度讲，韩娥实为郑娥，也是为数不多的留下姓名的女乐人员。如果韩娥没有超凡的歌唱技巧，其歌声不可能具备余音绕梁的感染力。《楚辞·大招》也有类似记载，所谓"四上竞气，极声变只"，王逸注"言四国

---

① 王利器：《新语校注》卷上，中华书局，1986年版，第21页。
② 杨伯峻：《列子集释》卷五，中华书局，1979年版，第177页。

竞发，善气，穷极音声，变易其曲，无终已也"①。"四国"包括郑、卫在内，"善气"和"穷极音声"指歌唱技巧的纯熟与多变。

  与重教化的雅乐相比，今乐则极尽享乐之能事。女乐姣好的容貌和丰腴的身材，再辅以华美的服饰，成为实现今乐娱乐功能的不二选择，正所谓"靡曼皓齿，郑卫之音，务以自乐"（《吕氏春秋·孟春纪》）。由此反观魏文侯所言，"吾端冕而听古乐，则唯恐卧，听郑卫之音，则不知倦"（《礼记·乐记》），"唯恐卧"与"不知倦"形成强烈反差，预示着古今乐变已是大势所趋。在周王朝大势已去的背景下，雅乐乐官主持的乐教徒增刻舟求剑之讥，而女乐自身的全方位优势是前者望尘莫及的。于是，纵情声色成为赏乐的唯一追求。

  当初，孔子因女乐被迫出走，这不仅导致他恢复周礼的努力付诸东流，而堪称"东周"的鲁国也最终沦陷于今乐。《史记·乐书》载："治道亏缺而郑音兴起，封君世辟，名显邻州，争以相高。自仲尼不能与齐优遂容于鲁，虽退正乐以诱世，作五章以刺时，犹莫之化。陵迟以至六国，流沔沉佚，遂往不返，卒于丧身灭宗，并国于秦。"②进入战国时期，雅乐的持续式微，导致正乐乐官不得不四散奔走而各谋生路，如下场景几乎是商末的翻版："大师挚适齐，亚饭干适楚，三饭缭适蔡，四饭缺适秦，鼓方叔入于河，播鼗武入于汉，少师阳、击磬襄入于海。"（《论语·微子》）历史总是惊人的相似，只是这一幕过后，西周雅乐随着乐官们的离散，逐渐走下乐坛，并最终步入消亡。

四、女乐和郑卫乐官在今乐中的微妙分工

  女乐和乐官之间并非只有对立与冲突，部分乐官曾推动了新式音乐的发展，"（纣王）于是使师涓作新淫声，北里之舞，靡靡之乐"③

---

  ① 洪兴祖：《楚辞补注》，中华书局，1983年版，第221页。
  ② 司马迁：《史记》卷二十四，中华书局，2014年版，第1398~1399页。
  ③ 据《韩非子·十过》，"师涓"应作"师延"。

(《史记·殷本纪》)。无独有偶,后世乐官投身于今乐者也不乏其人。如春秋末期,卫灵公曾令师涓习新声(《韩非子·十过》)。又如《左传》襄公十五年载,郑人以"师伐、师慧"贿赂宋国,其中师慧自称"淫乐之矇"。师慧所谓"淫乐"当即郑声。从上述记载看,至少郑卫两国的乐官,在今乐的发展历程中起到了推动作用。不仅如此,就连雅乐所倚重的钟鼓也被用来演奏今乐。黄翔鹏先生指出:"我认为它(曾侯钟音乐)是春秋之交的今乐、新乐,也是秦汉、魏晋南北朝的歌舞伎乐之祖。"刘再生先生在此基础上认为,孔子"乐云,乐云,钟鼓云乎哉"之言耐人寻味。刘再生认为孔子的质疑在于:钟鼓既可以演奏雅乐,也可以演奏郑声,但钟鼓演奏出的郑声算是音乐吗?[①]两位前辈的意见颇为精辟,作为乐器的钟鼓不过是音乐的载体。同理,郑卫乐官作为行乐人参与今乐也就不足为奇了。毕竟,今乐音阶的应用与推广、金石乐器的制作、演奏与校正等技术环节都离不开乐官的指导。由此可知,在今乐中,郑卫乐官与女乐多有合作。前者负责器乐演奏、推动音乐技术的进步,后者主打前台歌舞表演。[②] 只是由于女乐更引人注目,从而遮蔽了郑卫乐官的作用,导致后者不免做了女乐的嫁衣。

郑卫乐官和女乐的合作有着特殊的历史背景。周人在立国之初对殷商遗民多有优抚,后者的文化习俗得到了最大程度的尊重和保留。郑卫两国所在地为前朝旧都,也是殷商遗民聚居区,因而成为保留殷商文化的温床。周厉王曾委派卫巫彈谤,就是很好的例证。据《周礼》记载,周王室的职官体系中也有巫,但职权范围远不及商代。周厉王不惜远借卫巫以为己用,说明巫在卫国仍具有相当大的话语权和影响力。有学者指出,巫风与情色是孪生姐妹。[③] 当巫风中的色情因素在民俗中得到渗透和张扬时,巫风与民俗就会形成合力,来共同维

---

① 刘再生:《孔子与"新乐"——兼谈春秋时期的音乐转型》,见《中国音乐的历史形态:刘再生音乐文集》,上海音乐学院出版社,2003年版,第113页。

② 杨伯峻《白话左传》译师慧之言"淫乐之矇"为"演唱淫乐的瞎子",其中"演唱"当译为"演奏"为妥。

③ 王书奴:《中国娼妓史》,团结出版社,2004年版,第10~19页。

系并助推女乐的生存和壮大。《汉书·地理志下》载:"土狭而险,山居谷汲,男女亟聚会,故其俗淫。《郑诗》曰:'出其东门,有女如云。'又曰:'溱与洧方灌灌兮,士与女方秉菅兮。''恂盱且乐,惟士与女,伊其相谑。'此其风也。""卫地有桑间濮上之阻,男女亦亟聚会,声色生焉,故俗称郑卫之音。"① 这充分证明周人对商末淫声的禁绝只能是斩草而不可能除根。

女乐的复兴还有赖于郑卫的地理优势和商业氛围。魏源指出:"三河为三下之都会,卫都河内,郑都河南……据天下之中,河山之会,商旅之所走集也。商旅集则货财盛,货财盛则声色辏。"② 其实,郑国较之卫国更接近天下的中心,西周末年史伯已指出新郑在"济、洛、河、颍之间"(《国语·郑语》)。《汉书·沟洫志》又载:"自是之后,荥阳下引河东南为鸿沟,以通宋、郑、陈、蔡、曹、卫,与济、汝、淮、泗会。"③ 荥阳旧属郑国,有了河渠的沟通,郑国可以西至周秦,东下陈曹齐鲁;郑国又地处平原,北接卫晋燕,南达汉上诸姬和楚国。郑国四方辐辏的交通优势必然造就了商贾云集的城市经济。而商业的繁荣势必直接推动娱乐的兴盛,这完美契合了女乐及其音乐的娱人属性。

在政治上,周王室的东迁和立足都有赖于郑国扶持,在客观上推动了郑国政治地位的攀升。作为春秋初期的霸主,郑国有意摆脱周王室从属的身份,在文化上也急需自立。那么,扶持本土音乐文化显然是绝佳选择。经济与政治的双重优势往往能够助推本土文化迅速崛起和传播。在上述大背景下,就像商末一样,郑国乐官再度和女乐联手。对前者而言,复兴和推进商末先进的音乐技术,这本身就极具吸引力;对后者而言,能够重返乐坛自然也是梦寐以求的。如此一来,凭借历史、地域、经济和政治等多重优势,女乐在回归乐坛的同时,还助推郑声一举成为今乐中最耀眼的标签。不仅郑国女乐以"郑女"

---

① 班固:《汉书》卷二十八,中华书局,1962年版,第1652页、1665页。
② 魏源:《诗古微》中编之三,岳麓书社,1989年版,第509页。
③ 班固:《汉书》卷二十九,中华书局,1962年版,第1677页。

"郑姬"的名头享誉诸侯，郑国乐官也作为音乐技术人员向外输出。《左传·襄公十一年》载："郑人赂晋侯以师悝、师触、师蠲……歌钟二肆，及其镈磬，女乐二八。"① 这说明郑国乐官和女乐处于共生状态，均为郑声的组成部分。二者作为郑声的"标配"，往往一同用于郑国文化输出的工具。

小　结

从行乐人的层面看，女乐复兴是东周音乐古今之变的机枢。实际上，推动不同行乐人此消彼长的动力则是统治者对音乐的不同诉求。无论是正乐乐官，抑或郑卫乐官和女乐，三者皆为君王服务。也可以理解为他们在不同的指导思想下承担着不同的功用。商、周王朝初兴之际，统治者在肃清前朝遗毒的同时，往往会将女乐一同禁绝。"知天道"的神瞽所主持的正乐，既占据道统的高度，又用以匡正君王。此时，正乐乐官和女乐处于对立状态。当道统失坠，政治秩序走向混乱，乐官及其正乐的威信和约束力也随之下降。与此同时，享乐之风渐盛，女乐便卷土重来。在此情况下，固守信仰的正乐乐官迫于形势而零落四方。仅就《论语·微子》中的记载看，周王室乐官奔散的目的地并无郑卫，说明郑卫作为今乐的大本营，不可能为正乐乐官提供容身之地。当然，正乐乐官也不屑于置身郑卫。另一些乐官则放弃道统地位，顺从于君王的享乐之欲，转身投入今乐的制作，从而促成了他们和女乐的微妙合作。

但在合作的背后，"浮沉各异势"才是各自遭际的真实写照。女乐从此成为乐坛的主角，并唱响了歌舞乐伎的先声。与此同时，师瞽却在乐坛逐渐边缘化乃至最终消亡。这绝非一次普通的行乐人更迭，而具有划时代意义。首先，肇始于虞舜时代的乐教制度从此寿终正寝。在周代礼乐制度中，乐官曾与保氏、师氏一同肩负教育胄子的重任。孔子所谓"兴于诗，立于礼，成于乐"，概括了人格养成的全过

---

① 杨伯峻：《春秋左传注》，中华书局，1990年版，第991~993页。

程,其中诗和乐皆由乐官执掌,并一同成为礼制的组成部分。后来,随着乐官对乐坛的失控,乐教也就此终结。虽然后世朝代皆有雅乐,但多限于仪式使用,教化功能已名存实亡。其次,雅乐和《诗》的经典结合成为绝唱。《诗》是雅乐的产物,也凝结着乐官的智慧。时至战国,女乐在道统言说和知识学养上的严重缺陷,决定了其无法接任乐官的文化角色,由此导致长达数百年的"诗荒"(楚乐和楚辞自成一体,不在本文的讨论范围)。虽然,后世文人接替了乐官的创作,留下不少在雅乐中吟唱的佳作,但始终无法撼动《诗》的经典地位。最后,古代乐人的黄金时代从此一去不复返。瞽矇因为"知天道"而占据道统优势,一直极富声望和地位。即便在今乐四起的春秋时期,师旷、伶州鸠等乐官仍不失话语权。然而,部分乐官已开始屈从于君王,沦为服务于享乐的技术人员,甚至被倡优蓄之。当今乐在音乐技术上趋于成熟,以及雅乐被废弃,遂导致乐官的地位一步步陨落。最终,那种集教化贵胄和匡谏君王于一身的乐官从此成为历史。北魏以降,在乐户制度建立后,乐人以囚徒充任,名入贱籍且世代相袭。这与西周乐官相比,不啻悬隔天壤。

另外,女乐及其主导的音乐虽具备诸多优势,但在享乐至上思想的指导下,极易流为低级趣味,并导致一系列社会伦理问题。子夏抨击新乐"及优、侏儒、獶杂子女,不知父子",《吕氏春秋·先识览》则载"中山之俗,以昼为夜,以夜继日,男女切倚,固无休息,康乐歌谣好悲,其主弗知恶,此亡国之风也"[①]。如果说战国文献对女乐行乐时的某些细节有所隐匿,那么可以借助其他时代的史料加以廓清。司马迁言及商末淫声时说,"(纣王)使男女倮相逐其间"。《三国志·魏书·杨阜传》:"洪置酒大会,令女倡着罗縠之衣,蹋鼓,一坐皆笑。阜厉声责洪曰:'男女之别,国之大节,何有于广坐之中裸女人形体!虽桀纣之乱,不甚于此。'遂奋衣辞出。洪立罢女

---

① 吕不韦:《吕氏春秋》卷十六,见《诸子集成》第六册,中华书局,1954年版,第180页。

乐，请阜还坐，肃然惮焉。"① 上述商末与汉末的情形应同样存在于东周今乐中。可见，子夏和《吕氏春秋》对今乐的批判并非过激之辞。

---

① 陈寿：《三国志》卷二十五，中华书局，1982年版，第704页。

参考文献

一、专著

班固：《汉书》，北京：中华书局，1962年版。

北京大学出土文献研究所：《北京大学藏西汉竹书（二）》，上海：上海古籍出版社，2012年版。

北京大学《荀子》注释组：《荀子新注》，北京：中华书局，1979年版。

陈厚耀：《春秋战国异辞》，《四库全书》本，台北：台湾商务印书馆，1986年版。

陈奇猷：《吕氏春秋新校释》，上海：上海古籍出版社，2002年版。

陈启源：《毛诗稽古编》，上海：上海书店出版社《清经解》本，1988年版。

陈寿：《三国志》，北京：中华书局，1982年版。

陈桐生：《〈孔子诗论〉研究》，北京：中华书局，2004年版。

陈锡勇：《郭店楚简老子论证》，台北：里仁书局，2005年版。

陈旸：《乐书》，《中华礼藏》礼乐卷，杭州：浙江大学出版社，2016年版。

陈振孙：《直斋书录解题》，北京：中华书局，1985年版。

崔大华：《庄学研究》，北京：人民出版社，1992年版。

戴明扬：《嵇康集校注》，北京：中华书局，2014年版。

邓各泉：《郭店楚简老子释读》，长沙：湖南人民出版社，2005年版。

丁四新：《郭店楚竹书〈老子〉校注》，武汉：武汉大学出版社，2010年版。

丁原植：《郭店竹简〈老子〉释析与研究》（增修版），台北：万卷楼图书有限公司，1999年版。

董思靖：《太上老子道德经集解》，北京：中华书局，1985年版。

段玉裁：《说文解字注》，上海：上海古籍出版社，1988年版。

范文澜：《文心雕龙注》，北京：人民文学出版社，1958年版。

范祥雍：《战国策笺证》，上海：上海古籍出版社，2006年版。

范晔：《后汉书》，北京：中华书局，1965年版。

范应元：《宋本老子道德经》，北京：国家图书馆出版社，2017年版。

房玄龄：《晋书》，北京：中华书局，1974年版。

方玉润：《诗经原始》，北京：中华书局，1986年版。

冯惟讷：《古诗纪》，天津：天津古籍出版社，2021年版。

高亨：《老子正诂》，北京：中国书店，1988年版。

高明：《帛书老子校注》，北京：中华书局，1996年版。

顾观光：《国策编年》，《续修四库全书》本，上海：上海古籍出版社，2002年版。

顾颉刚：《古史辨》，上海：上海古籍出版社，1982年版。

过常宝：《原史文化及文献研究》，北京：北京大学出版社，2008年版。

郭茂倩：《乐府诗集》，北京：中华书局，1979年版。

郭庆藩：《庄子集释》，北京：中华书局，1961年版。

国学整理社：《诸子集成》，北京：中华书局，1954年版。

郝懿行：《山海经笺疏》，上海：上海古籍出版社，2019年版。

何九盈、王宁、董琨：《辞源（上）》，北京：商务印书馆，2015年版。

洪兴祖：《楚辞补注》，北京：中华书局，1983年版。

皇甫谧：《高士传》，《丛书集成初编》本，北京：中华书局，1985年版。

皇侃：《论语义疏》，北京：中华书局，2013年版。

黄淬伯：《诗经核诂》，北京：中华书局，2012年版。

黄怀信：《逸周书汇校集注》，上海：上海古籍出版社，2007年版。

黄怀信：《〈逸周书〉源流考辨》，西安：西北大学出版社，1992年版。

黄瑞云：《老子本原》，北京：人民文学出版社，1995年版。

黄山文化书院：《庄子与中国文化》，合肥：安徽人民出版社，1990年版。

蒋伯潜：《诸子通考》，杭州：浙江古籍出版社，1985年版。

蒋礼鸿：《商君书锥指》，北京：中华书局，1986年版。

蒋锡昌：《老子校诂》，上海：上海书店出版社，1988年版。

焦竑：《老子翼》，北京：中华书局，1985年版。

焦循：《孟子正义》，北京：中华书局，1987年版。

荆门市博物馆：《郭店楚墓竹简》，北京：文物出版社，1998年版。

黎翔凤：《管子校注》，北京：中华书局，2004年版。

黎靖德：《朱子语类》，北京：中华书局，2005年版。

郦道元：《水经注》，上海：上海古籍出版社，1990年版。

李坊：《太平御览》，北京：中华书局，1960年版。

李行健：《现代汉语规范词典》，北京：外语教学与研究出版社，2014年版。

李学勤：《清华大学藏战国竹简（三）》，上海：中西书局，2012年版。

梁启雄：《荀子简释》，北京：中华书局，1983年版。

梁玉绳：《史记志疑》，北京：中华书局，1981年版。

廖名春：《郭店楚简老子校释》，北京：清华大学出版社，2003

年版。

刘安：《淮南子》，上海：上海古籍出版社，1989年版。

刘洁修：《汉语成语考释词典》，北京：商务印书馆，1989年版。

刘生良：《鹏翔无疆——庄子文学研究》，北京：人民出版社，2004年版。

刘向：《战国策》，上海：上海古籍出版社，1998年版。

刘信芳：《荆门郭店竹简老子解诂》，新北：艺文印书馆，1999年版。

刘昫：《旧唐书》，北京：中华书局，1975年版。

泷川资言：《史记会注考证》，上海：上海古籍出版社，2016年版。

楼宇烈：《老子道德经注校释》，北京：中华书局，2008年版。

陆德明：《经典释文》，北京：中华书局，1985年版。

陆陇其：《战国策去毒》，济南：齐鲁书社《四库全书存目丛书》本，1996年版。

逯钦立：《先秦汉魏晋南北朝诗》，北京：中华书局，1983年版。

罗根泽：《诸子考索》，北京：人民出版社，1958年版。

罗愿：《尔雅翼》，《丛书集成初编》本，北京：中华书局，1985年版。

罗竹风：《汉语大词典》，上海：汉语大词典出版社，1988年版。

吕不韦：《吕氏春秋》，上海：上海古籍出版社，1996年版。

吕祖谦：《大事记》，《吕祖谦全集》本，杭州：浙江古籍出版社，2008年版。

马承源：《上海博物馆藏战国楚竹书（一）》，上海：上海古籍出版社，2001年版。

马骕：《绎史》，北京：中华书局，2002年版。

马叙伦：《庄子义证》，上海：上海书店出版社《民国丛书》本，1996年版。

毛振华：《〈左传〉赋诗研究》，上海：上海古籍出版社，2011年版。

缪文远：《战国策考辨》，北京：中华书局，1984年版。

彭浩：《郭店楚简〈老子〉校读》，武汉：湖北人民出版社，2000年版。

彭裕商、吴毅强：《郭店楚简老子集释》，成都：巴蜀书社，2011年版。

钱穆：《先秦诸子系年》，北京：商务印书馆，2005年版。

钱锺书：《管锥编》，北京：中华书局，1986年版。

饶龙隼：《上古文学制度述考》，北京：中华书局，2009年版。

饶龙隼：《先秦诸子与中国文学》，南昌：百花洲文艺出版社，2002年版。

阮元：《十三经注疏》，北京：中华书局，2009年版。

石光瑛：《新序校释》，北京：中华书局，2009年版。

司马光：《资治通鉴》，北京：中华书局，1956年版。

司马迁：《史记》，北京：中华书局，2014年版。

宋衷：《世本》，北京：中华书局，2008年版。

孙以楷：《老子通论》，合肥：安徽大学出版社，2004年版。

孙以楷：《老子注释三种》，合肥：安徽人民出版社，2003年版。

孙希旦：《礼记集解》，北京：中华书局，1989年版。

孙星衍：《尚书今古文注疏》，北京：中华书局，1986年版。

孙诒让：《周礼正义》，北京：中华书局，1987年版。

谭家健、郑君华：《先秦散文纲要》，太原：山西人民出版社，1987年版。

王夫之：《楚辞通释》，上海：上海古籍出版社，2018年版。

王夫之：《老子衍》，北京：中华书局，1962年版。

王继贤：《古蒙庄子校释》，明万历三十九年（1611）刊本。

王利器：《新语校注》，北京：中华书局，1986年版。

王利器：《盐铁论校注》，北京：中华书局，1992年版。

王念孙：《读书杂志》，上海：上海古籍出版社，2015年版。

王念孙：《广雅疏证》，北京：中华书局，1983年版。

王聘珍：《大戴礼记解诂》，北京：中华书局，1983年版。

王书奴：《中国娼妓史》，北京：团结出版社，2004年版。

王天海：《荀子校释》，上海：上海古籍出版社，2005年版。

王先谦：《荀子集解》，北京：中华书局，1988年版。

王先慎：《韩非子集解》，北京：中华书局，1998年版。

王勇：《楚文化与秦汉社会》，长沙：湖南大学出版社，2009年版。

王照圆：《列女传补注》，上海：华东师范大学出版社，2012年版。

魏源：《诗古微》，长沙：岳麓书社，1989年版。

魏徵：《隋书》，北京：中华书局，1973年版。

武汉大学中国文化研究院：《郭店楚简国际学术研讨会论文集》，武汉：湖北人民出版社，2000年版。

吴师道：《战国策校注》，广州：清广州登云阁刻本。

夏甄陶：《论荀子的哲学思想》，上海：上海人民出版社，1979年版。

夏征农、陈至立：《辞海》，上海：上海辞书出版社，2010年版。

向宗鲁：《说苑校证》，北京：中华书局，1987年版。

萧统：《文选》，北京：中华书局，1977年版。

奚桐：《老子集解》，《老子注三种》，合肥：黄山书社，2014年版。

许维遹：《吕氏春秋集释》，北京：中华书局，2009年版。

徐元诰：《国语集解》，北京：中华书局，2002年版。

严遵：《老子指归》，北京：中华书局，1994年版。

杨伯峻：《春秋左传注》，北京：中华书局，1990年版。

杨宽：《战国史》，上海：上海人民出版社，2003年版。

杨慎：《升庵集》卷四十四，明万历十年（1582）成都刻本。

杨守敬、熊会贞：《水经注疏》，南京：江苏古籍出版社，1989年版。

姚宏：《战国策》，清嘉庆八年（1803）黄氏读未见书斋刻本。

姚鼐：《老子章义》，《四部要籍注疏丛刊·老子（下）》，北京：

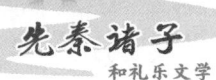

中华书局，1985年版。

叶舒宪：《诗经的文化阐释》，西安：陕西人民出版社，2005年版。

应劭：《风俗通义》，上海：上海古籍出版社，1990年版。

袁宝泉、陈智贤：《诗经探微》，广州：花城出版社，1987年版。

乐史：《太平寰宇记》，北京：中华书局，1985年版。

张纯一：《老子通释》，上海：商务印书馆，1946年版。

张纯一：《晏子春秋校注》，北京：中华书局，2014年版。

张耒：《张耒集》，北京：中华书局，1998年版。

张觉：《韩非子校疏析论》，北京：知识产权出版社，2011年版。

张松辉：《老子译注与解析》，长沙：岳麓书社，2008年版。

张松辉：《庄子考辨》，长沙：岳麓书社，1996年版。

张松如：《老子校读》，长春：吉林人民出版社，1981年版。

张玉书等：《康熙字典》，北京：中华书局，1958年版。

周启成：《庄子鬳斋口义校注》，北京：中华书局，1997年版。

朱彬：《礼记训纂》，北京：中华书局，1996年版。

朱谦之：《老子校释》，北京：中华书局，1984年版。

朱熹：《楚辞集注》，上海：上海古籍出版社，2001年版。

朱熹：《四书章句集注》，北京：中华书局，1983年版。

朱祖延：《汉语成语辞海》，武汉：武汉出版社，1999年版。

二、学术论文

蔡德贵：《庄学溯源》，载于《中国哲学史》，1998年第2期。

蔡德贵：《庄子与齐文化》，载于《文史哲》，1996年第5期。

蔡德贵：《再论庄子与齐文化》，载于《东岳论丛》，2003年第6期。

常征：《也谈庄周故里》，载于《江淮论坛》，1981年第6期。

陈梦家：《商代的神话和巫术》，载于《燕京学报》，1937年第20期。

菲铭：《庄周故里辨》，载于《历史研究》，1979 年第 10 期。

冯洁轩：《论郑卫之音》，载于《音乐研究》，1984 年第 1 期。

韩国良：《〈老子〉误读举正十例》，载于《南阳师范学院学报（社会科学版）》，2003 年第 11 期。

黄任柯：《还是右券责偿更合理》，载于《辞书研究》，1991 年第 2 期。

梁涛：《荀子行年新考》，载于《陕西师范大学学报》，2000 年第 4 期。

李炳海：《〈荀子·成相〉的篇题、结构及其理念考辨》，载于《江汉论坛》，2010 年第 9 期。

李时芳：《新修庄子祠记》，载于《民国重修蒙城县志书》卷十一，民国四年（1915）刊本。

李晓虹：《〈老子〉"是以圣人执左契而不责于人"注、文考》，载于《郑州轻工业学院学报（社会科学版）》，2006 年第 5 期。

李学勤：《睡虎地秦简〈日书〉与楚、秦社会》，载于《江汉考古》，1985 年第 4 期。

刘蔚华：《荀况生平新考》，载于《孔子研究》，1984 年第 4 期。

罗家湘：《大祝"会"辞源流考》，载于《云南民族大学学报》，2009 年第 1 期。

聂中庆、李定：《郭店楚简〈老子〉校读札记之一》，载于《古籍整理研究学科》，2003 年第 3 期。

孙以楷：《也谈郭店竹简〈老子〉与老子公案》，载于《学术界》，2004 年第 2 期。

孙以楷：《庄子楚人考》，载于《安徽史学》，1996 年第 1 期。

谭家健：《云梦秦简〈为吏之道〉漫论》，载于《文学评论》，1990 年第 5 期。

温少峰、李定凯：《读〈老子〉札记》，载于《成都大学学报（社会科学版）》，1997 年第 4 期。

宛啸：《也谈"左券"和"右券"》，载于《咬文嚼字》，1997 年第 12 期。

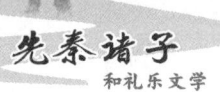

王德敏、周立升：《鲁仲连杂考》，载于《管子学刊》，1987年第2期。

郗文倩：《成相：文体界定、文本辑录与文学分析》，载于《文学遗产》，2015年第4期。

辛筠：《"郑声淫"辨》，载于《中州学刊》，1984年第5期。

修海林：《郑风郑声的文化比较及其历史评价》，载于《音乐研究》，1992年第1期。

玄华：《从"章节异同"看郭店楚简〈老子〉性质》，载于《江淮论坛》，2012年第6期。

许兆昌：《"九夏"考述》，载于《古代文明》，2008年第4期。

徐正英：《"郑风淫"朱熹对孔子"郑声淫"的故意误读》，载于《中州学刊》，2012年第4期。

杨隽：《周代乐官与典乐诗教体系》，载于《文学评论》，2008年第6期。

姚小鸥：《"成相"杂辞考》，载于《文艺研究》，2000年第1期。

张法：《琴—性—禁：中国远古琴瑟在音乐与文化中交织演进》，载于《学术月刊》，2016年第4期。

张金光：《论秦汉的学吏教材——睡虎地秦简为训吏教材说》，载于《文史哲》，2003年第6期。

张觉：《谁执"左券"》，载于《古籍整理研究学刊》，2001年第5期。

赵逵夫：《〈荀子·赋篇〉包括荀卿不同时期两篇作品考》，载于《贵州社会科学》，1988年第4期。

郑杰文：《先秦〈诗〉学观与〈诗〉学系统》，载于《文学评论》，2004年第6期。

左秀灵：《谈"左券"和"右券"》，载于《咬文嚼字》，1997年第12期。

后　记

在过去的十年里，本人走出接受史研究的藩篱，开启了新的学术探索，这本小册子就是对此阶段研究工作的一次总结。当然，仍要感谢此前的学术积累和锤炼，得以沿着脚下诸子学的路子进入新的领域。对诸子学的关注也将成为我今后学术前行的铺路石和驱动力。事实上，对新领域的探索在本质上是对诸子学研究的深化和拓展。确切地说，是从诸子个案研究上升到对诸子所在的历史文化大背景的研究，因此必须深入到周代礼乐制度与文化中去。礼乐是孕育诸子的文化土壤，也是百家争鸣的焦点。因此，回归对礼乐的研究，也可以在形而上的高度对诸子学进行审视和反思。诸子以各自的方式实践着对礼乐的继承或超越，这在文学中就有鲜明的体现。在此过程中，不同学派的特点都得到了淋漓尽致的展现。

目前，已取得的成果以"三礼"为依托，以《诗经》《尚书》《论语》《孟子》《荀子》为延伸，对儒家有较为深入的思考。此外，对纵横家的探索也逐渐清晰，并拓展至辞赋学。至于道家，以老、庄为支点已有初步思考，今后还要作更为细致的探讨。这十年的成果算不上丰硕，但希望以此为契机，为下一阶段的学术研究做好铺垫。